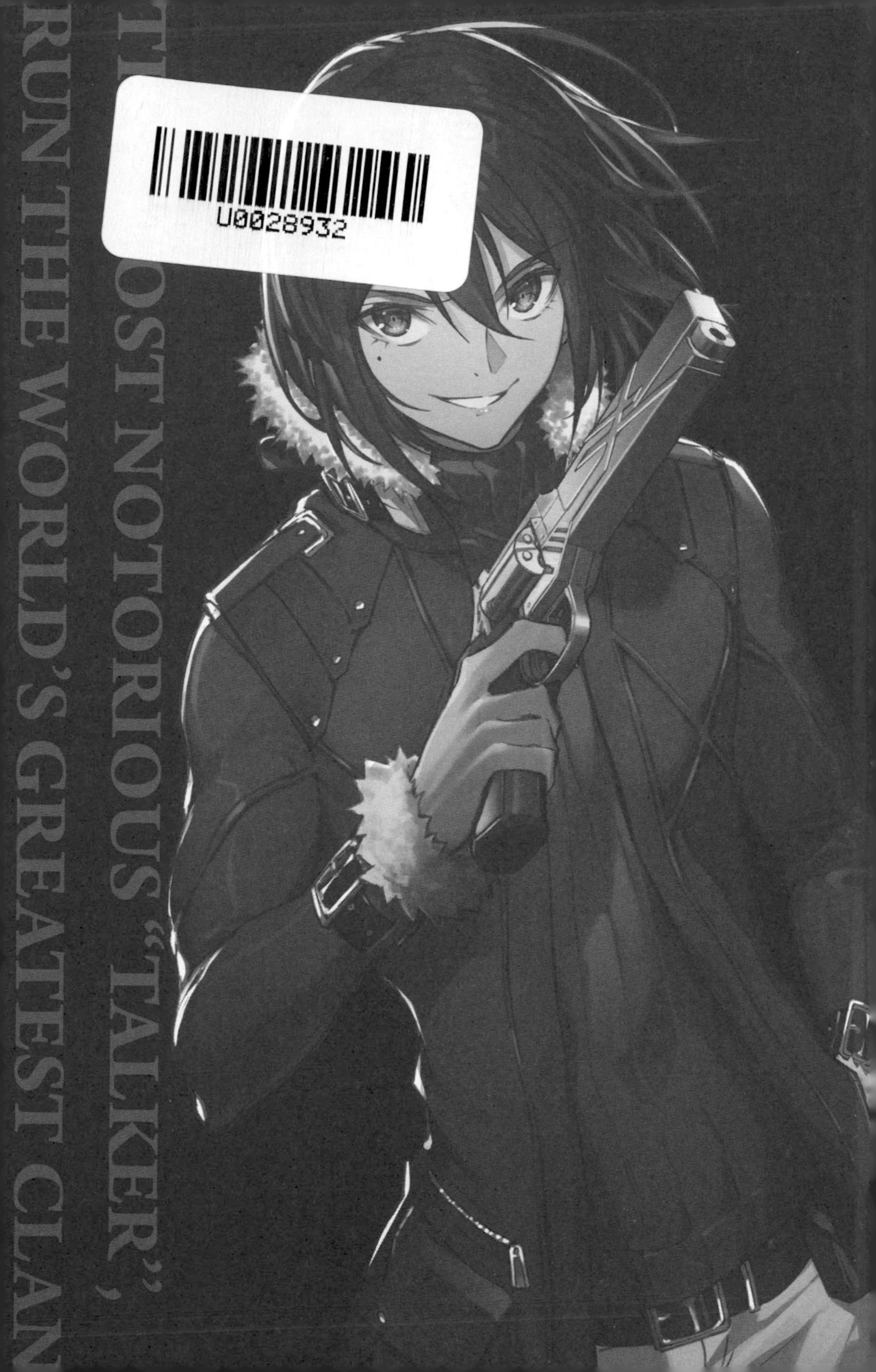
OST NOTORIOUS "TALKER",
RUN THE WORLD'S GREATEST CLAN

登場人物

characters

《嵐翼之蛇》(wild tempest)

充滿話題性的後起之秀，儘管才剛創立沒多久，卻已被評為最有機會擠入七星(regalia)的戰團(clan)。

亞兒瑪・尤迪卡雷　斥候

繼承傳說級暗殺者血統的女性，擁有出色的戰鬥天分。

諾艾爾・修特廉　話術士

嵐翼之蛇的團長。繼承外祖父的遺志，立志成為最強的探索者(seeker)。

昊牙・月島　刀劍士

出生於極東的前劍奴，憑藉優異的劍術擔任前鋒。

雷翁・弗雷德里克　騎士

前天翼騎士團的隊長，目前擔任嵐翼之蛇的副團長。

修格・柯貝流斯　傀儡師

曾淪為死刑犯的A階探索者，在諾艾爾的邀請下加入戰團。

《幻影三頭狼》(mirage triad)

紫電狼團、拳王會以及紅蓮猛火合併而成的戰團。

沃爾夫・雷曼　劍鬥士

幻影三頭狼的團長。

維洛妮卡・雷德包恩　魔導士

幻影三頭狼的副團長。

洛岡・豪雷特　鬥拳士

前拳王會的隊長。

麗莎・梅瑟戴斯　鷹眼

長壽的精靈族，對諾艾爾頗有好感。

伏拉卡夫・羅茲肯德　召喚士

前天翼騎士團的成員，是個身材高大且性格灑脫的狼獸人。

《黑幫》

掌控帝都地下社會的非法組織。

菲諾裘・巴爾基尼　斷罪者

身為巴爾基尼幫的幫主，對諾艾爾來說是良好的生意夥伴。

亞爾巴特・岡畢諾　雕金師

岡畢諾幫的幫主，因失勢而淪為奴隸。

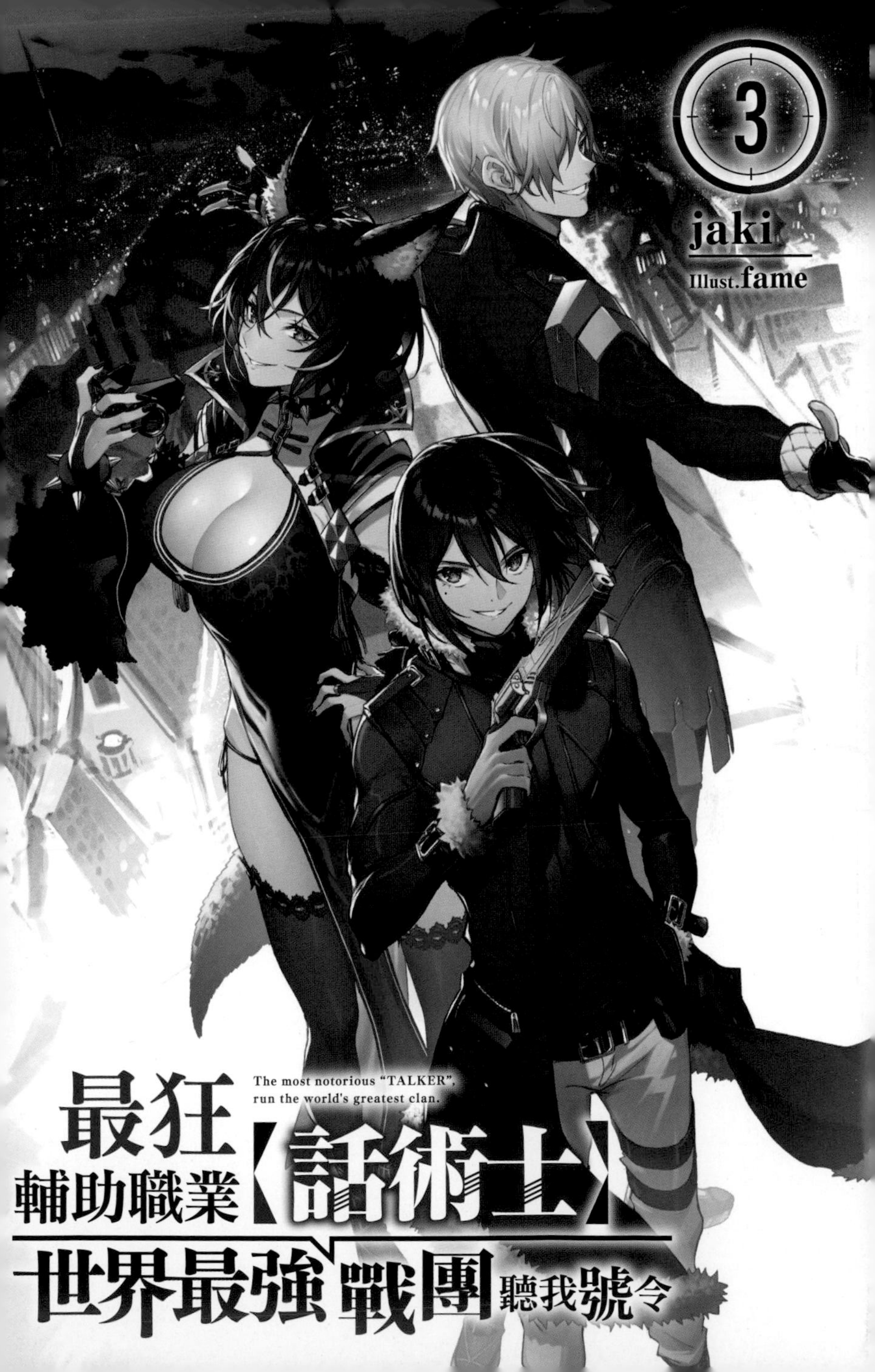
3
jaki
Illust.fame
The most notorious "TALKER", run the world's greatest clan.
最狂輔助職業【話術士】世界最強戰團聽我號令

CONTENTS

KEYWORD

探索者協會(seeker guild)

統一管理所有探索者(seeker)和正規戰團(clan)的組織。主要業務從調查深淵(abyss)到惡魔(beast)討伐任務的委託等形形色色，與探索者有著密切的關係。由於協會內的監察官需要負責管理戰團，必須應付生性粗暴的探索者們，因此職能(job)至少得在A階以上才有資格擔任。

魔工文明

多虧『魔工文明』——運用取自惡魔之素材所製造的各種發明蓬勃發展，這個世界已迎向全盛時期。因為威爾南特帝國地處容易產生深淵的區域，所以在其悠久的建國史中能發現此國不得不狩獵大量惡魔，但此結果也令帝國在運用惡魔素材的魔工文明上遙遙領先他國。

羅達尼亞共和國

位於威爾南特帝國西南方與之相鄰的共和制國家。相較於深淵頻傳而不便開通『鐵路』的帝國，此國家多虧這門技術才得以讓經濟飛快成長。

《人魚鎮魂歌》(Loreley)

七星三等星戰團，暗中計畫利用惡魔來打響名聲。

約翰・艾斯菲爾特 魔天槍

人魚鎮魂歌的團長，欲用計取得「冥獄十王」一戰的指揮權。

傑洛・琳德雷克 暗黑騎士

人魚鎮魂歌的副團長，對約翰言聽計從。

《霸龍隊》

七星一等星戰團，也是帝國最強的戰團。

吉克・范斯達因 劍聖

霸龍隊的副團長，也是帝都內僅有三位的 EX 階探索者之一。

維克托爾・克勞薩 ???

霸龍隊的團長，EX 階的其中一人，稱號是「開闢猛將」。

夏蓉・華倫坦 槍手

霸龍隊的第三把交椅，是培育出吉克這名出色徒弟的佼佼者。

《探索者協會》(seeker guild)

管理所有探索者和戰團的組織。

哈洛德・詹金斯 槍手

負責管理嵐翼之蛇的協會監察官。

《冥獄十王》(valiant)

深度達 13 的頂級惡魔們，其目的是毀滅人類。

第一界・骸界之靈薄獄

未知。

第二界・愛蝕之縱慾者

未知。

第三界・星喰之冥界神

未知。

第四界・禁咒之悔恨河

未知。

第五界・黑死之死者城

未知。

第六界・偽神之異教徒

未知。

第七界・凶飢之熔岩江

未知。

第八界・渾沌之罪惡囊

藉由違反定律的方式現身於帝都內，暗中用計讓探索者們自相殘殺。

第九界・銀鱗之悲嘆川

於數十年前被諾艾爾的外祖父殺死。

第十界・炎獄之滌罪界

未知。

World Map
威爾南特
帝國
（西南部）
鐵路鋪設計畫
路線圖
通往帝都
艾特萊
【巴斯克德領地】
芳瑪麗亞
特倫
【柯曼德領地】
通往羅達尼亞
共和國

帝國領土
威爾南特帝國
前阿爾基流
大公國
帝都：艾特萊
前梅迪歐拉王國
前自由都市
緬希
港灣都市：索狄蘭
羅達尼亞
共和國
N
E

「布蘭頓，你確定要辭去探索者(seeker)的工作嗎？」

在夕陽籠罩的城鎮裡，兩名男子各自踩著腳下那道又細又長的黑色影子。穿著燕尾服的紳士——哈洛德如此詢問後，身穿鎧甲扛著一把巨大戰斧的壯漢——布蘭頓扭頭回答說：

「嗯，我是這麼打算……這段時間承蒙你的照顧了。」

面對布蘭德一反其作風的回答，哈洛德不禁皺眉。

「這實在不像是葬送了一名冥獄十王(variant)的稀世大英雄會說的話。」

「那並非光靠我一人辦到的，是大家一同奮戰才有的成果。」

「……你到底是怎麼了？在探索者聖地的這座帝都裡，被譽為最強且最狂的不滅惡鬼(over death)，竟然為了一名女性不惜放棄得來的一切？難道你瘋了嗎？」

布蘭頓沒有回答哈洛德的疑問，現場充滿氣氛凝重的沉默。

布蘭頓·修特廉，人稱不滅惡鬼，隸屬於七星(regalia)一等星的帝都最強戰團(clan)·血刃聯盟，是個實力逆天的大英雄。哈洛德堅信即使綜觀整個人類歷史，布蘭頓的能耐也夠格名列第一。

正因為如此，布蘭頓才能夠創造出前所未有的奇蹟，親手葬送其中一名冥獄十王。雖然布蘭頓說他並非靠一己之力完成此壯舉，但要是沒有他的話，人類百分之百會吞下敗仗。哈洛德之所以敢如此斷言，就是因為他也有親身經歷那場大戰。布蘭頓不僅拯救了帝國，甚至還是全人類的救星。

哈洛德初次見到布蘭頓時，只覺得看他很不順眼。布蘭頓生性粗俗又粗暴，為人狡猾又殘忍，好女色且成天飲酒作樂，根本沒有一絲值得尊敬之處。

不過布蘭頓非常強悍，面對何等艱難的苦戰都必定能拿下勝利。這份強悍令哈洛德打從心底感到十分震撼。此感受並非源自於恐懼，而是布蘭頓那身壓倒性的實力令他有感而發。一想到天底下竟有如此強悍的男人，就讓他感到熱血沸騰。

哈洛德是探索者協會(seeker guild)的監察官，他那過人的實力是眾所周知，自從年僅十五就獲得協會認可成為監察官以來，他見過無數的戰團和探索者。有人是除了強悍以外又為人誠懇，有人甚至心懷不惜犧牲自我也想保護他人的博愛精神。隨著與這些人接觸，哈洛德就這麼一路磨練自己的心性。

可是能讓哈洛德打從心底感動的探索者，就只有布蘭頓一人。他負責管理血刃聯盟至今已有十年，未曾見過比布蘭頓更出色的探索者。為何布蘭頓會如此有魅力？答案就在於『信賴』。只要布蘭頓出馬，縱使面對何等強敵，旁人都對他的勝利堅信不移。與節操或善良無關，布蘭頓吸引哈洛德的理由，就是他具備絕不會讓人期望落空的強大實力。

在冥獄十王之一・銀鱗之悲嘆川（Cocytus）降世，帝國周邊的三個國家瞬間被毀時，任誰都不禁相信人類即將滅亡，就此陷入絕望之中。但是哈洛德不一樣，他深信布蘭頓也能戰勝冥獄十王。

而且此事確實成真了。

布蘭頓現在是獲得皇帝認同的大英雄。無論是地位、名聲或財富，任何他想要的都垂手可得。因為他就是有這個資格，任誰都無法加以否定。

偏偏布蘭頓本人在冥獄十王一役結束之後，突如其來宣布要從探索者業界引退。所謂的晴天霹靂，完全能拿來形容當下的情況。別說是戰團的同伴們，就連所有相關人士都錯愕不已，而哈洛德也不例外。

而且當他得知布蘭頓引退的理由是為了所愛之人時，甚至懷疑自己正置身於一場無法清醒的惡夢裡。

哈洛德的確知道布蘭頓對某位女性情有獨鍾，而且布蘭頓還曾經向已婚的哈洛德請教並非只求一夜情的真正戀愛。但就算如此，這樣的結局也是他始料未及的。

根據布蘭頓的說法，該名女性身體孱弱，生活於空氣汙濁的帝都會對她造成負擔。為了她的健康考量，布蘭頓才決定引退不當探索者，離開帝都搬去鄉下生活。

這理由是很有說服力，不過情感上又令人無法輕易接受。戰團的同伴們也抱持相同想法，拚了命地挽留布蘭頓。即便如此，布蘭頓仍執意離開帝都。比起患難與共的同伴們，他更重視自己所愛的女人。

已經束手無策的血刃聯盟團長決定祭出最終手段，就是拜託哈洛德幫忙慰留。因為對布蘭頓而言，哈洛德是他推心置腹的頭號摯友。

「別走，布蘭頓，帝國需要你。儘管已經戰勝冥獄十王，現下仍是人心惶惶，需要一個能賦予大眾勇氣的象徵，能勝任這項工作的人就只有你。」

哈洛德語氣誠懇地訴說著，布蘭頓卻搖搖頭說：

「……我心意已決，就是要辭去探索者的工作。」

下個瞬間，哈洛德怒不可遏地無法思考任何事情。

「別開玩笑了!!你這個人是要任性妄為到何種地步!?我明白你很擔心自己所愛的女人！但也不必急於這時離開啊！大家都需要你喔!?難道你打算辜負眾人的期望嗎!?你真心以為世人會容許你這麼做嗎!?回答我！布蘭頓．修特廉！不對，你以不滅惡鬼的身分回答我!!」

哈洛德放任心中情感發出怒吼。這情況實在是令他無法不這麼做。

「……抱歉。」

但是哈洛德的話語沒能打動布蘭頓。看著一臉愧疚低下頭去的布蘭頓，哈洛德忍不住握緊雙拳。豈有此理，不滅惡鬼怎能向人低頭？哈洛德自知這樣的想法太不講理，不過等他回神時，他已卯足全力一拳揮向布蘭頓的臉，只見布蘭頓的嘴角流下鮮血。哈洛德立刻做好遭受反擊的準備，但布蘭頓就只是佇立在原地，甚至雙手都沒有握拳。布蘭頓的臉上沒有一絲遭人毆打的怒意，而是掛著一個寂寞的笑容。

「看來……你當真不是隨口說說……」

至此，哈洛德不得不認同布蘭頓的決心。布蘭頓緩緩走向呆立於原地的哈洛德，接著從懷裡取出一條紅色吊墜。吊墜的造型是兩把劍與一把斧頭相互交疊。這既是象徵血刃聯盟的徽章，也是證明團員身分的吊墜。

「這個給你。其實我本來想還給團長，偏偏他說什麼都不收，現在的我又沒資格擁有，所以拜託你幫我保管。」

「……我同樣不想收。」

哈洛德彷彿忘了年紀地以鬧彆扭的口吻說完後，布蘭頓不禁露出苦笑。

「別這麼說嘛，我能拜託這件事的人就只有你啊。」

看著硬塞入手裡的吊墜，哈洛德本想提出抗議，布蘭頓卻宛如想趕緊開溜似地已經轉過身去。

「拜啦，哈洛德，你要好好珍惜自己的妻子和小孩喔。」

布蘭頓背對著他揮手道別。面對他這種任性妄為的舉動，哈洛德忍不住想將手裡的吊墜一把扔出去——最終還是沒能這麼做。

「……混帳東西。」

哈洛德緊握吊墜到掌中滲出鮮血。自這天起，兩人就沒有再見面了。

距離那場道別過了幾十年的歲月。

年邁的哈洛德坐在自己常去的咖啡廳裡，邊享用紅茶邊回憶往事。而他的手中，就握著昔日好友託付的吊墜。這條白星銀（mithril）製的吊墜，縱使歷經幾十年光陰也不曾失去它原本的光輝。

不過血刃聯盟已經解散，身為吊墜主人（lord）的布蘭頓也在對抗魔王時英勇戰死。時間的流逝當真是非常殘酷，接連把珍貴的事物全數奪走。至於被留下的哈洛德，等待他的就只有緩緩逼近的死期罷了。

直到不久之前，給自己設限的哈洛德就這麼虛度光陰，但他現在已經改變想法了。

「沒想到活得比別人更久，還是會碰上好事呢。」

哈洛德喃喃自語後，不自覺地放鬆表情，腦中則浮現出一名少年的身影。這位被稱為『蛇』的黑衣少年，臉上掛著一個膽大無懼的笑容。

「是碰上了什麼開心的事情嗎？」

忽然從旁傳來一股聲音。來者是在這裡打工的少女。由於哈洛德是這間店的常客，因此與少女有些交情，當然關係僅止於偶爾閒聊幾句而已。

「我表現得這麼明顯嗎？」

「是啊～明明哈洛德先生你直到前陣子都是露出一副寂寞的模樣，最近卻看起來很有精神，難不成是找到新對象了？」

「妳猜錯了，畢竟我已對亡妻發誓會至死不渝地愛著她了。」

「咦咦？是這樣嗎？因為哈洛德先生你這麼帥氣，肯定很受女生歡迎的說～」

「呵呵呵，會對我說這種客套話的人也只有妳喔。」

哈洛德笑著取出一包菸，並點了一根開始吞雲吐霧。

「啊，那是血刃聯盟的徽章耶！」

少女見到放在桌上的吊墜，立刻雙眼發亮。

「哎呀，妳還真清楚呢，這支戰團已經解散很久了吧？」

「耶嘿嘿，別看我這樣，其實是個熱愛探索者的小宅女，對過去的戰團也頗有研究。記得這支戰團非常優秀，並且首開先例創下成功討伐冥獄十王的壯舉。哈洛德先生也是他們的粉絲嗎？」

「粉絲……？沒錯，我確實也是粉絲之一。」

面對溫和一笑的哈洛德，少女也露出開朗的笑容。

「我就知道！真羨慕能成為探索者的人。雖然我也想加入，但偏偏自己沒有才華。明明我都擁有戰鬥系的職能喔～」

少女發出一聲嘆息。儘管擁有戰鬥系職能，也未必能以戰鬥為業。正如少女所言，任何事情都講究才華，其中又以必須賭上性命的探索者業界尤甚。倘若是一名庸才，沒多久就會賠上性命。

「不過拜此所賜，我的身體十分強健。其實我小時候曾被馬車輾過，結果只受了點皮肉傷而已。」

「哈哈哈，那還真該慶幸妳生為戰鬥系職能，要不然恐怕就無法站在這裡了。」

「就是說啊，感謝老天爺讓我擁有一副強健的身體。」

即便並未以戰鬥為業，還是能得到職能所帶來的好處。按照少女所分享的經歷，她應該是近戰系職能。擁有強健又不易疲倦的身體，這不僅對日常生活有益，工作上也能派上用場。

「哈洛德先生，你近來也對探索者感興趣嗎？」

聽見少女的詢問，哈洛德不禁露出苦笑。看來她當真是個熱愛探索者的小宅女。

「這個嘛～我對近來的探索者不太熟悉，但經常聽見嵐翼之蛇的傳聞，所以對他們略知一二。」

「嵐翼之蛇！我是他們的忠實粉絲喔！」

少女興奮地捲起右手的袖子，她的手臂上有個刺青，圖案是一條長有翅膀的蛇。而那正是象徵嵐翼之蛇的徽章。

「原、原來妳這麼支持他們啊……」

「這很像是真的刺青吧？但其實是貼紙，最近很流行喔。」

「喔～就是俗稱的偶像精品吧。」

「對呀對呀，嵐翼之蛇非常受歡迎，這類產品一下子就賣完了。」

「還真有人氣呢。」

「畢竟這個戰團很有話題性呀……可是負面傳聞也層出不窮。」

「負面傳聞？」

見哈洛德不解地歪著頭，少女便壓低音量說：

「聽說他們會欺負看不順眼的對手，以及與黑幫有往來等等……」

「那還真是不太好耶。」

「不過俗話說棒打出頭鳥，很可能是嫉妒嵐翼之蛇如此活躍的同業人士亂造謠。因為他們的團員當真有去當義工，也聽說每個人都很親切。」

「原來還有這種事啊。」

哈洛德點頭以對，並從嘴裡吐出一口煙，不過他拿起杯子時卻發現紅茶已經喝完了。

「……以前我認識一位相當厲害的名醫，就算患者得了藥物和治療技能都醫不好的病症，他也能以神乎其技的外科手術幫人治好。」

「喔～這樣啊。」

由於話題轉得太突然，少女一臉困惑地回應。

「某天，我忍不住問他說，你為何能成為這麼出色的名醫呢？妳知道他回我什麼嗎？」

「咦？嗯～因為他想努力救活更多人嗎？」

對於少女的回答，哈洛德搖了搖頭。

「妳猜錯了。他是這麼回答我的……單純是我喜歡拿刀割人。」

少女在聽完哈洛德的答案後，不禁嚇得目瞪口呆。

「這就是所謂的適才適用。即便是常人眼中的惡人，有時在某些方面又會被歸類成偉人。」

「原、原來如此……」

少女略顯害怕地點頭附和後，哈洛德指了指自己的空杯子。

「可以麻煩妳再幫我倒一杯紅茶嗎？」

「啊、好的，馬上來。」

哈洛德目送笑容可掬的少女離去後，便把目光移向窗外。

「那麼，你有辦法像這樣繼續立足於常規之外嗎？」

縱然能回答此問題之人並不在現場，哈洛德卻堅信此人與昔日的那位好友一樣，絕不會辜負自己的期許。

我一結束晨跑走進市區後，發覺一位眼熟的人走了過來。

「嗨，大老，每天這樣訓練都不膩啊。」

來者是情報販子洛基。我將用來鍛鍊肺活量的口罩拿下來。

「訓練是日復一日持續下去才有意義。」

「你都已經是大型戰團的團長了，居然還這麼有上進心。」

「無論是大型戰團的團長，或是初出茅廬的新人，該做的事情終究都一樣。唯獨每日所付出的訓練，才能夠撐起一個人的現在與未來。稍微闖出名聲就開始懈怠的話，也不過是個凡夫俗子罷了。」

「呵呵呵，這才是我所認識的諾艾爾·修特廉。」

「少擺出一副跩樣對我品頭論足。那麼，你今天來找我有什麼事？」

洛基被我催促後，露出一個別有深意的笑容。

「我打聽到一個大老你應該會喜歡的消息，想聽嗎？」

「喲～有意思，那我們換個地方聊吧。」

「隨我來。」接著我走進小巷裡。由於陽光被周邊建築擋住的關係，此處比外頭又冷上一些。目前正值冬季，雖然尚未降雪，氣象預報士估計今年很有可能會降大雪。

「那麼，是怎樣的情報呢？」

「是關於七星三等星戰團·人魚鎮魂歌（Loreley）的情報。」

果然與七星有關。畢竟我已委託洛基說若有打聽到任何有用的情報，都要第一時間通知我。為了讓我們能躋身七星之列，就必須排除現任的七星戰團。關於敵人的情報自然是越多越好。

「人魚鎮魂歌團長約翰·艾斯菲爾特，打算在帝國內成立鐵路公司。」

「你說……鐵路公司？」

對於這個意料外的消息，我不由得睜大雙眼。

既然是成立鐵路公司，意圖自然是想在帝國境內開通鐵路。由於鐵路技術早已存在，因此絕非紙上談兵。不管是利用惡魔（beast）素材打造出以魔導引擎（engine）為動力的機關車，或是精細耐用的鐵軌，憑帝國現有的技術水準都能輕易製作出來。

問題就在帝國位於比其他國家更容易產生深淵（abyss）的區域。換言之，鐵路與深淵——與危險地區交會的可能性很高，這也是鐵路無法在帝國普及的理由。

聽說鄰國羅達尼亞共和國於四年前開通鐵路後，為國內帶來莫大的經濟效益。反觀魔工文明比羅達尼亞更發達的帝國，卻可悲到只能繼續仰賴馬匹。帝國以最新技術開發出來的飛空艇，因為維修費居高不下，所以僅限於少數人才能夠使用，並且受法令嚴格控管，恐怕需要很長一段時間才會普及。換句話說，倘若鐵路真的開通，帝國的發展勢必會更加蓬勃，等到事成之時，這等功績將會大到旁人無法攀比的境界。

「此情報當真屬實？」

「嗯，錯不了的，約翰已和沃爾岡重工業達成協議。」

「沃爾岡重工業……那可是帝都內數一數二的大企業，不過他們打算如何解決深淵造成的問題？」

「接下來的部分還有待調查。」

我聽出洛基想表達的意思後，只能苦笑以對。

「原來如此，你還真會做生意耶。」

意思是想知道真相就乖乖付錢。當然我對此沒有感到一絲不快。正所謂一分錢一分貨，想打聽情報就得支付對等的代價。

重點是面對約翰的計畫，就算要我不擇手段也非得阻止不可。因為戰團的價值不單單是戰鬥能力，而是取決於對社會的影響力。倘若放任約翰捷足先登，我就絕無可能登上探索者的頂點。

過去與約翰交談時，即可明白他這個人野心勃勃。他想登上頂點的處世態度是值得讚許，但很遺憾我不會輕易將這個位子拱手讓人的。

約翰．艾斯菲爾特，看來只能請他從這個舞臺上消失了。

「大老，瞧你又露出那種一肚子壞水的表情。」

「單純是光影角度不佳罷了。」

「哼，睜眼說瞎話。看你的反應，可以當作你願意接受我開的條件吧？」

看著喜上眉梢的洛基，我大大地點了個頭。

「沒問題，就這麼一言為定。」

一章：魔王

「作戰結束。」

在戰勝惡魔之後，深淵便得到淨化。

我們嵐翼之蛇此番前來討伐惡魔的地點，位於帝國南側的沿海地區。這裡在被冥獄十王第九界・銀鱗之悲嘆川摧毀之前，是由自由都市聯盟緬希所統治。受深淵化影響彷彿被血染紅的海洋，隨即變回美麗的鈷藍色。

降臨於此處的惡魔是深度十一的大海嵐王（Forneus），是一條能操控風暴的飛天巨鮫。即便實力不及魔王，也依然擁有能夠輕易摧毀一座都市的力量。不久前還翱翔於天際，操控著強風、落雷與冰雹等足以改變沿海地形的強大力量，全長達到上百公尺的巨鮫，如今已化成一具毫無反應的死屍倒在岸邊。

此刻映入眼眸的蔚藍蒼穹和大海，以及從天灑下的耀眼陽光，就是我們歷經死鬥重新奪回來的。

「呼～～累死老子了～～！」

昊牙將斷掉的刀隨手一拋，直接躺倒在白色的沙灘上。

「老、老子這次當真以為自己死定了咧……」

只見昊牙的胸口隨著喘息不斷上下起伏。他身上的鎧甲早就被打碎，上半身幾乎是打著赤膊。

「我、我也一樣……不行了……」

繼昊牙之後，亞兒瑪也不支倒地。此刻的她臉色蒼白，虛弱到彷彿隨時都會失去意識。

「你、你們兩人不要緊……唔、嘔嘔嘔嘔～～……」

本想開口關心兩人的雷翁，話還沒講完就從嘴裡噴出大量帶血的嘔吐物，並且就這麼跪倒在地。

戰勝深度十一的惡魔可說是不得了的壯舉，可是這三人就連為此感到高興的餘力都沒有。即使他們在我的技能《士氣高昂(battle voice)》的加持之下，體力和魔力的恢復速度都已獲得提升，但還是累到精疲力竭。

老實說我的精力也早已透支，精神稍有一絲鬆懈就可能會當場昏倒。我沒有像三人那樣倒在地上，純粹是基於身為團長的矜持。畢竟我是站在指揮他人的立場上，豈能露出軟弱的一面。

「回歸。」

站在我身旁的修格，一臉淡然地如此說著。他原本部署在海岸上的人偶兵們，隨著這道命令一起回歸大地。在方才的戰鬥中，修格同時操控幾十尊人偶兵負責攻擊、防禦以及支援等行動，自然是我們之中魔力消耗最多的人。不過他的臉上沒有一絲倦意，也毫無對勝利的喜悅，神色自若地拍掉衣服上的灰塵。

「不愧是A階探索者，看來你已經取回全盛時期的力量了。」

修格加入我們已有兩個月，他的戰鬥技巧隨著交戰次數增加而日漸熟練。倘若沒有他，在大海嵐王一戰裡落敗的肯定是我們，如今恐怕已成了海中的肥料。

可是修格聽完後，相當不滿地冷哼一聲。

「團長，你說我現在的表現與全盛時期無異嗎？儘管我沒有一絲炫耀的意思，但是這句話並不貼切。倘若是全盛時期的我，就不會苦戰到讓那三人如此疲憊。沒能充分為戰團帶來貢獻，此刻心中只有無法言喻的懊悔。」

修格似乎並非在說客套話，他神情懊惱地瞪著大海嵐王的屍體。他這種嚴以律己的態度當真是值得讚許，果然拉攏他成為同伴是非常正確的決定。不枉費我為此付出大量的心力。

面對如此可靠的修格，我一不小心放鬆心情，隨即感到一陣頭暈，在差點倒下之際，修格迅速伸手扶住我。

「請不要逞強，雖然【話術士】無須消耗魔力就可以發動技能，但你自己無法得到技能的加持。在先前那場死鬥裡一直沒能恢復體力的你，絕對是我們之中最辛苦的。」

「……這種事我也知道，你放手吧。」

我推開修格，搖搖晃晃地靠自己的雙腳站好，接著從道具包裡取出恢復藥（potion）一飲而盡。

「在虛弱狀態下飲用恢復藥會傷身喔？」

「與其在你們的面前丟臉，我情願削減自己的壽命。」

修格見我態度如此堅決，忍不住雙肩一聳露出苦笑。

「嵐翼之蛇的各位辛苦了，恭喜你們完成大海嵐王的討伐。」

後方忽然傳來一股欣喜的說話聲。回頭望去，一位身穿燕尾服的老紳士站在那裡。此人是探索者協會的監察官，也是負責管理我們的哈洛德。

「你們果然非常出色。身為各位的監察官，我當真為你們感到高興。」

「客套話就免了吧。比起這個，深淵已經得到淨化，可以讓避難的民眾回家了。」

此海岸附近有一座名為索狄蘭的港灣都市，也是昊牙仍為劍奴時待過的地方。但在大海嵐王降世後，該都市已全面封鎖，直到完成討伐確認安全以前，當地居民都得前往距離都市有段距離的野營地避難。

「在深淵淨化之後，我已利用隨身通訊器聯絡過位於避難營地的屬下，他們將在今日之內把民眾送回住處。你們對這些人來說就是英雄，造訪該處想必會得到熱烈的歡迎。」

「昊牙，你覺得呢？」

躺倒在地的昊牙聽見我的問話後，只是稍微揮了揮手。看那樣子應該是沒打算前往索狄蘭。對他來說，該處似乎只充滿各種不好的回憶吧。亞兒瑪雙眼發亮地跑去找昊牙搭話，但他好像已疲憊到腦袋轉不過來，從頭到尾沒說出半個字。

「總之就是這樣，我們不去索狄蘭，直接回到之前待的城鎮。」

「好的，我幫你們安排回程的馬車。」

哈洛德笑著點頭。

「不過諾艾爾先生能否搭乘我的馬車呢？我有一些關於今後的事情想與你商討。」

「商討啊……我懂了，就這麼辦。」

既然想和我在馬車內密談，恐怕是很重要的大事。我答應後，便將視線移向雷翁。

「雷翁，後面的事情就交給你了。支援者（supporter）會來回收大海嵐王的屍體，麻煩你處理一下。我搭乘哈洛德的馬車先一步回去。」

「……我、我知道了，後續處理交給我就好。」

雖然雷翁顯得相當疲倦，仍拍著胸脯回應我。

「團長，需要我以護衛的身分同行嗎？」

我搖頭拒絕修格的提議。

「你放心，這位老先生非常厲害。」

我朝著哈洛德抬了抬下巴說完後，哈洛德恭敬地鞠躬行禮。

「請放心，我會負責把諾艾爾先生安全送回城鎮的。」

†

在行駛的馬車裡，坐於我正對面的哈洛德從包包裡取出一份資料。

「這是要交付給你們的下一個委託。」

我瀏覽完手中的資料後，先是吃驚地瞪大雙眼，但很快我就忍不住揚起嘴角。我期盼許久的委託，終於交到自己的手裡了。

「是深度十二的『魔王』。」

惡魔的威脅度是以深度一詞來界定，數字越大就是越危險的存在。由於十二以上都擁有特別強大的力量，因此又被稱為魔王。

「哈洛德，我真的很感謝你，你依約一直幫我們找來有賺頭的委託，其中就以這個最棒了。一般來說，剛獲准成立不足半年的戰團是無法接取討伐魔王的委託。」

我終於明白哈洛德堅持要私下交付委託的理由了。儘管嵐翼之蛇已是赫赫有名的大型戰團，不過反對將魔王討伐委託交給我們的聲浪肯定不小。

一旦無視這類聲浪交付委託，將會牽扯到探索者協會的信譽問題。當然我們取勝的話就沒影響，但若是失敗時，哈洛德的立場便會岌岌可危。被趕出探索者協會還算小事，恐怕會被國家嚴懲。

「諾艾爾先生，你現在就向我道謝還言之過早。魔王的力量正如其名，與尋常的惡魔有著一線之隔。雖然單就深度來看，與你們此次討伐的大海嵐王只相差一階，但實際上的力量可是天差地遠，到時勢必會面臨更嚴峻的死鬥。即便如此，你仍想接受這個委託嗎？」

「那當然囉，我沒理由拒絕。」

我毫不猶豫地答應了。確實面對大海嵐王都會陷入苦戰的我們，戰勝魔王的可能性是微乎其微。勝率大概是萬分之一……不對，就只有億分之一吧。但這也僅限於運用一般戰術。我在看完資料後，已經想好一個勝算頗高的作戰計畫了。

「在嵐翼之蛇的字典裡沒有落敗二字。就算對手是魔王，我們也會輕輕鬆鬆將它一口吞下。」

哈洛德見我如此斷言後，先是詫異地睜大雙眼，隨後便露出微笑。

「你這點和令外祖父如出一轍，既傲慢又無所畏懼，偏偏又莫名讓人相信你是必勝無疑……哼，明明你們長得一點都不像，骨子裡卻是一個模子刻出來的，所謂的血緣還真是可怕呢。」

哈洛德像是相當懷念地說完後，便立刻端正坐姿。

「魔王的個體識別名稱為『真祖(noble blood)』，是立於吸血種頂端的惡魔，力量蠻橫到甚至可以支配『時空』。」

吸血種是擅長魔法技能的惡魔。至於能使用所有魔法技能的真祖，更是擁有可以干涉時間與空間的能力。

「該惡魔已經降世，儘管我們探索者協會正全力阻止深淵的擴大，但也只能維持一週，嵐翼之蛇必須在一週內趕赴現場並討伐該惡魔，這些都沒問題吧？」

「知道了。」

我點頭回應，同時把資料交還回去。至於內容我已全部記下。

「獲選成為七星的條件是按照財力和實績。你在財力方面似乎找好解決辦法，可是你們的實績依然不足。一旦你們成功討伐魔王，就會取得成為燦星的資格了。」

「等到那個時候，我們才終於擠進七星的候補名單裡吧。」

「正是如此，但還有其他問題。」

哈洛德稍稍彎腰，將手放在雙腿上十指交錯。

「七星的名額只有七席，就算嵐翼之蛇成為候補，但要是無法超越現任七星的話，就永遠無法成為七星。而且現任七星的每一支戰團皆極其優秀，討伐魔王的經驗都不光只有一、兩次。無論你們如何急起直追，目前是絕無可能在冥獄十王降世前達成的。」

「這些我都明白。」

根據協會公布的消息，距離冥獄十王降世僅剩八個月。不過實際上有可能提早，我估計只剩下四個多月。

「哈洛德，我有幾件事想請教你。」

我將目光從哈洛德的身上移開並繼續說：

「倘若七星有空缺的話，有可能馬上找戰團頂替嗎？」

「不太可能會有這種事，原因是決定七星的資格，得先由探索者協會挑出候選者，然後必須得到皇室的認可。即便七星之中的一支戰團突然消失，也至少需要一個月的時間才有辦法選定新的七星。不過——」

哈洛德壓低嗓音說明下去。

「現在正值必須做足準備對抗冥獄十王的關鍵時期，假如七星突然有空缺，勢必非得立刻找戰團頂替不可。在這種情況下，有極高的可能會挑選嵐翼之蛇，原因是你們的話題性已遠超出其他大型戰團。若是成功討伐魔王的話，就算要我保證你們會雀屏中選也無妨。」

聽完哈洛德的回答，我不禁笑出聲來。

「謝啦，哈洛德，我就是想聽見這句話。」

換言之，我得做的事情已再明白不過。

「……諾艾爾先生，不難想像你接下來準備要做的事情，但請你別太胡來。而且我擔心的不是你們，如果你們做出會對帝都造成危害的舉動，即便是擁護你們的我也將無法坐視不管。」

「哼，這種事我也知道。」

我從哈洛德的身上移開視線，扭頭對準窗外。馬車正朝著我們為了此次遠征而暫住一段時間的城鎮行進。依照這個速度，約莫一小時就會抵達。

「所有問題我會全部擺平的。」

我已看清接下來要走的路，心中沒有一絲迷惘，並且早就做好覺悟了。

「因為我是準備成為最強探索者的男人。」

關於魔王降世的地點，就在前阿爾基流大公國的首都。阿爾基流大公國是幾十年前被其中一名冥獄十王毀滅的國家之一。該首都位於四面環山的盆地裡，放眼望去盡是尚未拆除的廢墟。

此處在深淵化後，廢墟被籠罩於一道半透明的紅色穹頂裡。接近時是可以目視內部狀況，卻無法看清楚遠處的光景。原因在於深淵化的區域會從現世隔離出來，視野就跟身處在汙濁的水裡沒兩樣。

我們嵐翼之蛇抵達現場後，發現探索者協會的職員們已等在那裡。經他們之手已將周圍全面封鎖，鄰近城鎮與村莊的居民也都避難完畢。負責指揮現場的人是哈洛德，而他身邊則站著一名穿著燕尾服的金髮年輕女性。金髮女性看見我們之後，將心中的不悅毫不掩飾地表現在臉上，大搖大擺地走了過來。

「哼，居然沒臨陣脫逃來到這裡，至少膽識是值得讚許。」

「一照面就這麼有禮貌啊，妳是哪位？」

「這位是我的孫女瑪麗翁。」

哈洛德從旁回答我的問題。

「雖然這個小娃娃天生驕縱，但撇開私心不提，她仍是一名優秀的職員，還請跟她好好相處。畢竟諾艾爾先生你也同樣是傲氣過人，相信你們會很聊得來。」

「你這個臭老頭是老番顛啊，你家孫女與我何干。」

「喂！不許你冒犯我的爺爺！」

瑪麗翁柳眉倒豎地指著我說：

「老實說你們根本不配接手這個委託。就算新聞再如何吹捧你們，我怎麼想都不覺得你們有資格擔任魔王的對手。魔王可不是你們這種小角色有辦法應付的。」

面對不斷言語汙辱的瑪麗翁，亞兒瑪和昊牙的臉色都相當難看。真受不了總是如此沉不住氣的這兩人，三兩下就想跟人拚輸贏，和我是如出一轍。

「少在那邊白費脣舌，這樣只會浪費時間，妳乖乖做好自己分內的工作即可。就是給我去陪痴呆老頭聊天啦。」

「你……」

瑪麗翁被我如此嘲諷之後，眉頭皺得更深了。對於隨時準備動手打人的瑪麗翁，我從正面直視她那雙充滿怒氣的眼眸。

「滾，幕後人員就給我安分地待一邊去。」

「……啐，你這個趕著找死的瘋子。」

瑪麗翁憤恨不平地發出咂嘴聲，但她沒有繼續這場舌戰，從我的面前把路讓出來。在一旁看見此景的哈洛德忍不住竊笑著。

「你們這兩個死小鬼的鬥嘴還真有意思。雖然是想看你們繼續吵下去，無奈魔王不會等人。由於深淵的侵蝕速度正逐漸增快，繼續放任下去恐怕會有更強大的惡魔降世。諾艾爾先生，還請你盡早完成討伐。」

「放心吧，我馬上就把魔王的首級帶回來。」

此戰的贏家會是我們。就算勝率只有億分之一又怎樣？我們終究是必勝無疑。

「我的字典裡不存在落敗二字。」

在我們往前走時，位於後側的瑪麗翁大喊道：

「蛇！你可要說到做到喔！」

一踏進深淵內，視野隨之變開闊。原本從外面無法看清楚的荒廢街景，就這麼映入我們的眼簾。

「有了。」

廢墟深處傳來一股非比尋常的氣息。魔王就在那裡。

「呃，這是哪門子的怪物啊……與大海嵐王相比簡直是小巫見大巫。」

昊牙驚恐地如此低語。亞兒瑪見狀後，像是想嘲笑人似地嘴角上揚。

「昊牙是膽小如鼠的小孬孬。」

「妳、妳說誰是膽小如鼠的小孬孬啊!?」

「我都已經指名道姓啦，昊牙，難道你怕到連人話都聽不懂嗎？真可憐。」

「什、什麼!?妳這個變態花痴根本沒資格說老子咧！」

「變態花痴……!?你死定了！」

「唉~到此為止！別再吵了！」

雷翁一臉傻眼地喝止開始鬥嘴的笨蛋雙人組。

「現在已是大敵當前，難道你們不能好好相處一下嗎……？」

「老子辦不到！」「我死都不要！」

「我、我說你們啊……」

雷翁完全拿這兩人沒轍。我無視那三人，望向修格說：

「情況如何？」

「是個實力超出平均水準的魔王。在我討伐過的魔王之中，算得上是最頂級的。」

修格有過數次討伐魔王的經驗。一如同階冒險者間的實力仍有強弱之分，惡魔在個體上的差異也相當懸殊。倘若相信修格憑經驗得出的這段評語，表示該魔王的力量遠遠凌駕在我們之上。

「這倒是正合我意，假如首次討伐的魔王只是個小角色就太掃興了。」

從哈洛德那裡接受委託後的一週內，我們有添購新裝備並習得『新技能』，此刻可說是測試這股力量的絕佳舞臺。

我笑著說完後，昊牙來到我的身邊。

「話說老子還是不太懂耶。」

「啥？不懂什麼？」

「惡魔降世的目標是侵略人類世界吧？這點老子也明白，但為何如此強大的惡魔要做出這種類似自殺式攻擊的行徑啊？」

「是基於本能。」

「本能？」

我朝著一臉納悶的昊牙點頭說：

「其實惡魔並非是基於明確的目標而侵略人類世界，因此才解釋成是基於本能。它們是出於本能想要奪取並毀滅人類世界，所以跟劃分強弱的排名扯不上關係。」

「喔～原來如此。」

昊牙似懂非懂地點點頭。我將目光從昊牙身上移開，朝著散發魔王氣息的方向看去。

「各位，作戰行動就此開始。」

我發動戰術技能《士氣高昂》。這是讓隊友的體力和魔力都上升百分之四十，並且加快恢復速度的技能。

「出發，接下來是快樂的狩獵時間。」

魔王——真祖就在此廢墟的中央廣場上。它似乎已經察覺我們的入侵，召喚部下於廣場內嚴陣以待。

它召喚出大約三百名的仙精士兵(element soldier)。除了風、水、火、土四大仙精以外，還有比上述更高階的光精士兵跟暗精士兵。這些士兵看起來就像是一個個穿戴武裝的人類或野獸，四大仙精的戰力約莫為深度八，光精和暗精則是深度十。

這類召喚型的手下是除非魔王的魔力耗盡，不然會無限重生。倘若陷入持久戰，我方將毫無勝算。

反觀我方的戰力是五人——外加一百尊。這一百尊便是修格召喚出來的人偶兵們。除了手持劍、槍、斧的近戰型，使用弓箭、槍砲、魔法的遠攻型以外，還有擅長恢復跟護盾(barrier)的支援型人偶兵。

修格是【傀儡師】系A階職能的【千軍操者(grand master)】，能力一如其名可同時召喚與指揮上千尊的人偶兵。

不過人偶兵的性能會隨著數量越多而降低。真祖和仙精士兵是相當棘手的敵人，為了讓人偶兵的性能達到足以與之抗衡的水準，同時召喚的數量上限就是一百尊。壓縮至一百尊的人偶兵，單就實力來說是與B階冒險者同個級次。

在兩軍對峙期間，我抬頭看向身為敵方大將的真祖。它看起來相當年輕，是個英俊到讓人眼睛一亮的美男子。它擁有一頭微捲的金色長髮，姣好的容貌散發出一股高貴感。眼睛如鮮血般呈現猩紅色，膚色則恍若白瓷般毫無血色。身上穿著帶有金線刺繡的藍色皮衣，坐在由某種骨頭組成的御座上。至於御座則是飄於半空中。

真祖面無表情地從高處俯視著我們，那副模樣狀似沒把我們視為敵手，從它眼中只感受到煩躁與厭惡而已。它懶洋洋地用手托著臉頰，露出一道彷彿在注視害蟲的眼神望向我們。考量到雙方在實力上的差距，也難怪它會有這種反應。不過這份傲慢便是真祖的極限。

因此我字正腔圓地說出以下這句話，讓即使位於遠處的真祖也能讀出我想表達的意思。

「看我像是蹂躪螻蟻那樣虐死你。」

面對我的挑釁，真祖氣得臉頰微微一抽，簡潔扼要地對仙精士兵們下令。

「去吧。」

在收到這道蘊含怒氣與殺意的命令後，仙精士兵們為了實現主人的心願傾巢而出。

「小心！諾艾爾！敵人要使用毒氣！」

擁有過人五感的亞兒瑪率先察覺異狀，只見風精士兵和土精士兵聯手朝四周釋放毒氣。足以快速腐蝕地面的劇毒氣體，乘著強風朝我們逼近。只要吸入一口，就會從體內開始潰爛，轉瞬間便屍骨無存。就算是擁有優秀抗毒能力的亞兒瑪也不例外。

「雷翁，使出《新星光陣(nova circle)》。」

「知道了！」

我發動《戰術展開(tactician)》，對雷翁下達指示。服從指令的雷翁把劍往地面一插，隨即在周圍一帶產生巨大光陣。

騎士技能《新星光陣》是設下能讓所有異常狀態無效化的光陣，而且能對陣內的同伴們附加體力和魔力恢復速度提升的效果。

多虧雷翁的《新星光陣》，毒氣已被徹底淨化。仙精士兵們立刻改變戰術，從遠處發動強大的攻擊魔法技能。由於雷翁正在發動《新星光陣》，因此無法張設護盾。

「昊牙、修格，擋下攻擊。」

「是！」「遵命。」

昊牙將手中的佩刀一揮，前方便產生一座巨型冰牆。與此同時，修格命令人偶兵開啟護盾。

這是武士技能《冰之太刀》，可將攻擊目標冰凍的技能。若是朝著大氣施放，即可憑空製造冰牆。在昊牙的冰牆與人偶兵的護盾之下，仙精士兵們射來的火龍捲跟土石流等各種屬性攻擊被盡數擋下。

不過仙精士兵們的魔法過於猛烈，攔下攻擊的冰牆和護盾剎那間就通通消失，敵人的突擊隊一口氣衝殺而來，根本來不及補上新的冰牆與護盾。

「亞兒瑪，施展《影腕操控(shadow arm)》。」

「收到！」

下一秒，亞兒瑪的影子迅速往前延伸，分支出無數實體化的影之手，並且抓住敵方突擊隊的腳部。

暗殺技能《影腕操控》是可將自身的影子實體化，並隨心所欲操控的技能。因為突擊隊的腳被影之手抓住，於是全都失去平衡摔倒在地。如此一來，負責突擊的仙精士兵們絕無可能立刻重整態勢。

「雷翁，用《落日慈劍（merciful graive）》掃光敵人。」

「沒問題——！《落日慈劍》！」

光陣回應雷翁的大吼，隨即射出上千把光劍。

騎士技能《落日慈劍》是從地面射出光劍的範圍攻擊技，儘管前提是必須在《新星光陣》發動的情況下才可以使用，不過附帶神聖屬性的光劍，能對所有惡魔造成無視防禦力的傷害以及拘束效果。

猛然射出的幾千把光劍，成功束縛住將近一半的仙精士兵。至於順利躲過攻擊的仙精士兵們，卻被射穿的同伴們擋住去路。

「趁現在掃蕩敵軍！」

「「是!!」」

除了施展《落日慈劍》拘束敵人的雷翁以外，另外三人一起發動攻勢。

武士技能《櫻花狂咲》。

如大量櫻花瓣舞落的無數斬擊把仙精士兵砍成碎片。

暗殺技能《投擲必中（perfect throw）》，暗殺技能《穿甲破彈（armour piercing）》，暗殺技能《影腕操控》。

仙精士兵接連被附帶不可迴避與無視防禦效果的飛針和化成尖刺狀的影之手射穿核心，當場灰飛煙滅。

傀儡技能《魔絲操偶（ether link）》，傀儡技能《魔導破碎（link burst）》。

修格從十指射出魔絲連接的所有遠攻型人偶兵立刻解除限制，性能瞬間暴增一百倍。以人偶兵崩解為代價，弓箭、槍砲和魔法人偶兵同時發動攻擊，一舉掃蕩仙精士兵們。

在我方的猛攻之下，仙精士兵已消失大半，不過身為高階個體的光精士兵跟暗精士兵都依然存在，只見兩名光精士兵與兩名暗精士兵從漫漫沙塵之中衝了出來。

光精士兵是身穿黃金鎧甲，體型纖瘦的二刀流劍士，擅長運用高速移動的打帶跑戰術，並且具有發射高熱光束的遠攻手段。另外還能夠折射光線，藉此製造幻影分身。

暗精士兵是揮舞巨型戰錘的黑色重裝兵（vanguard），能操控重力來提升攻擊力，或是藉此反彈攻擊。由於它身邊的重力特別高，假如與它肉搏的話，會因為重力增加而難以行動，是相當難纏的對手。

兩者的戰鬥能力皆等同於深度十，是非常強大的敵人。一次碰上四名的話，即便是戰鬥經驗豐富的老手探索者也難以取勝。

不過，對現在的我們來說完全不是對手。

「亞兒瑪、昊牙、雷翁，開始迎擊！」

「來了！」「看老子的厲害！」「交給我吧！」

三人聽從指示迎戰仙精士兵，而我也間不容髮地發出下個指令。

「修格，執行第十五號戰術！」

「第十五號戰術？收到了。」

修格點頭回應，令近戰型人偶兵追上飛奔疾走的三人。但就算有人偶兵的掩護，三人與敵兵硬碰硬也毫無勝算，因此我才採用第十五號戰術。

「《移封流轉(shift change)》，發動。」

在三人即將與仙精士兵交戰的瞬間，修格令人偶兵加速的同時，還發動另一個技能。在仙精士兵準備粉碎人偶兵之際，人偶兵竟突然和仙精士兵互換位置。由於來不及收手，於是演變成光精攻擊光精，暗精攻擊暗精的自相殘殺。

傀儡技能《移封流轉》是會讓自身操控的人偶兵與目標互換位置。關於該何時以何種方式施展《移封流轉》，我與修格已按照戰術編號達成共識。此刻因第十五號戰術自相殘殺的仙精士兵們，雙雙受到相當嚴重的傷害。

「趁現在繼續追擊！」

「《速度提升(accel)》——十二倍！」

「《居合一閃》！」

「《神聖波動(divine impact)》！」

「《魔導破碎》！」

四人同時發動各自的必殺攻擊，一舉把仙精士兵全數殲滅。我方成功將敵人的手下剷除殆盡，不過仙精士兵沒有實體，只要真祖的魔力沒有耗盡，就可以不斷召喚。

「別讓真祖有時間重新召喚！昊牙和亞兒瑪負責進攻！雷翁與修格幫忙掩護！」

能夠高速行動的昊牙和亞兒瑪立刻衝向真祖，雷翁跟修格則是幫兩人施加護盾，或是施展遠距離攻擊防止真祖重新召喚士兵。雷翁與修格的攻擊直接命中真祖，現場隨即塵土飛揚，緊接著昊牙高高躍起。

「看老子取下你的腦袋！」

與此同時，亞兒瑪維持最快速度遁入影子之中。

這招是暗殺技能《潛影移動(shadow dive)》，發動者能遁入影子中進行移動。雖然移動時會持續消耗大量魔力，卻可以躲過絕大多數的攻擊。

昊牙從正面撲上去，亞兒瑪則是出現在後方，打算一舉殺掉位於煙霧裡的真祖，不過──

「愚蠢。」

忽然傳來真祖充滿鄙視的說話聲。即使直接被雷翁和修格的攻擊打中，真祖仍毫髮無傷，悠然地坐在御座上嘲笑昊牙跟亞兒瑪的奇襲。

「咦!?」「不會吧!?」

兩人見狀大驚失色，揮下的刀刃被無形的屏障彈開，令他們雙雙在半空中失去平衡。真祖在這時發出一聲彈指，只見強大的電光從空中落下。

　儘管昊牙已失去平衡，仍踏向空氣成功躲過落雷。可是亞兒瑪來不及閃躲，直接遭落雷擊中。

「亞兒瑪!!」

　我感到一陣惡寒，忍不住發出驚呼。真祖所處的周圍一帶皆因落雷的高熱化成岩漿，大氣間不斷迸射電流。就算有護盾的保護，若是直接被剛才那陣威力強大的落雷擊中也會當場喪命。

　待沙塵散去後，我四處尋找亞兒瑪的身影，在確認她平安無事後才鬆了一口氣。

　暗殺技能《靈化迴避（phantom）》是使用者在三秒的有效期間內會靈體化，進入任誰都無法觸碰的狀態。她似乎在千鈞一髮之際發動這招，成功化解來自落雷的傷害。

　不過《靈化迴避》在二十四小時內只能發動一次，也就表示沒有第二次機會了。亞兒瑪嚇得臉色蒼白，不停大口喘息。

「亞兒瑪，妳沒事吧!?」

　昊牙跳至鐘塔上如此大喊，關心著亞兒瑪的安危。下個瞬間，思考速度獲得提升的我，腦中閃過一幕駭人的光景。

「昊牙！立刻離開那裡!!」

　昊牙一聽見我的提醒，不加思索地使勁往後一跳，就這麼落在地上。其實我囑咐過同伴們，我在戰鬥期間下達的命令必須全面服從，別多想我為何要這麼下令，立即照辦就好。
昊牙跳開的下一秒，高達二十公尺的鐘塔突然化成粉塵。這就是我透過高速思考，在有限的預知之下所看見的結果。不同的就只有昊牙並未跟著化為粉塵。
「喲～居然有辦法躲過這記攻擊……」
真祖露出饒有興致的笑容。
錯不了的，剛才的攻擊是時空魔法。那是將目標的時間加速，使其瞬間風化，無法防禦的即死攻擊。儘管我勉強用有限的預知能力識破這招，但是該攻擊的有效範圍太廣泛，而且速度快得嚇人。若是稍有不慎，我方就會全軍覆沒。
「原來如此，是透過高速思考所產生的有限預知能力呀。」
真祖托著臉頰望向我。
「想來是你感應到空間的細微波動，才得以預測出余的空間魔法。以螻蟻而言的確值得讚許，但又令余稍嫌麻煩。」
語畢，真祖微微瞇起他那雙如鮮血般的紅色眼睛。
「因此，就從你開始下手吧。」
如此宣布的真祖，身上散發出驚人的魔力。
「糟了!!快保護諾艾爾!!」
雷翁在大聲提醒的同時朝我奔來，昊牙跟亞兒瑪也心急如焚地想跑來保護我。不過他們三人實在是來不及。唯獨修格迅速操控人偶兵守在我身旁，並且施展出好幾道護盾來加強防守，但是——

「沒用的，蠢貨。」

這股夾雜著笑意的聲音，竟然直接出現在我的眼前。

「咦!?呃……咳……」

本該悠然坐於空中御座的真祖，此時就站在我的面前，而且右手已經貫穿我的胸膛。

「我已將時間靜止了。」

真祖的臉上浮現殘酷的笑容。

「無論你們如何加強防守，在停滯的時間之中皆毫無意義。瞧你的工作應該是負責指揮與施加增益，一旦失去你，你們便毫無勝算。至於你的同伴們，我會慢慢蹂躪至死。」

「咳、咳呃！嘔……」

我口吐鮮血，緊緊抓住真祖的手臂。真祖用左手手指抹去我噴濺在他臉頰上的鮮血。

「在此之前，我先來填一下肚子。」

真祖舔了一口我的血，只見他那副專屬於贏家，正期待著該如何凌虐對手的殘酷表情——皺起眉頭換成一張臭臉。

「這、這血的味道是怎麼回事!?」

真祖連忙將含在嘴裡的鮮血吐出來。看著他那副狼狽樣，胸口仍遭人貫穿的我開始放聲大笑。

「哈哈哈哈哈！我的血似乎沒能令你滿意嘛！」

「你、你到底是——」

真祖驚覺不對，止住話語扭頭觀察周圍。明明我遭人貫穿胸口，卻不見一名同伴前來營救，反倒跟我拉開距離，狀似想躲避緊接而來的危險。

「混、混帳東西——!!」

終於頓悟『真相』的真祖，氣急敗壞地想把手從我的身上拔出來。不過已經太遲了，就連發動時間暫停魔法的空檔都沒有。

「真正愚蠢的是你才對。」

我語帶諷刺地如此說完後，我的身體伴隨一陣強光當場爆炸。

†

以【話術士】為首的各種輔助職能（buffer），在所有戰鬥職能裡是公認最弱的一種，最大的理由便是與其他職業相比，此職能缺乏自保手段。畢竟在戰鬥期間總是需要旁人保護，將會變相拖累其他同伴。

真要說來是邊掩護某人邊戰鬥，將導致自身的戰鬥能力大幅下降。就算有優秀的護衛守於身旁，但在被【暗殺者(assasin)】等匿蹤特化的職能盯上時，幾乎絕無可能保護到最後。

外加上輔助職能者一旦被殺，友軍將一口氣失去所有增益，同時也會因為反噬而導致能力大幅下滑。

縱使真祖是惡魔，仍憑藉著優異的智慧看穿我是輔助職能與隨之而來的弱點。換言之，殺了我不僅能讓其他同伴失去指揮官，也會因為失去增益而造成的反噬大幅弱化我方實力。

而且能支配時空的真祖，擁有名為時間暫停魔法的終極力量。無論多麼堅不可摧的防禦，在這招面前都毫無意義。不難想像真祖會動用時間暫停魔法，因此我提前備妥了一尊能充當我的冒牌貨。

傀儡技能《模造製成(imitation)》是能讓【傀儡師】複製接觸之物的招式。儘管品質不如本尊，另外不能複製生命體的靈魂，但外表幾乎一模一樣。我請修格複製出另一個我，並透過操作模仿得唯妙唯肖。至於我的命令和增益就並非透過聲音，而是藉由《思考共有》來傳達。

另外又在冒牌貨裡暗藏一枚炸彈。這並非一般的炸彈，而是注入多達三頭幽狼犬(Garm)的骨髓液。一旦引爆還會吸取周圍的魔力，令威力更上一層樓。況且這次是擁有龐大魔力的真祖就站在眼前，威力更是突破天際，足以把這片廢墟夷為平地。

因此我命修格讓人偶兵在周圍設下護盾，將爆炸的威力集中於一處。修格之所以迅速調派人偶兵守在我的冒牌貨周圍，真正用意是為了避免我們遭到爆炸波及。

儘管爆炸威力強大到摧毀護盾，最終還是成功將影響效果壓制在廣場內。在雷翁的護盾之中，我們都毫髮未損。假扮成人偶兵的我，脫下鎧甲站了出來。

「諾艾爾，你不繼續躲著沒關係嗎？」

面對吳牙的關心，我點頭以對。

「無妨，這種小聰明不能用第二次了。」

眼前多出一個巨大的凹坑，能感受到裡頭仍有一股強大的氣勢。

「……可惡～可惡啊～～～～……」

坑內傳來一股幽怨的聲音。

「窩在坑裡怨天尤人？你這個窩囊廢，簡直要把身為魔王的面子給丟光了。」

我笑著如此挑釁後，坑內的煙霧突然被強風吹散，從中飛出一隻長著翅膀的巨大怪物。

「一群該死的螻蟻啊啊啊啊啊啊啊啊啊!!」

受到重創的真祖發出足以撼動大氣的咆哮，褪下虛假的外表恢復真身。先前那個華麗耀眼的絕美青年形象已不復存在，只剩下一頭擺動翅膀停滯於半空中的醜陋怪物，現身在我們的面前。

它擁有近似蝙蝠的翅膀，頭頂長了一對扭曲的犄角，肌肉膨脹到體型宛如一座小山的身軀，淡黑色的皮膚表面布滿有如血管般散發著紅光的花紋。

「哈哈哈，終於剝下你那虛假的外皮了。」

「竟敢迫使余露出這副模樣！簡直是罪該萬死!!」

「少在那邊說大話啦，遜咖。在你叫囂之前，何不使出時間暫停魔法來看看？嗯？怎麼啦？辦不到嗎？」

「臭、臭小子～……」

真祖氣得說不出話來。支配現場的人是我，不管它露出何等凶惡的表情，在我眼中都和小丑沒兩樣。

「你使不出來對吧～？縱然是魔王，也無法連續施展讓時間暫停的強大力量，再加上方才的爆炸對你造成重創，按照你用來恢復肉體的魔力量，你已經無法施展時間暫停魔法了。」

一切都在我的算計之中。就算是無敵到擁有時間暫停能力的敵人，對我來說——對我們來說也絕對有辦法戰勝的。

「哼哼哼……啊哈哈哈哈哈哈哈哈！」

我再也忍不住從心底油然而生的笑意。這場戰鬥還沒結束，即便敵人無法使用時間暫停魔法，好歹仍是一名魔王，絕非三兩下就能擺平的對手。若是沒有以命相搏，從生死狹縫間找出那一絲勝算的話，等待我們的只有死路一條。

不過我還是笑了出來。

太有趣了，這真是令人愉悅到無法自拔。用計讓絕對強者上當，一腳把對方踹進恥辱與恐懼的深淵之中，天底下還有比這更好玩的事情嗎？

沒有，我相信答案是否定的。

「哼哼哼……就讓我們開始第二回合吧。」

†

「眾人聽令，接下來準備展開空戰！」

化成怪物的真祖高高飛起之際，我便如此大喊。敵人除了擅長強力的魔法攻擊，同時具備飛行能力。為了避免被對手從半空中單方面壓制，我們也必須跟著飛上天迎戰。

「《飛翔圓舞》！」「《空中步法（sky walk）》！」

負責突擊的昊牙與亞兒瑪率先飛上天際。

武士技能《飛翔圓舞》和暗殺技能《空中步法》——

兩者皆是能讓使用者在空中移動的招式。《飛翔圓舞》是運用魔力在空中製造立足點，《空中步法》則是藉由反重力讓人自由於空中移動。

「《召喚天馬（summon pegasus）》！」「《創造飛兵（servant valkyrie）》！」

雷翁和修格無法靠自己飛行，但可以召喚擁有飛行能力的坐騎。

騎士技能《召喚天馬》是能夠召喚長有翅膀的天馬。裝備白銀甲冑的天馬不僅擁有飛行能力，本身也具備優越的戰鬥力。

傀儡技能《創造飛兵》可以製造出擁有飛行能力的魟魚型人偶兵。儘管毫無攻擊能力，但平坦寬敞的背部能載運東西，主要用途是負責搬運。

雷翁一腳跨上天馬，修格則是踩在飛兵背上。缺乏空戰技能的我，一口氣跳到修格追加召喚的飛兵身上。當我們飛離地面時，真祖已在頭頂上凝聚出一顆恍若太陽般的巨型火球。

「一群螻蟻!!化成灰燼吧!!」

高速落下的火球一接觸地面，隨即引發空前的爆炸。如風暴般的熱浪不僅席捲廣場，整片廢墟也沒能倖免於難。不久後，向外擴散的強風又朝著化為真空狀態的爆炸中心迅速收縮，將現場毀得更加徹底。

我們在千鈞一髮之際逃至空中，放眼望去只剩下化成熾熱熔岩的廢墟。即便是距離爆炸中心十分遙遠的地方，各個建築物也被震波毀去大半，昔日的大城市幾乎已被夷為平地。

雖說早知道會出現這種情況，不過魔王的戰鬥力當真是非常驚人。縱使它剩下的魔力無法施展時間暫停魔法，其攻擊力仍遠遠凌駕在我們之上。

但終究撼動不了我們的勝利。

「昊牙和亞兒瑪對真祖展開突擊！雷翁負責掩護他們！修格繼續召喚人偶兵！」

「好！」「交給我吧！」「收到！」「我很快就好！」

昊牙跟亞兒瑪充分發揮出自身的迅捷速度，無所畏懼地一口氣拉近與真祖的距離發動攻勢。雷翁則駕馭天馬翱翔於天際，幫他們施加護盾，並且發射光球——透過《神聖波動》從旁掩護。

不過真祖迅如疾風地逐一躲過三人的攻擊。它在人形狀態時是藉由操控重力來實現飛行，但在長出翅膀之後，速度快到完全是不同級次。

「《軍團蹂躪》！」

千軍技能《軍團蹂躪》是一口氣製造出大量人偶兵的招式。身為【傀儡師】的修格是已經達到A階的強者。【傀儡師】系的A階職能【千軍操者】，一如其名可以操控整支軍團。

修格創出六十尊人偶兵，分別是二十尊遠攻型和十尊支援型，以及供它們搭乘的三十尊飛行兵。他一造好人偶兵們就立刻加入戰局，只見箭矢、槍砲還有各種屬性的魔法，如落雨般飛向真祖。

即便修格操縱人偶進行掃射，真祖仍精準地逐一躲開，沒能對它造成絲毫傷害。

「預知能力果然很難纏……」

擁有頂尖魔法能力的真祖，甚至能夠支配時空。儘管已經封住名為時間暫停魔法的極致之力，但這並不是它所有的力量。既然可以支配時空，就表示它能夠看穿未來。換言之，預知能力是它的另一項利器。

就算昊牙一口氣揮出上千刀，亞兒瑪以超越音速的速度發動奇襲，對於全程維持預知能力的真祖來說，根本造成不了任何威脅。真祖精準無誤地接連閃躲，並藉由操控重力提升威力，揮動剛拳迎戰兩人。

昊牙和亞兒瑪都有避開攻擊，可是真祖的出拳光靠餘波也足以對人造成致命傷，因此每當兩人躲過攻擊，雷翁跟修格接連補上的護盾不斷代為承受傷害並損毀。眼下戰況是真祖占有絕對的優勢。

偏偏真祖在盛怒之餘，應對上卻是無比冷靜。如果它氣急攻心接連施展大招，我們也能打得更輕鬆，但它除了露出真身時發射的火球以外，面對接下來的肉搏戰是一直盡可能地抑制魔力消耗。我本想透過挑釁來打亂它的思緒，看來效果比想像中更差。一旦陷入持久戰，體力不如人的我們是必輸無疑。

話雖如此，我也沒打算讓敵人稱心如意。

一如真祖擁有預知能力，我也藉由高速化的思緒達到類似預知的境界。自戰鬥開始至今，我為了對抗真祖是一直在預測戰況。

當然單就預知的效果，我是遠遠不如真祖。我的預知能力並非能看見未來，純粹是將接收到的情報進行分析，預測出接下來的結果罷了。外加上把預知結果傳達給同伴們免不了有時間差，就算仰賴最即時的《思考共有》，準確度仍會被拖垮。

但就算預知能力不如人，我仍具備真祖所沒有的優勢。那就是豐富的戰鬥知識。我運用了各種力量絕倫的真祖始料未及、專門用來以小搏大的戰術，彌補我在預知上的不足。

『昊牙，兩秒後躲開來自左前方的攻擊，並發動《櫻花狂咲》，然後補上《祕劍燕返》連續使出大量斬擊。亞兒瑪，妳在三秒後藏身於昊牙的斬擊裡，從敵人正面右上方的五十公尺處發動偷襲。雷翁，你在這五秒裡先別施展護盾，朝著前方連續發射《神聖波動》，迫使敵人移動至亞兒瑪的攻擊範圍內。修格在這三秒裡集中替昊牙施加護盾，之後馬上透過射擊來掩護亞兒瑪，為她確保完成偷襲後的退路。昊牙，即刻向後退三十公尺。亞兒瑪——』

我以並列思考的方式，透過《思考共有》同時對所有同伴下達指示。開戰至今已經過三十分鐘，同伴們根據我藉由預知結果得出的指令，以最精準的動作躲開真祖的攻擊並反攻。倘若我稍有誤判，就會令同伴喪命，進而導致全軍覆沒。

連續預知造成的負擔，令我的大腦已瀕臨極限。我現在是頭痛欲裂，噁心想吐，甚至因微血管破裂而開始七竅出血。感覺心臟隨時都會停止跳動。

不過，這點程度算得了什麼？

「命運啊——」

無論怎樣的痛苦……不對，就算一死，也無法成為我停下腳步的理由。別畏懼，繼續思考，戰勝真祖那完美無缺的預知能力，緊咬住勝利的希望不放。若是你有一絲膽怯，就會令同伴喪命，徹底失去一切。趕緊回想起自己對外祖父立下的誓言。

『我答應你，外公，我會成為最強的探索者。』

「屈服我吧。」

就在這時，超越思緒的思緒前方射來一絲光明。

「看見了!!」

那是宛如從針孔透入的微弱光芒，卻依然代表著絕對的勝利。

『修格，將護盾集中於雷翁身上！雷翁，使出《天馬突擊（nightmare charge）》！』

『好的！』『收到了！』

『昊牙，你從那個位置對準下方的敵人施展《冰之太刀》！亞兒瑪則由下往上全力施展《影腕操控》！』

『好！』『明白了！』

雷翁遵從我的指示，駕馭天馬對真祖展開強襲。

騎士技能《天馬突擊》是騎乘召喚的天馬，開啟護盾使出突擊的招式，破壞力會隨著天馬的速度以及護盾的硬度增強。

雷翁在自己和修格施加的多重護盾之下，彷彿化成一道流星衝向真祖。假如直接命中，將是能對真祖造成重創的一擊。

「啐！」

預見未來的真祖啐了一聲，趕緊躲開雷翁的必殺突擊，可是上空隨即落下一座巨大冰山，下方則有無數的影之手高速逼近。真祖之所以會發出咂嘴聲，是因為它已看見這一連串的攻勢。

不過，我們的攻擊並非這樣就結束了。

『修格，使出《魔導破碎》一起掃射！雷翁，施展《日輪極光(seraphim blade)》！就此與敵人一決勝負！』

「《魔導破碎》!!」「《日輪極光》!!」

修格令所有的遠攻型人偶兵全部發動《魔導破碎》，以人偶兵毀損為代價施展出最強火力。雷翁在連忙停下天馬並轉身後，把劍高舉向天，開始凝聚所有的魔力。

即使真祖能看見未來，終究躲不過同時來自四面八方的攻擊。我利用高速思考達成的有限預知對上真祖的預知未來，這場對決最終是由我勝出。

「該死的螻蟻們！少瞧不起余啊啊啊啊啊啊啊啊!!」

真祖放聲怒吼，朝雷翁射出強大的雷擊。既然無法躲過所有的攻擊，它決定打斷威力最強的《日輪極光》，同時想一招殺死雷翁。可謂是傷敵一千，自損八百的戰術。

但我早就料到它會這麼做了。

「雷翁，我已施展《強制轉換(conversion)》！快發動《絕對防禦(invincible)》！」

戰術技能《強制轉換》的效果是以正在發動技能的同伴為目標，強行讓對方改變發動的技能。

在《強制轉換》的效力之下，準備用來施展《日輪極光》的魔力被改為發動《絕對防禦》。【騎士】擁有的《絕對防禦》是每天只能施展一次，可以將任何攻擊都反射回去的招式。

「豈有此理!?」

被雷翁的《絕對防禦》反射的雷擊，朝真祖張牙舞爪地撲去。而真祖沒能預知出這個結果。一直依賴預知的它之所以會被無法迴避的攻擊逼入絕境，就是因為它感到焦慮和煩躁，在無意識之下解除預知能力。

「你就在我的股掌之中被徹底蹂躪至死吧!!」

所有的攻擊都成功命中目標。包含我們的攻擊在內，真祖還被自己使出的雷電擊中，遭到前所未有的能量爆炸團團包圍。

「該死的螻蟻們————!!」

真祖張設護盾擋下不斷肆虐的能量，但還是失去右臂。

「該結束了!!昊牙，亞兒瑪，了結它!!」

我不會放過這個大好機會，立即下令機動性最強的兩人展開追擊。

於是我毫不猶豫地施展戰術技能《連環計(assault command)》，使出這招能讓所有攻擊技能威力提升十五倍的殺手鐧。

「《居合一閃》!!」「《隼之一擊(quick attack)》!!」

昊牙和亞兒瑪分別從上下兩側打算一口氣殺死真祖。面對這波強襲，真祖繼續張設護盾試圖擋下。

「唔喔喔喔喔喔!!」

真祖口吐鮮血地發出嚎叫。其實它的魔力殘量早已見底，因此我豎起右手的食指及中指，準備補上致命性的一擊。這手勢在東洋稱為『刀印』，也是施展『咒術』時的印記。

「森羅萬象啊，聽令於吾的駭世咒語吧，《怨敵調伏(curse)》!!」

我如此大喊，並將刀印朝著真祖往下一揮。

戰術技能《怨敵調伏》是可以在絕對不會被目標阻絕(resist)的必中狀態下，迫使遭刀印指定的對象降低全能力百分之二十五。我當成殺手鐧的這個招式，化成黑霧逐漸包圍真祖，使其力量瞬間驟降。

剎那間，真祖的護盾出現裂痕。昊牙便一刀砍破那脆弱的護盾。

「看老子滅了你!!」

「混帳東西————!!」

昊牙把刀子一轉，轉瞬間就取下真祖的首級。真祖死前發出的咆哮，就這麼墜入奈落深淵之中。

覆蓋廢墟的紅色霧靄至此終於散去。這是深淵受到淨化的證據。換言之，也是達成討伐真祖的證明。

「呼~呼~……作戰……結束……是我們……贏了。」

我氣若游絲地如此宣布後，昊牙和雷翁紛紛放聲大吼。

「好耶~~~~~~~~!!」「唔喔喔喔喔喔喔!!」

兩人將獲勝的喜悅大喊出來，反觀亞兒瑪是默默地閉上雙眼，修格則露出微笑。

儘管反應各不相同，卻能看出大家都對這場勝利欣喜不已。

我先是鬆了口氣，在抹去臉上的血漬後便躺倒於飛兵身上。我現在已經無法站立，外加上用腦過度，體內的生命維持機制全面降到谷底。

我痴痴地望著天空，只見呈現淺桃色的天際，從側面逐漸被染成群青色。在這片清澈的晚霞之中，能看見一顆最璀璨的星星。我反射性地朝這顆燦星伸出手，彷彿想抓住它似地緊握成拳。

「再過不久……再過不久之後，這一切都會成為我的……」

「不會吧……他們居然當真打贏了……」

包含瑪麗翁在內，在探索者協會職員們的關注之下，被淨化的深淵消失無蹤。換句話說，便是真祖已遭討伐的證據。

「明明憑他們的能耐根本毫無勝算啊……」

這個結果已不能算是讓人跌破眼鏡，簡直堪稱奇蹟發生。即便敵我雙方的實力差距恍若天壤之別，諾艾爾等人仍戰勝了真祖。不為此感到震驚才叫做強人所難。

「這就是蛇……不對，這就是諾艾爾・修特廉嗎……」

無疑是諾艾爾造就這場奇蹟。縱然在嵐翼之蛇裡，有著以【傀儡師】修格為首的多名探索者們，但全部加起來也絕非真祖的對手。他們之所以能夠獲勝，關鍵就在於身為司令官的諾艾爾指揮得宜。

「原來如此，怪不得爺爺你這麼看好他……」

「所以我說過了吧？他絕非一般的凡夫俗子。」

看著一臉得意的祖父，瑪麗翁回以苦笑地點了個頭。

明明身為優秀監察官卻幾乎準備退休的祖父，為何會突然決定重出江湖，個中的道理已是再清楚不過。

目前在帝都裡有三名EX探索者。

分別是百鬼夜行的團長噬王（king slayer）金獅子里奧・艾汀。

霸龍隊的團長開闢猛將（beginning one）維克托爾，克勞薩。

以及霸龍隊的副團長玲瓏神劍（innocent blade）吉克・范斯達因。

這三人都是天賦異稟的頂尖強者，以探索者而言是才華洋溢，持續走在霸者之路上不曾受挫過。

但諾艾爾不一樣。天生就是最弱輔助職能的他，憑藉著不屈不撓的努力與意志，以及絕頂聰明的才智踏上成功之路。這條路想必是困難重重，但他從不放棄地勇往直前，現在更是完成討伐魔王的壯舉。

綜觀古今歷史，成功討伐魔王的探索者並不在少數，卻未曾有過一位與諾艾爾相同類型的人。原因是具備非凡才華的天之驕子們，能夠打倒魔王是非常順理成章的事情。

瑪麗翁從事監察官的工作至今已有三年，自十五歲就職的她，這段期間見識過許多探索者，其中不乏有優秀之人，也有令她感到熱血澎湃之人，但這是她第一次如此被人觸動心弦。就算是她眼中的帝都最強里奧，也不曾令她感到這般心跳加快。

「諾艾爾・修特廉，你是一位貨真價實的英雄。」

全新魔王討伐者誕生的消息，很快就經由報紙傳遍大街小巷。除了七星以外，目前帝國內成功討伐魔王的戰團就只有三支，而我們嵐翼之蛇也加入其中了。

創立至今還不足四個月的戰團居然能打倒魔王，這條新聞別說是震驚業界，甚至引爆全國。嵐翼之蛇自創立以來就話題不斷。諸如它是由備受關注的蒼之天外（blue beyond）和天翼騎士團合併而成、為死刑犯修格・柯貝流斯洗刷冤屈並收為同伴，以及逮捕監獄爆破事件的犯人。

因此嵐翼之蛇雖是新興戰團，卻遠比其他戰團都更受人矚目。拜此所賜，本戰團成功取得贊助商們的信賴，在募集資金方面是順風順水，預計將於近期內湊齊建造飛空艇所需的八百億菲爾。

當然這些都是我一手促成的。

至於這次，我們終於完成討伐魔王的壯舉。這項偉業是有目共睹，並讓我們順利賺進高達七十億菲爾的報酬。已具備話題性、實績與資產這三項要素的我們，現在已被視為僅次於七星的頂尖戰團。換言之，我們也是加入七星之列的第一候補。

另一方面，有越來越多人將我們的活躍視為一項問題。其中最令人詬病的一點，便是我們明明不具備足以打倒魔王的戰力，探索者協會卻不知為何執意把委託交付我們。這項指控引發話題，學者們緊咬這點對探索者協會大肆批判。理由是認為協會挑選戰團時罔顧實力的評估，只是一味地譁眾取寵。

不過我們實際上有完成討伐，因此一般民眾並未受到這類批判影響。就算單以結果來說，我們完成討伐終究是事實，所以輿論反倒是偏向支持協會。

當然我們若是討伐失敗，協會長肯定會慘遭革職。畢竟魔王不同於低階惡魔，相關的討伐委託是絕不容許有一絲差池。後果不光是接受委託的戰團必須承擔，協會也同樣得負上全責。

協會長在召開記者會時，強烈主張他們的判斷是正確無誤，不過心底恐怕是如坐針氈吧。哈洛德這位老先生究竟是使出怎樣的魔術，才迫使協會願意將委託交付給我們，我對此是傻眼與感謝各占一半。

總之，成功擊敗魔王的我們每天都忙得不可開交，諸如接受報社記者的訪談、參加贊助商們舉辦的慶功宴，或是擔任企業活動的代言人等等。像這樣被世人捧為英雄之後，老實說過得一點都不輕鬆。

這樣的日子持續了半個月，不得不出席的活動告一段落後，我們為了放鬆一下身心，於是舉辦一場只有自己人參加的慶功宴。

「大家辛苦了，相信各位在這段期間都相當忙碌。」

地點就在我居住的星雫館。由於今天被我們包場，因此這裡沒有其他顧客。

「關於完成魔王討伐一事，我以團長的身分再次感謝各位。即使面對戰力差距近乎令人絕望的對手，我真的很感謝大家仍願意相信我並誓死奮戰。」

無論是亞兒瑪、昊牙、雷翁以及修格，這些同伴皆神采奕奕地看著舉起酒杯的我，十分專注地聽我致詞。

「首先是亞兒瑪跟昊牙，謝謝二位站上最危險的第一線與敵人廝殺。對於你們不知恐懼為何物的勇氣，我是打從心底佩服不已。」

在聽完我的讚美後，亞兒瑪嫣然一笑，昊牙則是害臊地搔了搔鼻子。

「接下來是修格，你在後線支援的表現簡直是無可挑剔。要是沒有你的話，我們根本無法與魔王一戰。大家之所以能全力發揮，都是拜你所賜。」

我針對真祖制定的一切戰術，全與修格的技能息息相關。說起那場死鬥的關鍵人物，修格是當之無愧。

不過修格並沒有表現出一絲喜悅，只以眼神回應我的感謝。按照他的個性，十之八九覺得只是盡自己的責任罷了。真是個嚴以律己的男人。

「最後是雷翁，雖然給魔王致命一擊的人是昊牙，但也多虧有你幫忙製造機會。另外當我下達的指示不夠充分時，你都有設法支援對吧。如此出色的表現，確實沒有辜負副團長之名。」

在與真祖一戰裡，我隨時都會透過預知來引導同伴們，但傳達所造成的延遲經常讓情況險象環生，當下都多虧雷翁及時掩護。不論是萬能到可以同時勝任前鋒與後衛的天賦、兼具恢復和護盾的支援能力，以及擔任過天翼騎士團隊長所培養出來的戰場判斷力，他將上述一切發揮得淋漓盡致，從旁輔助我的指揮。

「另外恭喜你完成升階，憑你的資質及貢獻可說是理所當然，我很期待你今後更為活躍的表現。」

雷翁大大地朝我點了個頭，儘管神情看起來仍是一名性情純樸的陽光青年，不過蘊含於他體內的正能量化為自信顯現於臉上。經過那場大戰，雷翁身上浮現出代表升階的圖紋。他在結束與魔王的死鬥後，就此開拓出全新的可能性——一把推開通往A階的大門。從【騎士(knight)】升階為【聖騎士(paladin)】的他，各項能力都遠在B階之上。

「這是一場少了誰都無法獲勝的死鬥，甚至有人將這場勝利稱之為奇蹟。這句話的確是事實，不過只要我還是團長的一天，我就會繼續引發奇蹟給各位看。對我們來說——對我們嵐翼之蛇來說，根本沒有任何敵手，就讓我們奪下名為最強的寶座吧。」

我語氣堅定地誇下海口後，舉起裝滿麥酒的玻璃啤酒杯。

「讓我們為無窮的榮耀乾杯！」

「乾杯！」

只見桌上有五個啤酒杯輕輕地相互碰撞，在這陣由玻璃發出的清脆響聲之中，為這漫長快樂的一夜揭開序幕。

†

「你升上A階時有啥特別的感覺嗎？」

當眾人配著美酒佳餚有說有笑之際，稍有醉意的昊牙如此詢問雷翁。雷翁先是輕笑一聲，然後就單手拿起啤酒杯回答。

「與升為B階時沒有多少分別。當然能力是有顯著提升，但也談不上有什麼特別的感受。」

「話雖如此，世間已將A階探索者視為超人般的存在吧？難道沒有那種……超越人類極限的感覺嗎？」

「這個嘛……原則上是沒有，只覺得力量不斷從體內湧現。也許是我升階後尚未經歷戰鬥，才會沒什麼感覺吧。修格你呢？你有產生什麼特別的感受嗎？」

忽然被雷翁點名的修格搖搖頭說：

「我也沒有耶，就只是能力有提升而已。」

「什麼嘛，聽起來真沒勁。」

語畢，昊牙便仰靠在椅背上，並用雙手枕著後腦杓。

「那你想像中是怎樣的呢？」

昊牙聽完我的問題，露出一嘴白牙笑說：

「既然都被形容成超人，老子還很期待大腦會突然開竅咧。比方說要是能輕鬆掌握宇宙真理的話，不覺得很厲害嗎？」

「你是傻了嗎？」

亞兒瑪搶在我之前先一步吐槽，並重重地發出一聲嘆息。

「就算被評為超人也還是人，只不過是突破自身極限也不會改變什麼。居然連這點小事都不懂，昊牙你真是個大蠢瓜。」

面對亞兒瑪如此辛辣的一席話，昊牙忍不住皺眉。

「妳這個人真沒夢想。就是因為這樣，諾艾爾才看不上妳。何不藉此機會讓自己變得深思熟慮點啊？」

「啥？深思熟慮？腦子只有水蚤般大的你沒資格說我。重點是我和諾艾爾早從前世就已結下不解之緣，純粹是他太傲嬌了，明眼人一看都知道他最愛的就是姊姊我。對吧？諾艾爾。」

「少把我牽扯進妳那扭曲的幻想裡。」

話說前世是怎麼回事？我還是首次聽說這種設定。昊牙見我一把推開想對我熊抱的亞兒瑪後，當場捧腹大笑。

「哇哈哈哈！被甩了吧！妳這個遜炮！」

「受死吧。」

亞兒瑪朝著笑到快岔氣的昊牙擲出一根叉子。

「夭、夭壽咧!?」

昊牙在千鈞一髮之際仰頭閃躲，只見刺入後方牆壁的叉子隨著慣性上下搖晃。倘若昊牙稍微慢半拍躲開，恐怕叉子就會插在他的額頭上。

「妳幹啥啦!?哪有人直接動手的！禁止暴力！」

「不關我的事，是叉子自己飛過去的。」

「天底下豈會發生這種鬼事啊！」

「諾艾爾，這很好吃喔。來，啊～～」

「喂！聽人說話啦！」

亞兒瑪無視氣得面紅耳赤的昊牙，準備親手餵我吃東西。在我將臉一撇，避開遞來的食物之際，本店老闆的女兒瑪莉雙手端著托盤走了過來。

「久等了～側素各位加點的料理～」

瑪莉手腳俐落地逐一把餐點放上桌。畢竟慶功宴才剛開始，我們自然有繼續加點酒和食物。

「小動物有乖乖工作真偉大呢，跟昊牙這個薪水小偷簡直是天壤之別。」

「哇哇哇！請不要摸亂倫家的頭髮啦！」

亞兒瑪伸出雙手不停撫摸瑪莉的頭。也不知是被觸動怎樣的心弦，亞兒瑪十分喜愛瑪莉，每次一有機會就對瑪莉做出以疼愛為名的騷擾行為。

「唉唷！請不要側樣！還有倫家的名字素瑪莉！才不叫做小動物呢！」

瑪莉硬是把亞兒瑪的手推開之後，氣呼呼地鼓起雙頰。就在這時，忽有一名光頭壯漢出現在她身後。這位便是瑪莉的父親賈斯頓，也是星雫館的店長。本該正在做菜的賈斯頓，右手還握著一根大湯勺。

「喂，諾艾爾，有人找你。」

「都這麼晚了還有人找我？」

「來者是個很漂亮的金髮小姐，她說自己名叫瑪麗翁・詹金斯，看起來很像是探索者協會的職員。」

「瑪麗翁……？好吧，讓她進來。」

她來找我有什麼事？在我如此納悶的片刻之後，賈斯頓領著瑪麗翁來到我的面前。

「嗨，蛇，你們正在慶祝啊。」

瑪麗翁露出陽光般的笑容，並將手裡的一束玫瑰遞給我。

「這是我的一點心意，希望你能收下。」

「送花給探索者當作慶祝？就算我的確氣質過人，這禮物還是有點太雅致了。」

我聳聳肩收下花束後，瑪麗翁不由得笑出聲來。

「啊哈哈哈，我能理解你的感受。像這樣突然有人送我花束的話，換作是我也會挺困惑的，可是偶爾一次應該也不賴吧？」

「或許吧。那我在此謝過妳囉。」

確實偶爾一次收到這樣的禮物，感覺上也還不錯。我將臉靠近花束，享受一下玫瑰的香氣後就交給瑪莉。

「瑪莉，麻煩把這束花插在我房間的花瓶裡。至於放不進花瓶裡的玫瑰，妳可以當成店內裝飾。」

「好的～」

目送捧著花束的瑪莉離開後，我將視線對準瑪麗翁。

「話說妳態度轉變得真快耶。明明當初是那樣否定我們，但在我們完成討伐之後，居然還特地登門送上賀禮。」

「真是被你戳中痛處了。我並非出於恨意才否定你們喔？純粹是我不想見到探索者白白送命。」

瑪麗翁搔了搔頭髮，一臉尷尬地解釋著。

「那個，該怎麼說呢……很抱歉給你們造成不好的回憶……」

看著坦率道歉的瑪麗翁，我不禁笑了。

「各位，記得所謂的傲嬌就是指這種情況吧？」

同伴們見我如此徵求意見後，紛紛點頭表示同意。

「是傲嬌。」「就是傲嬌。」「確實是傲嬌。」「是傲嬌無誤。」

「你、你們幾個～……」

見眾人口徑一致，瑪麗翁顯得相當狼狽。我忍住放聲大笑的衝動，將一個啤酒杯遞給瑪麗翁。

「來，遲到的人得先自罰三杯。歡迎妳也加入這場慶功宴。」

「好、好吧！」

瑪麗翁羞澀地靦腆一笑，高高舉起接下的啤酒杯大口一喝——

「嗝。」

然後就倒在地上。

「咦咦!?」

我匆忙靠近她確認狀況，只見瑪麗翁頭昏眼花，但沒有發現任何異樣。看來她只是有著極度容易喝醉的體質，別說是三杯，根本是一杯就醉倒了。

「真是個有趣的小姐耶。」

從旁探頭過來的賈斯頓略感傻眼地笑了出來。

「我去拿條毛毯過來，就讓她再躺一下吧。」

「啊、嗯，麻煩你了……」

這女人真會給人添麻煩，明明都已是成年人卻完全不會喝酒。

「諾艾爾。」

在我大感傻眼之餘，亞兒瑪忽然從後方呼喚我。

「怎麼了？」

亞兒瑪不知為何露出一副害怕的樣子，嗓音顫抖地說：

「為什麼……你要殺了她？」

「我沒殺人啦!!」

這個大奶笨蛋女突然在瞎扯啥啊。

「妳看仔細點啦！她明明還有呼吸啊！」

「但也是氣若游絲，相信再過不久就會斷氣了……」

「她沒死啦！純粹只是醉倒而已！」

「你騙人！拜託你快認罪吧！」

「簡直是對牛彈琴！你們也來幫忙勸勸這個笨蛋！」

我向另外三人求援，不過──

「不管怎麼說，下毒殺人還是太超過了……」

「沒想到你對她罵你實力不足一事如此耿耿於懷……」

「真是個可怕的男人，沒想到你居然如此冷酷無情……」

這三人別說是幫我說話，甚至與亞兒瑪口徑一致地打算誣陷我。

「……竟敢跟我作對，你們都很有種嘛。既然如此，就讓我們用這個來決定誰才是最強的人。」

我一屁股坐在椅子上舉起啤酒杯。換言之就是來拚酒。同伴們在明白我的意圖後，紛紛露出好戰的表情。

「既然要拚輸贏，姊姊我是不會放水的。」

「這真是個好機會，看老子一雪與你單挑落敗的前恥。」

「雖然我沒有炫耀的意思，不過我對自己的酒量頗有信心，看我來拿下這場勝利。」

「儘管我發誓效忠於你，但若是要較量的話，我可不會把勝利拱手讓人。」

同伴們鬥志高昂地紛紛拿起酒杯，賈斯頓也恰好在這時拿著毛毯走過來。

「賈斯頓，麻煩你把店裡最烈的酒通通拿過來，我得讓這幫傢伙搞清楚誰才是當家的。」

「喔、想拚酒啊！交給我吧，我立刻拿過來！」

賈斯頓幫瑪麗翁蓋上毛毯後便迅速去取酒。至於互相瞪視的我們之間，此刻正迸射出陣陣火花。

「看我把你們全都踢入無底深淵。」

†

這場拚酒自然是由我勝出。同伴們就如同我當初的宣言，一個個被我踢入無底深淵，全都醉得不省人事，正沉浸在美夢之中。我的外祖父可是出了名的酒中豪傑，對於遺傳到這種體質的我來說，絕大多數的酒喝起來就跟水沒兩樣，因此是必勝無疑。

我瞥了一眼裹著賈斯頓追加拿來的毛毯呼呼大睡的同伴們，就這麼獨自一人繼續飲酒。想想擁有絕無可能醉倒的體質，也是挺令人寂寞的。

莫名陷入感傷的我，看著自己的右手背發出一聲嘆息。升階之際浮現於該處的圖紋已然消失，直到我可以再次升階時，才會重新浮現狀似書本的圖紋。

「果然還是不行……」

「嗯～……頭好痛……」

在我喃喃自語時，瑪麗翁緩緩地撐起身體。

「可惡，真是有夠不舒服。話說我怎麼會躺在地板上……」

「因為妳醉倒了，才讓妳躺在那邊休息。」

我對著剛清醒但腦袋還轉不過來的瑪麗翁說明情況。

「……對耶，是我喝太多了……」

「啥？妳在說哪門子的夢話？妳只不過喝了一杯麥酒而已。」

「咦，是這樣嗎？」

「是啊，妳根本毫無酒量可言，今後別再喝酒了。」

飲用不適合自身體質的東西非常危險。幸虧在場的是我們，換作是心懷歹念的傢伙，天曉得她會遭遇何種下場。

「總之妳先喝些水，這樣多少能醒酒。」

「啊、嗯……我知道了……」

瑪麗翁聽從我的建議，辛苦地站起身子，找張椅子坐下後，倒了杯水緩緩喝下。拜此所賜，原本臉色很差的她看起來有稍微舒服點。

「呼～活過來了～」

「若有舒服點就繼續睡吧。天亮時我會叫醒妳的。」

「那我就恭敬不如從命囉。」

瑪麗翁點頭回應後，大大地打了個哈欠，卻沒有進一步的動作，只是目不轉睛地盯著我。面對那雙看似有話想說、長著濃密睫毛的美眸，我納悶地歪過頭去。

「怎麼？難道妳有話想對我說嗎？」

「嗯……相信你已經察覺了吧？」

老實說完全無須反問確認，我已料到瑪麗翁想表達的意思了。

「因為我已是A階，再加上至今見過許多的探索者，所以能肯定你……應該升不上A階……原因是我感受不到可能性……」

「我想也是。」

對於意料中的這句話，我點頭以對。

我恐怕——不對，我十之八九沒辦法升上A階，B階就是我的極限。儘管沒有任何實證，但我能這麼肯定。

從C階升至B階是需要累積一萬點的經驗值。與實力相近的對手交戰一次是一點，並且會隨著對手的強度與數量等比上升。雖說過程相當辛苦，但只要達成目標就幾乎能完成升階。

反觀從B階升至A階，相傳需要十萬點的經驗值。不過就算累積充足的經驗值，也未必可以升上A階。理由是這遠比升至B階更講求當事人的才華。

按照上述規則，根據我歷經死鬥與魔王的一戰，我理當已累積將近六萬點的經驗值，可是我完全沒有變強的感覺。別說是感受不到自己的成長，甚至還有一種被關在狹窄密室裡的壓迫感。

亞兒瑪和昊牙則不同於我，他們都能清楚感受到自己有變強。即使從客觀的角度來看，也覺得他們必定能升上A階。換言之，唯獨我一人會停留在B階。

「諾艾爾，你的確是一名了不起的男子。明明天生具有最弱的職能，卻力爭上游爬到現在的位置。」

不過瑪麗翁一臉認真地補上一句但書。

「要是不能升上A階的話，就絕無可能擠入七星之列。現任的七星團長全都至少是A階以上，就算招收到多麼強大的同伴們，最關鍵的團長仍是B階便無力與他們抗衡。相信你比任何人都更清楚這件事才對。」

「我不否認。」

縱使我們戰勝身為魔王的真祖，可是我在那一戰裡過度勉強自己。連續使用預知對腦部造成的傷害，直到現在都尚未恢復，意思是我不可能一再使用這種方式應戰。若想解決這個問題，唯一的方法就是升上A階。

「眼下的狀況對我來說，完全就是一局死棋。所謂的才華太不公平了，真叫人受不了。不論一個人多麼努力都無法改變。」

「你還真敢說耶，畢竟你也是天才啊。」

瑪麗翁開心地笑著，隨後從桌上探出身子。

「換作是一般人的確已達極限，只能到此為止。不過你具備有別於常人，近乎異常的才華。確切說來是將不可能化為可能的才華。」

「妳太高估我了。我並沒有那麼偉大。」

「少唬人了，你的眼神透露出你並沒有死心，真要說來是確信自己一定能扭轉乾坤。快告訴我，你打算用什麼法子突破現狀？」

瑪麗翁滿心期待地雙眼發亮，模樣就像個想討糖吃的孩子，害我差點忍不住老實回答，可是我不能這麼做。

「這是商業機密。況且妳負責的是百鬼夜行吧？我怎能告訴妳。」

「唔……說、說得也是……」

看來這個小妮子直到被我提醒之前，徹底忘了自己的立場。想想她跟哈洛德老爺子真的很相似，總是一激動就會往前探出身子。

「總之妳很快就會知道答案了。到時我會突破才華的極限，成功升上A階。倒是妳與其在這邊打探我的事，趕緊先做好就讀新娘學校的準備。」

「咦!?你你你你、你怎會知道這件事!?」

瑪麗翁完全亂了方寸，因為這副模樣實在太有趣，我不禁開懷大笑。

「哈哈哈，當然是因為妳家爺爺囉。有個多嘴的親人還真辛苦呢。」

「這、這個臭爺爺……」

瑪麗翁因憤怒與羞恥漲紅了臉，並且用力咬緊牙根。

「預祝妳能找到一位出色的對象，我會幫妳加油的。」

「吵死啦！給我閉嘴！這件事跟你一點關係都沒有吧!!」

「喔～嚇死人了。我誠心祈禱妳在上了新娘學校之後，能改掉這樣的臭脾氣。」

我從座位上起身，朝著店門口走去。

「你要去哪？」

「我出去吹個晚風透透氣。」

一來到戶外，沁涼的夜風立刻為我因酒醉而發燙的身體帶來撫慰。今天的天氣相當乾爽，完全不會感到溼氣過重。現場颳著徐徐微風，夜空則是萬里無雲，只見璀璨的星斗掛於天際。

「真是舒適的夜晚……」

我情不自禁地如此低語之際，忽然傳來一陣腳步聲。只見一道人影從對側緩緩走來，接近後便舉起一隻手朝著我打招呼。看清楚浮現於路燈下的那張臉龐，我投以微笑說：

「是來接孫女回家嗎？哈洛德。」

哈洛德聽見後，笑著點頭說：

「儘管是個冒失鬼，終究是我的寶貝孫女，總是會擔心她的貞潔被哪來的蛇給奪走了。」

「少貧嘴，你這個臭老頭，誰會對你的孫女下手啊。」

「哎呀，難道瑪麗翁沒能入你的眼嗎？那還真可惜呢。」

哈洛德爽朗一笑，隨即點上一根菸。

「關於成功討伐魔王一事，我再次向你道聲恭喜。」

「現在我終於站上起跑線，能夠迎向真正的挑戰了。」

「真正的挑戰……真是可怕到讓人止不住顫抖呢。」

「我可沒打算把你捲入其中，你就待在特等席上好好欣賞吧。」

「不必你提醒，我也打算這麼做。」

哈洛德雙肩一聳，卻突然睜大雙眼。

「諾艾爾先生，你流鼻血囉？」

「咦……？啊、真的耶。」

我摸了一下嘴脣附近，發現指頭上沾著鮮血。雖然量不多，仍從鼻孔流出血來。

「俊俏的臉蛋都被糟蹋了……來，請用這個把血擦乾。」

哈洛德取出一條手帕遞給我。我用手帕壓住鼻孔後，白色的手帕很快就染成紅色。

「抱歉，這真是幫了大忙。」

「這實在不是好現象，難不成是魔王一戰的後遺症？」

「嗯，你說對了。因為我連續使出預知能力，不僅大腦受損，身體也相當虛弱。大概是這樣才導致流鼻血。」

「……你應該有就醫過吧？」

「這是自然，醫生表示只需靜養一陣子就會康復了。」

事實上我的狀況已改善許多。在戰鬥剛結束的那段期間，我不斷受頭痛和出血所苦，必須經常服用強效藥。直到現在才不需服藥，仰賴自身的恢復能力即可。一如醫師所言，我的身體已漸漸恢復。每日的訓練也循序漸進地重新開始，目前並沒有出現需要擔心的問題。

「因此我暫時不能接取委託，不好意思喔。」

「了解，若是可以接取委託時請聯絡我。」

哈洛德點了個頭後，目光仍停留在我的身上。

「這種時候，我本該提醒你要保重身體，不過你已是能夠獨當一面的男子漢，所以其他事情就由你自己決定吧。」

「這些我都明白，我同樣不希望你為我瞎操心。」

面對突然想請我抽菸的哈洛德，我忍不住皺眉道：

「我可是探索者喔？抽菸會令心肺功能降低，我完全不想碰。」

「香菸具有止血跟止痛的效果，對於主要在後方負責指揮而非親上火線的你而言，犧牲些許心肺功能為代價來維持注意力會比較好吧？」

「依你的說法倒也頗有道理呢。」

哈洛德見我苦笑以對，揚起嘴角繼續解釋。

「只要別重度成癮，並不會立刻危害到身體健康。稍微嘗試一次無傷大雅，請。」

「我明白了，那一根就好。」

我把香菸含在嘴邊後，哈洛德拿出火柴幫我點菸。伴隨一陣燃燒紅磷的氣味，我深深吸了一口嘴上的菸。氣味與香草有些相似。我對著虛空吐出一陣白煙，只見它宛若幽魂般飄在眼前。在抽完一根菸時，拜它的止血效果所賜，我的鼻血已完全止住，思緒也跟著變清晰。

「效果還不賴。」

「那真是太好了。老實說，我也挺想瞧瞧你被煙嗆到的樣子。」

「我在工作時都吸過毒氣，這點煙哪會嗆得了我。」

「哈哈哈，原來如此。不過你抽起菸來倒是挺有模有樣的，替你俊俏的臉蛋增添幾分瀟灑喔。」

「囉嗦，別談論我的長相。」

哈洛德見我語氣不悅地反駁後，開心地笑了出來，接著他從懷裡取出一條紅色吊墜。

「這是……」

「這是我送你的賀禮。」

交到我手中的吊墜，能看見上頭的圖樣是兩把劍與一柄斧頭交疊在一起。雖說這是我第一次見到實物，但我對此吊墜的來歷是再清楚不過。

「這是血刃聯盟的信物……」

「沒錯，正是人稱不滅惡鬼的令外祖父——布蘭頓・修特廉擔任突擊隊長的傳說級戰團・血刃聯盟的信物。當然這並非仿製品，而是當年團員們所持有的真品。」

「真品……？這是誰持有的？」

「就是你的外祖父。」

我聞言後，反射性地抬頭望向哈洛德。

「當年布蘭頓為了令外祖母辭去探索者的工作時，便將這條吊墜送給我。」

「這樣啊……原來還有過這段往事……」

我將外祖父的遺物——血刃聯盟的信物緊緊握在手裡，並莫名感受到一股熾熱的暖流竄入體內。

「請你務必要好好珍惜，相信令外祖父也會這麼想的。」

「謝謝你，哈洛德，我會好好珍惜的。」

哈洛德笑著點頭以對，隨即便正色道：

「諾艾爾先生，預祝你武運昌隆。」

我收到負責調查人魚鎮魂歌的洛基捎來的聯絡。

由於透過念話或道具交談有遭人竊聽的風險，因此我們都是利用貓頭鷹幫忙傳遞以暗號構成的書信。

根據信中的內容，創辦鐵路公司一事進展得相當順利，他們不僅與諸多有力諸侯跟富豪們合作，二皇子凱烏斯也參與其中，但在利益分配上似乎有些談不攏，有部分的貴族對此感到不服氣。不過信中也有提到，計畫本身是推行得暢行無阻。

至於最關鍵的深淵對策細節，似乎仍在調查中。就連洛基親自出馬竟然也陷入瓶頸，表示此計畫是受到嚴密的控管進行中。七星之一的人魚鎮魂歌十分難纏，就算強如洛基，過度深入調查也很危險。於是我在回信中提醒他別逞強，若有危險就立刻抽身走人。

「麻煩把這封信寄出去，切記絕對不能落入第三者的手中。」

「遵命。」

我在戰團基地的辦公室裡，把要寄給洛基的信件遞給祕書。身穿燕尾服看起來相當幹練的男子，恭敬地向我行禮後便離開房間。

隨著戰團的成長，除了此人以外我還有聘雇多名員工。這些人都是能立刻成為戰力的老手們，來歷也有確認過。修建完畢的戰團基地是從一樓至最頂樓都已當成辦公室使用，各處隨時都能看見員工們在忙裡忙外。

若說我們的工作是戰鬥，這些人便是負責輔助戰團的營運。諸如管理資金和取得的惡魔素材、調整討伐委託的行程、遠征時的各種安排、製作戰鬥紀錄與協會需要的各種資料、爭取全新贊助商的業務跟宣傳、投資事業以及提升戰團形象的相關活動企劃等等。

「那麼，接下來是開會時間。」

為了公布洛基捎來的調查報告與今後方針，亞兒瑪、昊牙、雷翁與修格等主要團員們都來到辦公室裡。

「——以上便是今後的安排。」

在我說明結束後，雷翁一臉不情願地說：

「說穿了就是我們要設法拖垮人魚鎮魂歌，進而取代他們的地位吧？按照現狀來看，我明白這是唯一的方法……」

雷翁的反應一如我所料，對此似乎頗有微詞。我輕笑一聲補充說明。

「與其說是拖垮人魚鎮魂歌，不如說是他們打算捷足先登才咎由自取。一旦他們的野心得以實現，往後將無人能撼動他們的地位。在這層影響之下，探索者之間的競爭原則將會失效。若以整體利益為考量，從中獲利的就只有人魚鎮魂歌，因此吃虧的人則是多不勝數。」

「這麼說是沒錯啦……」

「我並非否認他們的做法，平心而論反倒是贊同的，但要我別去扯後腿就過於強人所難。」

「也對，你說的很有道理。」

雷翁點頭接受我的說法。

「話雖如此，人魚鎮魂歌的戰力可是相當了得。按照他們公開的資料，麾下戰力是

A階七人、B階六十五人和C階十八人。根據傳聞，他們很可能還暗藏其他戰力，如果我們應對失當，恐怕會被對手輕鬆輾平。」

「關於這部分，希望大家能對我有信心。」

雷翁見我稍微敲了敲自己的腦袋，略顯傷腦筋地回以苦笑。

「我自然是對你有信心，但問題是就因為相信你才令我不安……總之，你可別過分勉強自己喔？」

「風暴是無法自行控制威力的，不過我會盡量注意。」

「那就拜託你囉，要不然我的胃會先撐不住……」

雷翁百般無奈地搖搖頭，並重重地發出一聲嘆息。

「老子真沒料到會有探索者想出這麼有趣的點子。居然打算擴展其他事業，換作是老子絕對想不到這種方法。」

昊牙欽佩地說出感想後，我不禁苦笑以對。

「以構想的變通性來說，這的確是跌破眾人眼鏡。我首次聽說此消息時，也很詫異對方竟能突破盲點。」

在探索者的業界裡，不乏身手過人的強者，所以我認為一個人除了拳頭要夠大以外，同時具備其他的優勢也很重要，並且一直身體力行到現在。

單就這點來說，人魚鎮魂歌——約翰・艾斯菲爾特完全在我之上。不只是戰力，就連暗地裡籌備的計畫，其規模是憑現在的我無論如何掙扎也望塵莫及。

「不過正因為這樣，才值得我把他當成獵物。」

所謂的獵物是越強大，得手時的好處就越多。約翰是非常強大的敵人，可是當我擊潰他，把他生吞活剝之後，我便有機會登上更高的境界。

我點了根菸開始吞雲吐霧，並逐一看向每位同伴的臉龐。自從那次接受哈洛德請抽菸以來，我近來幾乎是菸不離手。這情形乍看之下算是已經成癮，但【話術士】本來就具有更高的自制力，不容易對特定物品上癮，現在之所以這麼容易就成癮，恐怕是身體比我想像中更為虛弱也說不定。

「與人魚鎮魂歌的一戰，將面臨遠比至今都更為激烈的死鬥。直到我下達進一步的指示以前，各位務必要養精蓄銳。另外關於平日的戰鬥訓練，就交由雷翁全權負責。」

同伴們都態度堅定地點頭回應。

「等到準備就緒時，看我們一口吞了人魚鎮魂歌。」

陰暗的房間內沒有開啟任何照明，唯獨自窗簾縫隙間透入的幽幽月光稍微照亮室內。此處是一間辦公室，能看見房間中央放置待客用的沙發和矮桌，牆邊則有大型辦公桌及書櫃。

辦公桌旁有一道人影。這位身穿立領夾克的銀髮男子坐在辦公椅上，置身於沒有打開任何一盞燈的房間裡。此人年紀接近三十歲，相貌堂堂，即使隔著厚夾克也能清楚看出他那千錘百鍊的體魄。待在昏暗室內的他闔著雙眼，但並未真的進入夢鄉。正因為他閉著眼睛，表情彷彿已凍結般沒有任何變化，就連眼皮和嘴唇都未有一絲顫抖。在月光的照映之下，銀色頭髮彷彿散發著藍白色的光芒，讓他給人一種如夢似幻的不真實感。

此男子名叫約翰・艾斯菲爾特，是人魚鎮魂歌的團長。

約翰是在十年前左右來到帝都，儘管他現在是叱吒風雲的探索者之一，不過他在新人時期相當平庸。他的實力並不弱，甚至被當時已是大型戰團的人魚鎮魂歌看上，而且加入後也不曾拖累過其他團員。

約翰加入戰團時的職能是【槍兵】，是個能從中距離或近距離發動攻勢的職能。在戰場上可以應對各種狀況的【槍兵】，與天生腦筋靈活能勝任許多工作的約翰簡直是一拍即合。

可是單論約翰的實力，說客套點也不過中上程度，在他之上的探索者比比皆是。約翰在人魚鎮魂歌內部也沒有被特別重視，即使當初挖角他，也並未把他當成幹部候補。他在當年的評價是雖然各方面都還算優秀，卻是個沒有一技之長的平庸之人。

直到經過五年左右，團員們對約翰的評價才逐漸改觀。至今總是表現平平的他，突然立下各種令人亮眼的功績。雖然戰團內外有不少人都對他劇烈的變化大感詫異，但都樂見其成。當時的人魚鎮魂歌團長很高興約翰能脫胎換骨，於是決定把他視為幹部候補。

但從這時起，戰團內部便逐漸發生各種意外。理當是必勝的一戰，戰術也並未出錯，卻莫名總會鬧出人命，而且死者往往是幹部或幹部候補，光是一年內就有六名團員戰死。

為此相當自責的團長主動辭職，由副團長繼任，偏偏此人同樣在某場戰鬥中殞命，於是由約翰接掌團長一職。總計失去八名重要團員的人魚鎮魂歌，最終僅剩約翰一人有能力勝任團長。

不可思議的是明明失去多名重要團員，戰團的實力卻在約翰當上團長後更勝以往。實際上約翰繼任團長後僅僅過了半年，人魚鎮魂歌就受封為七星了。

「團長在嗎？」

辦公室傳來一陣敲門聲，似乎是團員有事想說。

「……嗯，進來吧。」

約翰緩緩睜開雙眼，如此回應門外之人。

「打擾了。」

房門被推開後，一名身穿黑色長大衣的黑髮褐膚青年走了進來。此人有著較為中性的容貌，嘴巴被大衣的領子遮住。儘管渾身上下皆為黑色，卻唯獨雙眼呈現紅色。

此人名為傑洛·琳德雷克，是人魚鎮魂歌的副團長，職能是【劍士】系A階的【暗黑騎士】。

「我開燈囉。」

傑洛拍了兩次手，吊於天花板上的水晶燈隨之發亮，室內變得燈火通明。水晶燈使用的是感應光石而非蠟燭，並設定成聽見聲音就會點亮。

「有兩封寄給團長的密函，一封是來自沃爾岡重工業，另一封是來自凱烏斯二皇子。」

約翰從傑洛手中收下密函，用拆信刀割開封口。兩封信的內容都寫著計畫相當順利。

「……生物工廠(bio plant)狀況如何？」

「沒有任何問題，不愧是來自羅達尼亞共和國的技術。」

「這樣啊……哼，這也是理所當然。」

約翰冷笑一聲，從椅子上起身，走至窗邊將目光移向室外。人魚鎮魂歌的戰團基地一共有二十層，從頂樓俯瞰的夜景絕美無比。放眼望去，市區的燈光恍若漫天星斗──宛如無數的寶石反射著光芒。簡直就是天上美景。

「一旦順利開通鐵路，即可為這個國家帶來天文數字般的經濟效益。至於掌握這一切的人就是我。到時別說是探索者協會，恐怕就連皇帝都得對我伏首稱臣。包含與冥獄十王的一戰在內，只要由我指揮就不足為懼。」

約翰傲慢一笑地誇下海口，接著轉身看向傑洛。

「準備召開記者會。為了牽制其他勢力，是時候該公布消息了。」

「我們尚未得到所有人的聯署簽名，這麼做沒問題嗎？」

「無所謂，畢竟就是為此才拉攏二皇子。」

「可是還有人對利益分配抱有不滿，關於說服他們──」

「少囉嗦！我已經說沒問題了！」

「……遵命。」

傑洛恭敬地行禮完便退出房間。獨留在此的約翰將信紙放到桌上的菸灰缸裡，點燃火柴開始焚燒。約翰那張昂然的臉龐，在晃動火光的照映下染成猩紅色。

步出辦公室的傑洛，在沿著走廊前行的同時忽然嘆了一口氣。

「……啐，該死的凡人。」

當傑洛忍不住發出咂嘴聲如此咒罵之際，腦袋裡出現一股聲音，這是透過念話技能的通訊方式。一股低沉的男性嗓音對傑洛說：

『是我，那邊沒出亂子吧？』

『真難得聽見你直接聯絡我。』

傑洛一認出聲音的主人後，不禁露出笑容。

『畢竟已是關鍵時期，我也是時候該行動了。』

『那就麻煩你盡早動作。若將此計畫交給那個傲慢到不知天高地厚的男人去執行，難保至今的心血會付諸流水。』

面對傑洛直言不諱的話語，聲音的主人愉悅地笑了出來。

『別這麼說，他已經很努力了。雖然此人有著因自信心過剩導致視野狹隘的缺點，但以我的代理人來說仍表現得非常好。』

『畢竟看上那個男人的是你，我自然得從旁協助。』

聲音的主人聽完傑洛的回答後，似乎顯得有些驚訝。

『怎麼？瞧你似乎心情不是很好。』

『因為每次都是我在幫忙擦屁股，心情自然會不好。』

『哈哈哈，這麼說也對。很抱歉這麼辛苦你了。』

『無妨，這是我分內的工作。』

傑洛緊接著說：

『你找我有事嗎？』

『嗯，我有件事要拜託你……你還記得蛇嗎？』

『諾艾爾・修特廉是吧？我當然記得。』

諾艾爾・修特廉——嵐翼之蛇的團長，最近沒有一日少聽過關於他的消息。此人除了替【傀儡師】修格洗刷冤屈，幫忙逮捕監獄爆破事件的犯人以外，甚至成了打倒魔王的英雄。

目前最接近七星的戰團就是嵐翼之蛇。現任七星為了避免被超越，都開始對蛇提高警覺。尤其是人魚鎮魂歌，約翰自從參加公開研討會與蛇結下梁子後，比起其他戰團是更加警戒嵐翼之蛇。

『蛇既狡猾又擅長情報戰，為達目的別說是大貴族，甚至將我們也當成棋子。相信他已經掌握我方計畫的消息了。』

『你覺得他會出手嗎？』

『一定會，蛇把我們都當成獵物。換作我是蛇，也絕對會這麼做。』

聲音的主人語調堅定地如此斷言。

『為了我等的宿願，說什麼都不許蛇來礙事。蛇似乎有委託相當優秀的情報販子，因此一定有派間諜混進來。你在檢查方面務必確實。就算沒逮住對方，也要以此為前提來行動，切勿讓情報洩漏出去。』

『遵命。』

情報販子分成許多類型，其中又以擅長潛入的最為棘手。若能盡早逮住對方倒也還好，不過對方以此為業，絕不會輕易露出馬腳。話雖如此，假如把相關人士都列為懷疑對象，進度將會大幅延遲。為了讓計畫能順利發展下去，有必要趕緊把間諜逼出來。

『接下來關於蛇的應對就全權委任於你。記得也將此事告訴他。你可以按照自己的判斷來行動，一切責任由我來扛。』

『意思是我無須顧慮對周遭造成的損害嗎？』

傑洛露出猙獰的笑容如此詢問，聲音的主人立刻回答道：

『無妨，這是一場戰爭，任何阻礙都必須徹底排除。』

絢爛的會客室內是極盡奢華，完全反映出擁有者的性格。

這天，我來拜訪巴爾基尼幫幫主菲諾裘・巴爾基尼的宅邸。對方似乎正準備享用下午茶，只見桌上擺有相當正式的茶具組。

「來，這是小艾艾你委託我調查的資料。」

從菲諾裘手中收下一份厚重資料袋的我，隨即取出裡面的資料確認。內容是關於羅達尼亞共和國所造鐵路的細部資料。

魔工文明——運用惡魔素材創造出諸多發明而繁榮至今的現代，帝國相較於周邊諸國擁有最優秀的相關技術。

就算帝國早已開通鐵路也不足為奇，畢竟技術面是能輕鬆辦到。不過帝國境內容易產生深淵，導致鐵路即使開通也難以維護，因此交通運輸仍以馬匹為主。

反觀鄰近的羅達尼亞共和國，於四年前成功開通鐵路之後，拜此所賜讓國力有了飛躍性的成長。

我想知道的是詳細的經過與現狀。無論是實際開通鐵路所獲得的具體經濟效益，或是意料之外的弊端等等，所有一切都必須了解清楚。所以我透過巴爾基尼幫這個管道，從鄰國取得相關資料。

「人魚鎮魂歌當真打算開通鐵路嗎？」

面對菲諾裘的提問，我邊翻閱資料邊點頭說：

「錯不了的。根據我的調查，與人魚鎮魂歌有著合作關係的沃爾岡重工業，正在大量引進惡魔素材以及金屬原料。若非為了在全國開通鐵路，就不需要收購這麼大量的原料。」

「不過，他們打算如何在國內開通鐵路？」

「我基本上是猜得出來，可是細節並不清楚。當然我已想好對策，不管約翰擁有怎樣的殺手鐗，我都有辦法應付。」

「對策？如果人魚鎮魂歌認真起來，小艾艾你們絕對毫無勝算。先聲明一下，我可不會借人手給你。畢竟我同樣樹敵很多，不能輕易分散戰力。」

「放心，戰鬥方面我並沒有打算依賴你。」

菲諾袞一樣正值關鍵時期，他私下與我結盟之後，決心成為路基亞諾幫的總帥。因此不光是敵對黑幫，他很可能還會跟同樣是直屬幫派的分幫主們——相同輩分的弟兄們全面開戰，自然不能因為我的緣故削弱麾下戰力。

「我打算去散布興奮劑。」

語畢，我啜了一口紅茶。

「啥……？咦？你說什麼？」

菲諾袞一時理解不來得歪過頭去。

「可、可以麻煩你再說一次嗎？剛剛有提到興奮劑吧？」

「是啊。」

「你、你想怎麼使用興奮劑？」

「就說把它散布出去啊。」

我把紅茶放在桌上，直視著菲諾袞。

「鐵路計畫的關鍵就在於沃爾岡重工業的技術人員們，一旦失去這群人，無論對方付出多少資金跟心力，終究無法實現計畫。這群技術人員現在肯定因為壓力和加班而疲憊不堪，只要我去推銷能放鬆心情的興奮劑，他們絕對會立刻上癮。重度成癮的技術人員根本派不上用場，人魚鎮魂歌的計畫到時就會被迫中止。」

菲諾袞聽完我的解釋，露出一副目瞪口呆的樣子。他的眼神完全放空，簡直就像是魂不附體。由於這副痴呆樣實在太有趣，我不由得開懷大笑。

「啊哈哈哈，我開玩笑的啦！開玩笑！再怎樣也不會那麼做的。」

菲諾裘在明白我只是隨口亂說之後，彷彿終於安心似地深吸一口氣。

「……嚇、嚇死寶寶了～你、你這個臭小子！開玩笑也該有所限度！為了擊潰對手不惜散布興奮劑，這在黑幫裡也是一種禁忌喔!?倘若真的執行，即便計畫成功也會死傷無數！」

「所以我才說是開玩笑啊。」

「哼，是嗎！」

菲諾裘大感不悅地皺起眉頭。

「誰叫你有引爆監獄的前科，天曉得你到時會怎麼做。為達目的不擇手段是無所謂，不過按照你至今的手段，根本就是邪門歪道！你這個泯滅人性的惡魔！」

「能被瘋狂小丑（mad pierrot）讚許為惡魔，我真是深感榮幸。」

菲諾裘見我雙肩一聳地一笑置之，臉色變得更加難看了。

「小艾艾，你至今總以策士自居對吧？這當然是不爭的事實。若要找出比你更狡猾的人，天底下恐怕寥寥無幾。在你的計謀面前，大多數的敵人恐怕都會被整得束手無策，不過有句諺語是『聰明反被聰明誤』，如果你老是使出這些齷齪的伎倆，難保日後會玩火自焚喔。」

「例如呢？在你假想的情況裡，我會怎樣玩火自焚？」

「咦？這、這個嘛……我想想……」

我隨即反問回去，菲諾裘不知該如何作答地一陣語塞。

「例、例如你做的壞事東窗事發，無法繼續待在帝都。要不然就是擅長打情報戰的你，最終被情報害死。」

「啊～這情況是絕對不會發生的。」

我有十足的把握不會出現這種情況，於是如此斷言。

「為、為何你能這麼篤定？」

「很簡單呀，因為我──」

「暫停！」

菲諾裘突然打斷我說話，伸出雙手抵死拒絕聽完解釋。

「反正你一定又使出了什麼骯髒手段！討厭！我完全不想聽！現在可是開開心心的下午茶時間，為何我非得聽你講那些打打殺殺的事情不可!?即便我是大名鼎鼎的瘋狂小丑，內心依然需要片刻的寧靜！總之我死都不聽！啊～啊～我什麼都聽不見！你說什麼我都沒聽見～!!」

看著摀住雙耳大聲抗議的菲諾裘，我忍不住嘆了一口氣。

「話說你那邊進行得如何？計畫可還順利？」

「競技大賽一事是很順利。所需的土地與設施都已在籌備，即使臨時要辦也沒問題。只要你成為七星向皇帝提議，隨時都可以配合舉辦。完全沒有任何問題。」

「我指的不是這個，而是你成為路基亞諾幫總帥一事。」

「……周旋得很順利。」

「嗯~那就沒問題了。」

我瞇起雙眼補上一句。

「有需要幫你除掉誰嗎？」

「你……」

包含菲諾裘在內，路基亞諾幫的高階幹部一共有十三人。菲諾裘必須排除不少對手，才有機會成為新任總帥。

「畢竟當初是我唆使你的，所以我會不遺餘力地協助你。」

「住口，即便沒有你的協助，該做的我都已經做好了。我可是菲諾裘·巴爾基尼，人稱瘋狂小丑的地下雅士。縱使對手是同幫弟兄，該動手時我也絕不會有一絲猶豫。」

儘管雅士二字有點多餘，不過他的態度沒有一絲虛假，相信不會臨時變卦才對。

「知道了，那我就相信你吧。」

就在我點頭回應之際，室內響起一陣敲門聲。

「幫主（大姊頭），我把人帶來了。」

「嗯，進來吧。」

菲諾裘回應後，兩名男子從推開的房門進入室內。一位是菲諾裘的部下，渾身上下都是肌肉。另一位則是落魄得宛如流浪漢，失去四肢坐在輪椅上的男子。部下推著輪椅將男子帶到我們的面前。我和菲諾裘從座位上起身，朝著男子走去。

「你變得真瀟灑耶，亞爾巴特小弟。」

我低頭對著亞爾巴特露出微笑。

此人名叫亞爾巴特·岡畢諾，曾是岡畢諾幫的幫主，現在他不僅被趕出幫派，還被砍下四肢，豢養在菲諾裘的養豬場裡。亞爾巴特一直閉著眼睛，甚至沒有任何反應。

「我已按照你的吩咐把人帶來了，但如今你來找他還有什麼事嗎？」

我將視線移向提問的菲諾裘。

「我對他聘雇的鍊金術師有點興趣，所以想找他打聽下落。」

「你說鍊金術師……是那個可怕興奮劑的製作者嗎？難、難道你當真想執行剛剛說的那個計畫……」

「別誤會，單純是我請人幫忙製作某種藥劑。」

我搖頭否認後，把臉湊向亞爾巴特。

「喂，別裝死快起來。」

我再次向亞爾巴特搭話，卻依然得不到回應。

「因為小豬們每天都過得很快活，大多都會被玩壞，想找他問話恐怕有點難喔。」

「嗯~原來如此。」

我從懷裡取出一根菸，點燃後便叼在嘴上。

「討厭，小艾艾，你何時學會抽菸的？這對身體不好的。而且我家可是全面禁菸喔？」

我沒有理會如此責備的菲諾裘，先是對亞爾巴特呼出一口煙，然後把點燃的前端用力壓在他的臉頰上。在發出燒焦聲的下一刻，亞爾巴特睜開雙眼發出慘叫。

「好燙啊啊啊啊啊!!」

「你可終於起來了。」

我如此嘲諷後，亞爾巴特一臉憤恨地瞪向我，擺出一個都是我害他落得這步田地的表情。事實上這句話是一點都沒錯。

「你有聽見我說的話吧？假如知道就趕快回答。」

「誰、誰要告訴你這種人……」

「哼哼哼，瞧你露出一副因為已經見識過地獄，所以無所畏懼的樣子。但你其實錯得離譜，亞爾巴特。」

我用雙手抓住亞爾巴特的臉，讓他與我對視。

「地獄可是深不見底，你那些體驗只不過是入口罷了……想體驗看看活著遭人切開頭蓋骨，從鏡子裡即時欣賞大腦被人玩弄的感覺嗎？」

「咿、咿咿咿！」

亞爾巴特臉色發青地扭動身子想遠離我，無奈他已失去四肢，沒辦法逃去其他地方。外加上他的臉被我用雙手固定住，就連把頭撇開都辦不到。那雙失焦的眼睛不停顫抖，拚了命地尋找著根本不存在的避難所。

「你很怕我嗎？那我奉勸你趕緊把知道的事情全說出來，因為我這個人沒什麼耐心。只要你肯老實回答，我是可以救你出來。」

「……真、真的嗎？」

「嗯，是真的，我從不騙人。」

「……好吧，我願意把此人的下落告訴你。」

亞爾巴特認命後，將鍊金術師的情報全說了出來。

「你、你已經答應我了……拜託你救救我……」

亞爾巴特淚流滿面地懇求著。他這副模樣十分令人不忍，我好歹也有所謂的慈悲心，當然是很願意幫他。不過在此之前，我還有一件事想問他。於是我繞到亞爾巴特的背後，將下巴靠在他的肩膀上低語說：

「亞爾巴特，你對一位名叫雀兒喜的少女還有印象嗎？」

「雀、雀兒喜？沒、沒印象……」

「這樣啊。也對，依你的性情，沒印象很正常。」

我對此並未抱持任何期待，反倒在確認他不記得之後，心情感到莫名放鬆。

「求、求求你救救我，我不想再被送回那個地方了……」

「這我知道，我會幫你的。」

我把臉從亞爾巴特的肩膀上退開，接著用雙手固定他的頭，然後順勢用力一扭，隨即傳來一陣骨折的聲響。

「永別了，亞爾巴特，我已依約助你完成贖罪了。」

我鬆手後，亞爾巴特渾身癱軟地從輪椅上跌下來。因為我是在一瞬間扭斷他的頸骨，相信感受不到任何痛苦才對。按照他至今犯下的罪行，我簡直就像神一樣慈悲為懷，才讓他以這種方式離開人世。

不過在一旁目睹經過的菲諾裘與其部下，都一臉傻眼地看著我。

「難道我殺了他很不妥嗎？」

菲諾裘聽見我的問題，像是有些傷腦筋地回以苦笑說：

「我說小艾艾啊，你的天職果然是黑幫幫主。」

在諾艾爾運籌帷幄，於檯面下進行準備的這段期間，其他團員仍有接受戰鬥訓練。由於暫停接取討伐委託，若是沒有持續鍛鍊，身手會生疏的；外加上雷翁已升為A階，得根據他的實力調整團隊的配合方式，四人在副團長雷翁的指示下，來到帝都的地下訓練設施進行嚴酷的戰鬥訓練。

結束訓練後，修格前往自己昔日從事人偶製作師時所買下的工作室。因為在他含冤入獄的時候，這間工作室仍在他的名下，所以才保存下來。

若是可行的話，修格想繼續當個人偶製作師。當然他並沒有想辭去探索者的工作，不過人偶製作師對修格來說等同於自己的天職。他之所以會再次成為探索者，純粹是他決心效忠於諾艾爾，但這並不構成他放棄當人偶製作師的理由。憑他的本事，完全有能力兼顧兩方的工作。

重點是修格按照以往的經驗，明白自己過度專注在本業上反而會無法持久，必須找到本業以外的生活意義。諸如興趣、愛人、家人等等，心靈有了其他的寄託，才有辦法避免失去對本業的幹勁。就像他以人偶製作師為本業的那段期間，紓解壓力的方式就是前往各地旅遊。

基於這個原因，修格對重操人偶製作師這項舊業沒有一絲猶豫。儘管先前忙於探索者的工作是分身乏術，但現在多少有些閒暇時間，而且已徵得諾艾爾和其他團員的同意，可說是沒有任何問題。

從訓練所搭乘馬車行駛三十分鐘左右，一片熟悉的街景映入眼簾。該處正是工作室所在的區域。下馬車後，走在街上的修格不禁懷念起過去。雖然沿途的店家多少有更換過，不過大多都與兩年前一樣，昔日經常光顧的餐廳和裁縫店也還在，相信店員們在見到修格時會相當驚訝吧。

穿過商業區的修格走進住宅區，他的工作室就位於住宅區的一隅。此處綠意盎然且十分幽靜，對修格來說是能夠專心製作人偶的絕佳環境。行走一段距離後，終於見到令人懷念的工作室。除了這裡雜草叢生以外，完全沒有任何改變。

「幾乎與過去……一模一樣……」

當修格緬懷過去佇立在原地之際，院子裡突然跑出一位身上服裝應該價格不菲的少女，年紀大約七歲左右，她懷裡抱著一尊慈眉善目的陶瓷人偶。因為她闖進許久未經整理的院子，那身昂貴的衣物已被草葉的露水和種子給弄髒了。

修格與少女四目相交。對修格來說她是個素未謀面的小女孩。正當他不知該如何反應之際，少女主動跑了過來。

「叔叔，你是住在這裡的人嗎？」

「叔、叔叔叔、叔叔!?」

面對這個極具衝擊的稱呼，瞠目結舌的修格震驚得倒退一步。修格現年二十四歲，對少女而言確實是年長到可以稱為叔叔，但被人當面這麼一喊，還是深深地傷了他的心。

「叔叔怎麼不說話呢？」

「……啊、嗯，我是這裡的屋主。」

修格傷心地點頭承認後，少女露出一個燦爛的笑容說：

「太好了，因為屋子裡一個人都沒有，害我不知道該怎麼辦。」

仔細觀察，少女的手已經弄髒。不難想像少女為了確認屋內的情況，將手貼在滿是灰塵的玻璃上。

「妳找我有什麼事嗎？」

「嗯，媽媽說過叔叔你是人偶製作師，所以我想拜託你幫忙修好我的人偶。」

修格收下她遞來的人偶，發現人偶臉上有道宛如閃電般的裂痕。

「吶，有辦法修好嗎？」

看著一臉不安如此詢問的少女，修格回以笑容點頭說：

「嗯，這點破損立刻就能修好。」

修格將手放在人偶的臉上，開始發動技能。

傀儡技能《損傷修復（repair）》，是【傀儡師】用來修復物品的招式。假如受損過於嚴重就需要相關的材料，不過這點破損是只要將手放上去即可復原。

「哇～！真的修好了耶！」

少女開心不已地把完好如初的人偶抱進懷裡。

「謝謝叔叔！我真的太高興了！」

「唔、嗯，看小妹妹這麼開心，我也很高興喔……」

縱使被人稱為叔叔是頗難過的，不過這點小事在少女的笑容面前不值一提。

「這是我的謝禮，請叔叔收下。」

少女遞來一顆精心包裝過的糖果。

「那我先走了！叔叔拜拜！」

修格目送少女離去之後，不禁露出苦笑。

「以復出後的第一份工作來說，可謂是皆大歡喜。」

†

修格一走進工作室，發現內部狀況比自己想像得糟糕許多。這裡不僅堆滿灰塵，而且從屋外根本看不出來，似乎還因為屋頂破損的關係造成漏水。屋內各處皆長滿黴菌，家具和地板也腐朽受損，許多工具都已經生鏽了。

「看來得先大掃除跟整修屋子。」

修格創出十尊人偶兵，命它們替院子除草與清掃屋內。不具情感的人偶兵們遵從指示，靜靜地工作著。院子裡的雜草很快就被清除乾淨，因漏水而毀損的物品則全都搬到外頭。

修格側眼確認人偶兵們的作業情況，同時記錄下需要重新添購的物品。無論是工具、家具或整修房子的材料，其中不乏下單後得過段時間才有貨的東西，因此想讓工作室完好如初，至少需要兩週的時間。倘若所需物資湊齊的話，光靠技能之力轉眼間即可搞定，偏偏就獨缺這個部分。

修格忍不住嘆了口氣，就在這時傳來一陣敲門聲。扭頭望去，敞開的門邊站著一名女精靈。擁有一頭金色長髮，兩側各綁一條麻花辮集中繫於後方的她，穿著一件狀似軍裝的雙釦式白色連身外套。

「您是……」

「好久不見，修格先生。」

臉上掛著優雅笑容的這位女性便是夏蓉・華倫坦，身為帝國最強戰團七星一等星霸龍隊團員之一，雖然昔日以副團長的身分相當活躍，卻將職位傳給徒弟吉克・范斯達因。

「您怎麼會來這裡？」

被修格這麼一問，夏蓉哀傷地垂下柳眉。

「因為我想向你道歉……」

「道歉？」

「對不起，修格先生，我沒能救你出獄。即使明知你是被冤枉的，最終卻苦無證據……」

修格聽完便明白了。

他是在兩年前因莫須有的罪名入獄，當時別說是被冠上瘋狂殺人魔的汙名，還被直接判處死刑。現在之所以能成為自由之身，全都拜諾艾爾所賜。要是沒有諾艾爾的話，他現在已長眠於墓穴之中。

「您不必跟我道歉，倘若立場對調，我也同樣無法為您做任何事。」

在獄中的兩年裡，若說修格沒有期望夏蓉能救自己出獄，那肯定是騙人的。因擔任霸龍隊的說客而有過一面之緣的她，確實有理由來幫助修格。但她最終還是沒有現身。修格也不知為此在獄中怨恨過她多少次。

如今回想起來，修格覺得自己真是太自私了。若是自己有正式加入霸龍隊倒還說得過去，不過他當時已拒絕夏蓉的邀請，這樣還期盼對方能來拯救自己，即使再厚臉皮也該有所限度。

「正如您所言，我真的很懦弱。當初是我不想承蒙他人的照顧，決心獨自一人活下去，事實證明我太自以為是，因此一切責任都在太過愚昧的我身上。」

「能聽到你這麼說真是幫了大忙，因為我一直很擔心你。」

「很抱歉讓您這麼操心，但我已經不要緊了。」

修格瞇起雙眼，把話繼續說下去。

「也該是時候打開天窗說亮話了吧。您來這裡的真正目的究竟是什麼？如您這般的大人物，不可能單單是來向我道歉，重點是您從何處得知我會來這裡？」

「果然被你識破了？」

夏蓉沒有感到一絲愧疚，愉快地笑了出來。

「抱歉，但我想對你道歉可是千真萬確喔？」

「客套話就免了吧，您來此的目的是什麼？」

「修格先生──」

夏蓉端正站姿，一臉認真地說：

「你要不要加入霸龍隊？」

「啥……？我聽不懂您想表達的意思。」

「我此番前來，就是想再次挖角你。確實救你出獄的不是我，而是嵐翼之蛇的團長，你感恩於他是天經地義，並且對我的提議應當是無動於衷吧。」

此時夏蓉露出冷笑，補上一句但書。

「但你加入我們會有更多好處，不管是待遇或發展性都無可比擬，重點是──」

「重點是什麼？」

「你不必跟我們正面衝突。這可是非常幸福的一件事喔，修格先生。」

雖然夏蓉仍維持著臉上的笑容，眼神卻銳利如刃。甚至彷彿單靠目光即可取人性命，眼中蘊含著無比冷酷又絕情的殺氣。

「你家團長諾艾爾・修特廉似乎很擅長謀略，因此短時間內就讓戰團飛黃騰達。儘管我家的吉克小弟似乎相當執著於他，但我完全無法理解。畢竟一隻螞蟻再聰明，也絕對無法戰勝大象不是嗎？」

這番話傲慢到令人傻眼，不過夏蓉確實有足夠的實績和實力這樣放話。她不光有著以副團長之姿長年輔佐帝都最強戰團的資歷，而且即便沒能升上ＥＸ階，但以Ａ階來說——以人類實質上的極限來說，具有所向披靡的戰鬥能力。縱使已將團內第二把交椅的位置讓賢給吉克，可是她那恍若怪物般的氣勢依舊未曾減弱過。

「修格先生，你就把我的提議當作是忠告吧。」

夏蓉那道駭人的眼神，在在透露著『倘若拒絕將會吃不完兜著走』的意思。正因為如此，修格擺出毅然決然的態度給出答覆。

「承蒙您的好意，但我還是決定拒絕。」

「……方便說一下你的理由嗎？」

周圍的溫度似乎一口氣下降許多，修格懷疑只是自己的錯覺。

「理由很簡單，我認為諾艾爾・修特廉才是最強的探索者，只有蠢人才會選擇其他團長。」

「是嗎？這就是你的答覆呀。」

夏蓉如此低語後便轉過身去，背對著修格甩下一句話。

「我願意尊重你的選擇，但奉勸你謹記一點。倘若諾艾爾・修特廉執意登上頂點，阻擋在前方的將是我們——是一頭徹底發怒的龍。」

語畢，夏蓉頭也不回地踏著優雅的腳步離開現場。直到再也看不見她的背影，修格才重重地呼出一口氣。

「雖然早就知道她的本性，但還是令人捏把冷汗……」

夏蓉是個遠比魔王可怕許多的女人。就算單以戰鬥能力來說是魔王比較厲害，可是實際交手時，真正可怕的是精通各種戰術的夏蓉。

「不過，這是一條避無可避的必經之路……」

修格如此喃喃自語，並低頭注視著自己不停顫抖的手。正如夏蓉所說，只要諾艾爾堅持爬上頂點，與霸龍隊的衝突是無可避免，終有一日必須跟夏蓉交手。

到時究竟會有怎樣的結局等待著自己，修格在感到恐懼的同時，也止不住自己強烈的好奇心。

「華倫坦小姐，有一件事您完全搞錯了。諾艾爾・修特廉並非螞蟻，而是一條狡猾又夾帶劇毒的蛇。」

相信再過不久即可證明蛇與龍之間，到底誰才是真正的強者。

修格抱有上述這股強烈的預感。

隔天，人魚鎮魂歌針對鐵路事業一事召開記者會。到時掀起的波瀾，無疑是出自決心吞下一切的蛇所設下的陰謀——

中央廣場的戶外音樂廳擠滿了大量民眾。

放眼望去盡是人山人海——少說也有一萬人擠在這裡。負責維持現場秩序的人員，正是強者中的強者・人魚鎮魂歌的團員們。倘若有人鬧事，勢必會在轉瞬間遭到鎮壓。

人魚鎮魂歌的團長・約翰以緊急發表為由召開記者會，不過邀請對象並非僅限於記者，為了讓所有人都能聽見即將公布的內容，才把地點選在戶外音樂廳。

儘管消息公布得相當突然，仍有許多市民來到現場。面對如此壓倒性的高度關注，真可謂不愧是七星。

「——鐵路能為國家帶來多少經濟效益，看看鄰國羅達尼亞共和國即可一目了然。以惡魔素材製成之魔導機關當作動力的機關車除了速度驚人，還可以將大量的人數和資源運送至國內各處。於四年前開通鐵路的羅達尼亞共和國，如今在經濟方面已獲得飛躍性的成長。」

單手握著小型音響機（麥克風）站在臺上的約翰，對著聽眾高談闊論。他那光明磊落的態度，更是提升了演講內容的說服力。

「反觀我國——威爾南特帝國明明具有開通鐵路的技術力，但礙於境內容易產生深淵，難以確保鐵路的安全，陸路方面直到現在還是不得不仰賴馬匹代步。」

語畢，約翰臉上浮現一個志得意滿的笑容。

「誠如我先前所言，在本戰團與沃爾岡重工業的通力合作之下，已經找出解決此問題的方法。我們決定在國內開通鐵路，讓全國民眾都能因此受惠。另外，此計畫已得到鐵路行經區域的領主們，還有凱烏斯二皇子殿下的全面支持，並且獲得了中央議會的承認。若是一切順利的話，將在下週一開始動工。」

在約翰結束演講後，設於臺上的記者席立刻有人提問。

「可以請教一下關於您所說的解決辦法嗎？」

「當然可以。」

約翰得意洋洋地點頭同意，接著將目光移向舞臺角落。就在這時，有一位看似隸屬同戰團的女性走上臺。下個瞬間，聽眾們同時發出驚呼——甚至還有人驚恐得厲聲尖叫。

令眾人錯愕的對象並非該名女性，而是她帶上臺的『異形』。

該異形的外觀近似於狼，高度與成年的人族男性差不多，全身有著相當發達的肌肉。其壯碩程度彷彿光是揮動前腳，就可以把牛隻的腦袋拍飛出去。雖然外表十分嚇人，性格卻相當溫馴，出現在上萬名觀眾面前也沒有發出一絲低吼聲，聽話地待在女性身邊。乖順到這種地步，反倒讓人覺得詭異。

「我來介紹一下，它是我們開發出來的泛用四足獸型戰鬥員，屬於人工惡魔（demi beast）。」

一聽見惡魔二字，群眾更加恐慌，不過約翰仍露出一個輕鬆自在的笑容。

「各位會如此驚訝也是在所難免，但是請放心，雖然它是以惡魔為基礎製造出來的生物兵器，對我們卻是言聽計從。另外平時是處於限制狀態（safe mode），唯獨進入深淵才可以發揮原本的力量。在限制狀態下的它們，力量只跟一頭大型犬差不多。」

約翰使了個眼神後，女團員便伸手撫摸人工惡魔的頭。只見人工惡魔像是感到非常舒服似地瞇起眼睛。

「一如大家所見，它很聰明又十分親人，絕不會對人造成危害。不過它們也具有相當優秀的戰鬥能力，進入深淵切換成戰鬥狀態（battle mode）之後，就能發揮出足以與B階戰鬥系職能匹敵的力量。」

約翰把目光從人工惡魔移向群眾。

「從我們前往深淵實測得到的結果，已驗證出光靠它們即可應付深度八以下的惡魔。關於它們的量產計畫也做好準備，預計在鐵路開通之際，能夠隨之進駐至各車站。如此一來，即使深淵出現也可以迅速得到淨化，屆時就能保障機關車跟鐵路的安全。」

群眾們在聽完約翰的說明後，大多數都發出讚嘆，但有一部分的人仍騷動不已。

出現騷動的正是探索者們。假如今後出現戰鬥力等同於B階探索者的生物兵器，不免擔心自己的生計會受到剝削。上述擔憂恐怕相當正確，就連約翰也注意到這點，臉上浮現別有深意的笑容接著說：

「在場的探索者們，你們應該都認為自己會被人工惡魔取代對吧？關於這件事我不否認，因為它們的確很優秀，尋常的探索者根本無法與之抗衡。可是我也不願看見同行的工作機會遭到剝奪，所以目前正在擬定它們的出租計畫。」

這段話給所有觀眾帶來極大的衝擊。畢竟人工惡魔是人魚鎮魂歌的最強底牌，有誰能料到他們居然願意讓其他探索者租用。

「事實上，我從以前就對探索者必須負責討伐惡魔一事抱有疑慮。確實探索者是狩獵惡魔的專家，身為探索者之一的我也對此頗有自信，可是有必要讓每一個人都來當探索者嗎？為了能更安全又有效率地狩獵惡魔，就應該去仰賴有別於人類的其他力量吧？渴望得到解答的我，不由得冒出以上想法，而最終找到的答案就是它們。」

約翰伸手指著人工惡魔。

「只要有它們的力量，往後就能夠更輕鬆地討伐惡魔。這股力量不該由我一人獨享，而是大家都有資格受惠。當然無償出租是有點強人所難，但我絕不會制定出天價般的金額，而是會將租金壓到近乎賠本的程度，讓所有人都可以利用。」

說明告一段落的約翰，慷慨激昂地大聲疾呼。

「我是一名探索者，但在此之前更是帝國裡的一介市民，因此我沒有一絲獨善其身的自私想法。更別提冥獄十王的現世已迫在眉睫，請大家務必拋下私利私慾，齊心協力對抗這場浩劫。而我則是站在必須身先士卒的立場，為了報答皇帝陛下親賜的七星頭銜，我願意將自身的一切，即便是一根頭髮或一滴血，全部奉獻給帝國的未來與榮耀。」

約翰握緊拳頭高舉向天，繼續把話說下去。

「鐵路和人工惡魔，便是證明我決心的兩大計畫！我在此向各位保證，這兩項計畫必定能讓帝國如虎添翼，再創更高顛峰的全新盛世!!」

下一秒，現場爆出如雷的掌聲與歡呼。約翰完美地抓住一萬名觀眾的心，大家幾乎快把他當成神明來歌頌了。

太出色了，這真是相當優秀的宣傳手法。以今日一事為契機，讚頌約翰的聲音將轉眼間擴散至整座帝都——並且傳遍全國上下吧。單就對國民的影響力，屆時將無人能與之抗衡，即便是皇帝出馬也一樣。混在無知群眾裡聆聽這場演說的我，也在心中對約翰獻出掌聲。

「人工惡魔……這倒是我始料未及的……」

倘若可行的話，真希望能在這天到來之前先掌握到這項情報，但再如何懊惱也無濟於事。活在世上就該隨時抱有置身戰場的覺悟，未必總能在理想的狀況下與人交手。就算敵人的能耐超乎想像，也無法構成我退讓的理由。理該捎來情報的洛基突然失聯是很令人擔心，不過此事與現場情況無關。

約翰結束演講後，記者們接連提出一些無傷大雅的問題。畢竟這群記者都是約翰找來的，理所當然只會進行一些形式上的提問。

正因為如此，某記者接下來的一段話，對約翰而言簡直是晴天霹靂。

「艾斯菲爾特大人，您方才的演說真是非常精采。有鑑於此，不知是否方便邀請一位具備相關知識的專家來與您討論？」

「啥……？相關知識的專家？」

該記者以略微顫抖的嗓音說完後，約翰明顯感到相當疑惑。他此刻肯定非常納悶，這情況與當初講好的完全不同。

在約翰大感困惑之際，我撥開人群走向演講臺。

「不好意思，接下來是我的個人秀。」

†

『就是現在，快叫我上臺。』

『好、好的！』

我透過話術技能《思考共有》如此下令後，因遭脅迫為我所用的記者便伸手對準我。

「我、我來替各位介紹一下，此人正是時下當紅的天才戰術家，嵐翼之蛇的團長諾艾爾・修特廉大人!!」

「咦！你說蛇嗎!?」

約翰一聽見記者說出我的名字，錯愕到不禁瞪大雙眼。

觀眾們自然不曉得該記者是無視約翰的意思，擅作主張邀我上臺，所以大家只對另一位大人物的蒞臨感到興奮不已。

在眾人的喧囂聲中，我從觀眾席一躍跳至臺上，隨即轉身面向群眾，恍若一名舞臺演員般風度翩翩地鞠躬行禮。

「大家好，我是嵐翼之蛇的團長諾艾爾・修特廉。本日能受邀參加這場具有歷史性的發表會，我真是深感榮幸。」

就算沒有使用小型音響機，身為【話術士】的我仍有辦法將聲音擴散出去。我抬頭後，觀眾齊聲發出歡呼。

「太厲害了！居然連嵐翼之蛇也來了!!」

「呀啊啊啊啊！諾艾爾～～!!」

「竟然登場得這麼瀟灑！簡直是帥透了!!」

在觀眾興奮到最高潮的一瞬間，我揚嘴一笑將拳頭舉向天際。單單這樣一個動作，中央廣場就爆出驚天動地的歡呼聲。

「「唔喔喔喔喔喔喔喔喔喔喔喔喔喔——！！！！」」

我再次向群眾一鞠躬，才轉身看向約翰。面對我這位突如其來的闖入者，包含約翰在內的人魚鎮魂歌所有團員都只能眼睜睜看著情況逐漸失控，呆若木雞地無法採取任何行動。

「好久不見，約翰先生，我很高興能再次見到你。」

下一秒，只見約翰換上一個憤恨的表情。

這也是理所當然，本該是自己一枝獨秀的舞臺竟遭人堂而皇之地打斷，任誰都會火冒三丈。考量到約翰為了這個計畫費盡心思，他現在肯定怒火中燒，恨不得當場把我大卸八塊。

但他遲了一步，從我站到臺上的這一刻起，現場的主導權就轉移到我身上了。即使他立刻命人將我趕下臺，觀眾也不會善罷干休。

理由是觀眾自古以來追求的並非社會倫理，而是充滿娛樂性的表演。當我這位全新的演員登場之後，戲劇性將迎向最高潮。如果在這個情況下強行排除我，現場便會被反對聲浪徹底淹沒。

外加上約翰是懂得利用群眾心理，實現這種大規模宣傳手法的男人，因此他肯定明白與觀眾為敵是下下之策，絕不會自尋死路。

更何況約翰這個人自視甚高，對之前那場研討會遭我利用一事懷恨在心，也很想找機會一雪前恥，他的自尊心絕對不容許自己就這麼夾著尾巴逃走。

約翰的反應如我所料，他將怒氣吞回肚裡，在臉上擠出一個爽朗的笑容。

「我才該感謝你前來捧場，諾艾爾先生。」

約翰把話接續下去。

「聽說你今天想以專家的身分前來賜教，此話當真？」

「沒錯，正是如此。儘管我乃一介晚輩，但是為了約翰先生你這位值得尊敬的前輩，我才決定不請自來，希望能為你盡一份綿薄之力。」

「那還真是太可靠了。嗯？等等，這表示你是提前知曉今天這場記者會嗎？如此一來，十之八九是有誰把這個消息洩漏給你對吧？」

「倒也沒這回事。其實我從以前就對開通鐵路能給帝國帶來多少貢獻一事進行過研究，並不斷摸索相關的方法。恰好就在這時收到約翰先生你要為創立鐵路公司一事召開記者會的消息，為了可以和你交流意見，才勉強拜託記者讓我也能參加。」

想利用語病來降低我的公信力不過是白費心機。在我上臺之前，早就想好各種情況的應對方式。無論約翰拋出怎樣的話題，我都絕不會把主導權拱手讓人，這個舞臺早已落入我的手中。

「原來如此，那就請先發表你的高見吧。」

「好的。不過我在此之前要先聲明一下，我個人是非常贊成你這次的計畫。為了避免經濟面輸給鄰近的羅達尼亞共和國，再怎麼說也得在數年內開通鐵路才行。若能盡早開通鐵路，相信可以對冥獄十王一戰帶來莫大的貢獻。別說是贊同，任誰都找不出一絲反對的理由。」

想搗毀約翰的計畫很簡單，老實說手段是多不勝數。

先撇開約翰的企圖不提，鐵路與國家的發展息息相關也是事實。另外參與此計畫的不光是有力諸侯，還牽涉到第二皇子，直接摧毀計畫會有很高的風險。要是同時與人魚鎮魂歌以及帝國為敵，即便是我也毫無勝算。

可是就算沒有勝算，我也不能袖手旁觀。原因是放任約翰自由發揮，這個天下就會成為他的囊中物。

那我究竟該怎麼做？答案早已擺在眼前——

「按照你先前所公布的內容，我覺得貿然執行計畫相當危險。再這樣下去，勢必會釀成大禍。」

「釀成大禍？這樣的指控我可無法充耳不聞。既然你敢說出口，想必是有自己的根據，方便請你現場證明一下嗎？」

「嗯，這是自然。」

我露出淺笑，面向觀眾開始演說。

「各位，鐵路的確是優秀的交通工具，一旦開通必能為帝國帶來可觀的利益。我對此也深信不疑，並且抱有莫大的期許。」

我隨即換成陰鬱的表情，補上一句但書。

「任何事情都是一體兩面。關於行駛在鐵軌上的機關車，它從魔導機關排放出來的廢氣將會嚴重危害人體以及周邊環境一事，大家可曾聽說過嗎？」

面對危害二字，聽眾聞之色變。我用眼角餘光觀察約翰，發現他露出遭人戳中痛處的苦澀神情。在他準備開口反駁之前，我提高音量逕自把話說下去。

「這並非危言聳聽，而是不爭的事實。羅達尼亞共和國境內那些鄰近鐵路的鄉鎮居民，目前已有許多健康惡化的受害者提出控訴，而且出生率和作物產量也大幅下滑。面對如此嚴重的災情，當地領主們紛紛對國營鐵路公司索取高額的賠償，直到現在都尚未找出解決辦法。」

我說的內容全部千真萬確，一切都有記載在菲諾裘提供的資料裡。儘管多少有些誇飾，但我可沒有說一絲假話。

我為民眾帶來的真相可說是效果顯著，先前那種歡天喜地的氣氛恍若一場夢般不復存在，民眾紛紛對約翰投以信賴和質疑參半的複雜眼神。

「約翰先生，相信你對這件事是再清楚不過，偏偏方才卻對此隻字未提，這又是為什麼呢？」

我面帶微笑地提問後，約翰擠出一個明顯是假笑的表情回答說：

「諾艾爾先生提及的問題，我也確實早已知悉，都怪我疏忽了才忘記說明。對於臺下所有的聽眾，我打從心底感到非常抱歉。不過你說了這麼多，當真有掌握到確切的數據嗎？我記得機關車行駛時排放的廢氣是否會造成危害，在醫學上應當還沒有獲得證實。換言之，那些區域發生的變異也很可能是基於其他理由。羅達尼亞共和國鐵路開通至今才過了四年，世人總會對新技術過度反應，不覺得這也可能是當地民眾因被害妄想所產生的結果，錯把不存在的公害信以為真呢？」

這樣的反駁確實相當不錯，能發現群眾裡有一些人已被說服。

「意思是在約翰先生的認知裡，不覺得排出的廢氣有問題囉？」

「至少現階段並未檢驗出會對人體或環境造成危害的成分。當然將來也許會找出某種不良成分，但像這樣杞人憂天而決定延遲鐵路的開通，就真的太愚昧了。如同諾艾爾先生所言，任何事情都是一體兩面，我們不能只求技術會帶來福祉，有時也得背負隨之而來的負面影響。因此我們唯一該採取的態度，就是設法累積從中獲得的益處，替未來做好準備不是嗎？」

這段話十分正確。若是害怕犧牲，就無法促成技術的進步。相較於前一次，能看見臺下有更多聽眾點頭同意約翰的論點。眼下的情況是他已取回七成聽眾的支持了。

「問題是造成的危害大多都是不可逆的。如若廢氣當真有害，你打算怎麼負責？假使有女性因為廢氣的關係無法生育，你還敢繼續堅持己見嗎？」

「諾艾爾先生，你這種問法稍嫌卑鄙。那我打個比方好了，如果有個病人不接受手術就無法得救，但是醫生擔心失敗的風險而不幫病人開刀，該名病人因此過世的時候，請問這是誰的責任？是醫生嗎？還是將所有責任歸咎於醫生的這個社會？答案是後者，病人有接受醫生動手術的權利，醫生也同樣有著被保障的權利。唯獨守住兩者之間的平衡，人類才有機會得救。我的這個比喻，應當有符合我們正在討論的議題吧？」

真是巧妙的話術。即使這段話說穿了就是推卸責任，但約翰表現出自信滿滿的態度以及平和穩重的語調，令聽眾徹底放下對他的疑慮。

「原來如此，這番話的確頗有道理，可是依舊有人並不贊同約翰先生你的想法吧？」

「此話是指誰呢？假如全是你憑空想像，怎樣都能拿來說嘴。」

「只要實際被劃入鐵路預定地的當地領主們，得不到你對安全性的親口保證，恐怕就會對開通鐵路一事頗為難吧。」

「哎呀，你沒聽見我之前說過的話嗎？這件事我已與各區領主們達成共識，根本沒有你口中說的那種人。」

「真的是這樣嗎？就算表面上達成共識，天曉得他們心底在想什麼吧？」

「……這我就聽不懂了，你究竟想表達——」

在約翰大感不解的瞬間，我馬上使出《思考共有》。

『就是現在，快把情報傳達出去。』

『好、好的！』

被我拉攏的記者有兩位。有別於先前的另一名記者，此人遵循我的命令走向約翰，並清楚地對著一臉狐疑的約翰說：

「艾斯菲爾特大人，敝報社的分部在不久前用通訊石捎來消息……那個，內容提到鐵路預定地的其中兩區正在爆發大規模的示威遊行……」

「示威遊行!?這到底是怎麼回事!?」

記者被大驚失色的約翰嚇得不輕，但還是回答說：

「消、消息指出因為統治該區域的領主們，似乎對鐵路計畫有所不滿……不僅對當地居民坦白說出計畫的全貌與弊端，還提及諸位大人打算強行開通鐵路……於是被激怒的部分民眾就上街抗議，並一路朝著帝都過來……」

「豈有此理!?不可能啊！這消息是真的嗎!?」

「是、是真的！我沒有撒謊！」

約翰啐了一聲，目光銳利地望向麾下團員。

「趕緊前往現場確認！掌握好狀況後立刻聯絡我！」

「遵、遵命！」

約翰目送完飛快離去的部下後，轉身看向我說：

「……這是你搞的鬼嗎？」

聽著約翰咬牙切齒的問話，我不解地歪過頭去。

「你是指什麼嗎？我完全聽不懂。」

這是假話，其實就是我幹的。

在鐵路開通計畫裡，絕對不能缺少各地領主們的配合。不過我從洛基提供的情報得知，有領主對於利益的分配抱持不滿。問題是應付這種人，計畫將無論經過多久都無法執行，因此能輕易猜出約翰會以皇室的力量為後盾強行推動計畫。

領主們想當然是不敢忤逆皇室，但終究會很不滿自己的權益遭人忽視，這些人對我而言就是很有利用價值的存在。

我透過現任司法首長兼大貴族之一的雷斯達・格拉海姆伯爵的介紹，與心有不甘的領主們會面。

然後唆使他們去煽動領地內的居民們。

做任何事情本來就該尊重全體領主應有的權利和利益，蔑視這點的約翰·艾斯菲爾特正是萬惡的根源。再這樣下去，難保他會在領地內為所欲為。既然如此，就發動示威遊行來拖慢計畫，要求說若想平息民怨就必須重新評估計畫。相信皇室為了迅速推動計畫，就只能接受這個條件——

愚蠢的領主們在被我說服以後，就演變成現在這個情況。

成效可說是再好不過。

只要計畫有所延遲，這部分的責任就會歸咎於約翰身上，令他在公司裡的立場受挫。如此一來，將能大大削弱約翰的影響力。當他在這個光鮮亮麗的舞臺上獨享世人讚頌之際，一旦鬧出任何問題，任誰都會覺得約翰必須負上全責。

讚譽與責任本就是密不可分。這種時候究竟是誰得負責，可說是再明顯不過。

原本又對約翰燃起信心的群眾們，此時都對站在臺上狼狽不堪的約翰投以失望的眼神。倘若可行的話，我是很想順便提一提人工惡魔的問題，但礙於目前掌握到的情報實在太少。在一知半解的情況下發起挑戰，難保會為自己惹來一身腥。而且把對手逼急了也很危險。

「你這個臭小子——……」

約翰已徹底摘下沉著冷靜的面具，將心中的殺意徹底暴露出來。雖說我也打算與他分出高下，現在卻還不是時候。

不管怎麼說，現在的帝國確實需要開通鐵路。令計畫受挫並非我的本意，問題在於約翰身為推動鐵路計畫的最大功臣將會取得無可動搖的地位。眼下只需爭取到能加以妨礙，進而打倒人魚鎮魂歌的準備時間即可。

眼下這個目的已然達成。假如做得太超過，恐怕會被皇室盯上。這情況對我來說並不樂見，而且做任何事都應該見好就收。

「因為我只是在旁恰巧聽見，詳細情形並不清楚，不過似乎還是有人將此事視為問題。」

我擺出同情的態度走向約翰。

「正如我方才所言，計畫本身我是贊成的。鐵路對帝國而言是不可或缺。若發生任何問題的話，請讓我也來分勞解憂。」

「你說……什麼？」

「意下如何？約翰先生，儘管我只是一介晚輩，但還是有許多可靠的門路，何不讓我們攜手引領鐵路計畫邁向成功呢？」

「你！唔唔唔……」

約翰懊惱地咬緊牙根。可是為了解決眼前的困境，他說什麼都需要我這位幕後黑手的協助，所以他沒辦法拒絕我的提議。

為了迫使約翰妥協，我轉身面向臺下的觀眾。

「各位，推動如此大規模的事業總會碰上問題。約翰・艾斯菲爾特確實處理得不夠漂亮，但我們也能明白他的偉大之處。假如沒有他的力量，帝國恐怕將會榮景不再。基於這點，我願意為鐵路計畫鞠躬盡瘁。臺下所有的民眾，可以請大家再相信我們一次嗎？」

經我這麼一問，群眾間一開始只有傳出零星的鼓掌聲，不過隨著時間經過逐漸擴散出去，最終演變成震耳欲聾的喝采聲。

我轉身對著約翰，笑臉盈盈地伸出右手。約翰起先有些遲疑，但很快就取回理性，露出溫和的笑容握住我的手。在見到我們握手之後，臺下觀眾更是鼓掌叫好。

就在這一瞬間，我和約翰很有默契地都動著嘴唇。

以唇語說出以下這句話——我絕對要毀了你。

†

傑洛・琳德雷克站在距離中央廣場兩公里遠的一棟高樓屋頂上。他身上的長大衣被高處的強風吹得激烈擺動，但他始終面無表情地注視著某一處，甚至連眼睛都不曾眨過。

接著他慢慢抬起一隻手，開始發動技能。

這是暗黑技能《誘死投槍（fatal strike）》。一把由黑色魔力組成的長槍，隨之出現在傑洛的手中。這把槍唯獨對人能產生即死效果。即死效果可說是非常強大，就算是比自己更強的對手也無法完全阻絕，有很高的機率會當場死亡。

【暗黑騎士】是精通對人戰的戰鬥職能。雖然面對惡魔也是有能力一戰，但在與人交手時才能夠發揮其真正的價值。手握長槍的傑洛擺出投擲姿勢，目標是距離兩公里遠，站在臺上的諾艾爾・修特廉。

「蛇果然非常危險……」

諾艾爾現身於會場後的所有舉動，傑洛掌握得一清二楚。聲音是透過團員間的通訊石來接收，加上他擁有能看清楚十公里遠的驚人視力，無論是諾艾爾稍縱即逝的得意表情，甚至包含他的一舉一動全都看在眼裡。正因為如此，傑洛得出絕不能讓蛇繼續活下去的結論。

即使相隔如此遙遠，傑洛仍有把握這記槍投能精準貫穿諾艾爾的身體。儘管這麼做有可能會讓世人發現是人魚鎮魂歌動手行刺，不過傑洛認為縱然得承受風險，繼續放任諾艾爾不管還是更具威脅。

「受死吧。」

在傑洛準備卯足全力投擲長槍之際——突然驚覺異樣而停下動作。身為攻擊目標的諾艾爾，竟朝向這邊露出邪笑。

「難道他已經發現我了？怎麼會——」

答案就在傑洛的頭頂上。有一隻看似尋常的小鳥，卻不知為何一直盤旋在傑洛的正上方，明顯看起來很不自然。

「原來如此，是修格・柯貝流斯的人偶兵……」

恐怕諾艾爾早已料到自己會遭人狙擊，於是讓修格的人偶兵負責監視所有的狙擊點。假如傑洛強行動手，勢必會遭到修格妨礙。無論如何都得避免在市區與【傀儡師】交手。外加公義是站在他們那邊，各方面都對己方不利。

「既然如此，也就沒辦法了。」

傑洛發出一聲嘆息，手中的長槍隨即消失，然後他對著小鳥外觀的人偶兵豎起中指。即便今日暫且作罷，日後也絕不會輕易收手。

「既然打算跟我們作對，我就來試試你們的斤兩吧。」

傑洛笑著喃喃自語。蛇確實是一個強敵，不過真正的探索者在大敵當前時，反而會更加熱血沸騰。

莓果星球是一間完全採取會員制的酒吧，一般顧客自然會被拒於門外。若想成為會員，必須備妥三位會員的介紹信跟高額的會員費。是個得要同時兼具一定的地位和財富，才有資格進出的場所。

另外這裡也有包廂，顧客之間原則上不太會見到彼此。當顧客想度過一段避免被打擾的寧靜時光，就會來光顧這間酒吧。

手中酒杯發出清脆的冰塊碰撞聲。自光顧這裡已有一個小時，我就這麼享用著第五杯威士忌，靜靜度過這段獨處的時光。抽到一半擱置於菸灰缸上的香菸，冉冉升起一條如細線般的煙霧。

不滿鐵路計畫輕視人命的示威隊伍，在遊行至半途便打道回府。原因是約翰親自來到隊伍前面，宣布會重新檢討鐵路計畫。

即便是放任怒火失控的示威隊伍，終究是一群弱小的烏合之眾。面對七星這等強者中的強者，哪有辦法貫徹自身的主張。他們在被威懾住之後，又被約翰的花言巧語所矇騙，最終只能乖乖就地解散。

我在暗地裡聯絡煽動群眾的領主們，表示約翰願意重審計畫。接著我提醒他們接下來別再鬧事，專注於利益分配的談判之後，這些人很快就答應了。

對領主們來說，也不樂見鐵路計畫胎死腹中，只要能得到令人滿意的好處，也就沒必要繼續進行如此危險的談判方式。

整起事件已圓滿落幕，不過鐵路計畫必定會有所延誤。直到能正式動工之前，至少需要一個月的時間。無論約翰以何種形式為此次的疏失負責，他在公司裡的地位理當會受到不少影響。

另一方面，由於負責主導鐵路計畫的沃爾岡重工業和相關企業提前將股票『賣空』，而我則以全資產做為擔保，因此從中獲得龐大的利益。

因為少部分有力諸侯與大富豪們在鐵路計畫公布前就已知悉此事，於是大量購入沃爾岡重工業與其相關企業的股票，導致股價瞬間飆漲。但在計畫公布的同時竟面臨有可能延後執行的情形，於是股價立刻暴跌，跌停狀況已一連持續好幾天。

所謂的股票賣空，就是變賣信用交易取得的股票。由於是信用交易，因此日後必須支付購得股票的費用，不過賣空的股價在到期前下跌的話，就可以賺取差價。

我利用賣空總計獲利三千五百億菲爾。這筆龐大的資金足以建造四架飛空艇，但我沒有全數納為己用，而是把九成的獲利都拿去投資沃爾岡重工業的鐵路計畫部門做為事業輔助金。到時的股利是該部門年營收的百分之一——收益分配大約是五百億菲爾。

另外我也以貢獻者的身分登記在創業名冊裡，等到鐵路開通之際，我的名字就會出現在各車站的紀念碑上。

我在僅僅數日內獲得的財富和名聲，估計等同於約翰辛苦數年來所得到的成就。就如同『假輿馬者，非利足也，而致千里』這句出自東洋的古老諺語，我利用名為約翰的這匹良駒，蠶食鯨吞地將全部的好處占為己有。如今我已是勝券在握，名為七星的最高榮耀，註定在不久之後就會落入我的手中。

但是像這種不勞而獲的勝利，老實說根本不值得喝酒慶祝。

「……約翰・艾斯菲爾特，難道你這樣就結束了嗎？」

我對輕易取得的勝利毫無興趣。倘若你也是七星的話，就多找點樂子來取悅我。此刻的我實在無法不這麼心想。

我喝了一口酒後，忽然看見幾滴紅色水珠落於桌面。

「可惡……」

那些水珠是我的鼻血。其實我於魔王一戰中造成的後遺症到現在都尚未痊癒。我有去醫院再度檢查，理當早該痊癒的後遺症，卻因為我總是習慣過度用腦，導致病情不見好轉，反倒還日漸嚴重。

我用手帕擦掉鼻血，然後叼起香菸。多虧香菸有血管收縮的效果，鼻血很快就止住了。我之所以會來這裡獨自飲酒，就是不想被人看見自己虛弱的一面。尤其是在同伴們的面前——

有時我也會忍不住懷疑，有必要為了目標犧牲自身的一切嗎？儘管我是想守住與外祖父的約定才決定成為最強，但要是我因此賠掉性命的話，恐怕外祖父會死不瞑目吧。

如此一來，我又是為何要不計代價也想成為最強呢？

答案很簡單，燃燒於我體內的那股熊熊烈火，無論何時都不曾有過減弱的跡象。不管是今日或明天，即便在我死前的那一刻也必然如此——

「修特廉大人。」

在我飲酒時，服務生隔著門恭敬地呼喚我的名字。

「何事？」

「很抱歉打擾到您，不過有位會員大人想與您會面，不知您意下如何？」

「想見我？來者是誰？」

「黑山羊晚餐會的團長朵麗・賈德納大人。」

「什麼……？當真是本人嗎？」

「是的，由於賈德納大人也是本店的會員，因此絕不會認錯人。她沒有攜帶任何隨從，想單獨與您會面。」

「這樣啊。」我喃喃自語後，忍不住揚起嘴角。黑山羊晚餐會是七星中的三等星，我也有掌握其團長朵麗・賈德納的情報。雖然與她毫無交集，不過根據傳聞，似乎是個很有手腕的狐狸精。

原本女性探索者就相當罕見。與其說是能力不足，不如說是男性比較容易勝任。畢竟得要擁有不讓鬚眉的強烈鬥爭心，以及不怕死的堅定意志力，同時符合上述兩種條件的女性是少之又少。而朵麗別說是身為團長，甚至年紀輕輕就得到七星的封號，想當然會有許多關於她的負面傳聞。

其實朵麗像這樣前來跟我接觸，就足以肯定她是個不可小覷的女性。該怎麼辦呢？我稍作思考便回說：

「好吧，讓她進來。」

「遵命。」

片刻後，一名年輕女性從敞開的房門走了進來。此人的年紀乍看之下跟我差不多，有著一張令人驚豔的絕美容貌，以及嫣紅如血的秀髮。她身穿一件小露香肩並帶有帽兜的黑色皮革連身裙，肌膚如白瓷般潔淨無瑕。

「能與你見面是我的榮幸，嵐翼之蛇的團長先生。」

有著一抹紅脣的朵麗微微張嘴，以令人渾身酥麻的甜美嗓音打招呼。

「這句話是我該說的，能見到妳是我的榮幸，黑山羊晚餐會的團長。請坐。」

朵麗接受我的邀請，直接坐在我的身旁。隨即有一股甘甜的香氣飄入鼻腔裡。

「雖然我成為這間酒吧的會員已經很久了，但我相信打破最年少紀錄的人肯定是你。明明你還這麼年輕，真是年輕有為呢。」

「我這個人就是愛慕虛榮，只是個暴發戶罷了。」

「呵呵呵，暴發戶是嗎？」

朵麗摸著自己的紅脣，輕輕地笑出聲來。

「你可是僅憑數日就賺到三千五百億菲爾，說這種話未免太自謙了。我還以為你是個更傲慢的人呢。」

我反射性地瞇起雙眼。只要是擁有情報網的人，任誰都能得知我透過股票賣空賺了一大筆錢，但是像這樣被人具體說中金額，實在是不得不把對方視為危險人物。

「哇喔，瞧你的表情真可怕。看來這才是蛇的本性呢。」

「若妳只是來炫耀自己有優秀的情報網，未免也太掃興了。倒是妳才應該表現得緊張點吧？奉勸妳別忘了我的利牙不光是對準約翰，現在也直逼妳的咽喉。」

「態度這麼強硬。不過嘛，這樣也更容易讓我們談事情。」

朵麗起身調整位子，坐得是離我更近了。在幾乎能感受到彼此呼吸的距離下，她將自己冰涼的手貼在我的右手上。

「蛇先生，你願意和我聯手嗎？」

「妳說什麼？」

「其實我也覺得人魚鎮魂歌——約翰・艾斯菲爾特這個人很礙眼。只要你我聯手，必能把他除掉。」

「喂喂，妳有搞清楚現狀嗎？」

面對朵麗的提議，我忍不住啞然失笑。

「眼下是憑我一人之力就可以除掉約翰，如今要我跟妳聯手，我又能得到什麼好處？」

「此話所言甚是，不過聽完我接下來的說明後，相信你會改變主意的。」

朵麗端正坐姿，將她那雙藍色眼眸對準我。

「約翰是羅達尼亞共和國人。」

「羅達尼亞人……？所以他是間諜嗎？」

「沒那回事。如果他是間諜的話，情況還比較單純……」

面對這個拐彎抹角的說法，我困惑地歪過頭去。

「妳說他不是間諜，那到底是什麼人？」

「……你可曾聽說過銀雪花盜賊團？」

「記得那是十幾年前在羅達尼亞作亂的盜賊團吧……」

相傳那是個高手雲集的盜賊團，直到被剿滅前打劫過多座城鎮。似乎是戰力強大到即便遭到兵力多達上千人的軍隊圍剿，也沒有折損任何一名成員，甚至還把軍隊打跑了。

最終是在實力足以媲美帝國七星的所有戰團聯手之下發動總攻擊，這才順利剿滅該盜賊團。

因為這樣的傳聞過於荒唐，所以帝國人只把此事當成用來譏諷羅達尼亞的玩笑話。調侃羅達尼亞肯定是個和平美好的國家，必須動員全國力量才有辦法消滅區區的盜賊團。

「難不成約翰是銀雪花盜賊團的成員之一？」

「不只是成員，還是盜賊團的首領。」

看著朵麗一臉認真地點頭說完這句話，我不由得放聲大笑。

「啊哈哈哈哈哈！此話當真⁉」

「我也明白這真的難以置信，不過——」

我伸手打斷朵麗的話語。

「沒關係，我相信妳。既然是銀雪花盜賊團的首領，怪不得妳會這麼害怕。」

「瞧你說得這麼刺耳，面對強大的對手時總要謹慎為上吧？」

「哼，這也不失為是一種推託之詞。」

我不以為然地將雙肩一聳，朵麗略顯不悅地板起臉來。我笑完便吸了口菸，呼出的煙霧將室內稍稍染白。

「我從一開始就知道妳沒撒謊，因為我可以看出對方表情中的細微變化，能瞬間識破任何謊言。但我有一事弄不明白，單看妳目前的態度，似乎是完全確信過去的情報，將約翰當成絕世強者。與約翰相比，我對妳的評價反而更高——告訴我，難道約翰還有其他祕密？」

被我這麼一問，只見朵麗輕輕一笑。

「只要你肯和我聯手，我願意與你分享手邊所有的情報。」

「也對，我只是隨口問問。」

我從座位上起身，轉身背對朵麗。

「感謝妳的提議，但我不想和妳合作。」

「這真叫人匪夷所思，你不想知道約翰的祕密嗎？單靠你一人是絕對贏不了他的。」

「沒那回事，無論對手是誰，我都必勝無疑。」

我背對著朵麗繼續說：

「妳就默默看著吧，約翰·艾斯菲爾特是我的獵物。」

朵麗聽完只是沉默不語，但能感受到她對這句話相當詫異。我隨即推門離開包廂。

如果純粹追求效率的話，與朵麗聯手才是正確答案。可是我那麼做又能得到什麼？能證明什麼？

我喜歡勝利，不惜為此制定詭計、欺瞞他人設下圈套，為求勝利是不擇手段。但我與人交手並非單純求勝，而是為了證明自己的能耐。約翰・艾斯菲爾特，不論你到底是誰，我追求的真理就只有一個。

「設法多找點樂子來取悅我吧。」

喃喃自語的我，燃燒於心頭的烈焰變得更為熾熱了。

†

諾艾爾離去後，朵麗仍待在包廂裡。

服務生告知說諾艾爾已把今晚的費用全都付清了。真是個囂張的小鬼頭。可是朵麗並不排斥他這種好戰的個性，簡直就像是看到過去的自己般令她會心一笑。

當朵麗獨自喝著香甜的雞尾酒時，腦裡傳來一股聲音。

『妳被人甩了呢。』

面對這句調侃，朵麗忍不住嘆了口氣。儘管無法肯定諾艾爾是否有所察覺，不過此聲音的主人從剛才就一直在竊聽包廂裡的談話。

『小鬼頭果然很令人討厭。』

『但我瞧妳倒是挺開心的吧？』

『我說你呀，最好找個時間去看看心理醫生吧。』

對於朵麗如此辛辣的回應，對方竟開心地笑了起來。

『你現在還有心情笑？』

『抱歉，我也很遺憾沒能得到蛇的幫助。不過關於殺死約翰一事，還是請妳繼續協助，事成之後的報酬自然少不了妳。假如妳願意的話，也能讓妳成為我國——羅達尼亞的高級官員。』

『別說笑了，我對採行民主主義這種愚蠢政治體制的國家毫無興趣。看看你那邊由無知群眾票選出來，只會出張嘴的政客們，造就出上位者成天耍大牌中飽私囊的社會結構，我是完全無法接受。相形之下，愚昧但又有點可愛之處的王公貴族還比較好。』

朵麗憤恨地說出心底話。

原則上是無法否認民主主義本身的可能性。隨著人口的增加，文明與文化的發展，唯獨民主主義才能夠保障多元化的價值觀。

不過所謂的民主主義，前提是身為國家主體的國民們必須具備明辨是非的知識與判斷力。倘若民眾過於無知，最終只會淪為眾愚政治。

另外對政客而言，愚蠢的國民反而更好操弄，理所當然就會形成不容易誕生優秀人才的大環境。如果在更遙遠的未來——人類能夠無私地履行身為社會一分子的義務，並且每一個人都不會迷失自我的時代當真來臨時，朵麗會欣然接受民主主義。

但現在還不是那個時候，而且她明白在目前所處的時代裡，最終只會演變成眾愚政治。

『一如當初說好的，既然沒能得到蛇的幫忙，我與你的合作關係便到此為止。抱歉囉，羅達尼亞的特務。』

通訊對象在聽完朵麗的答覆後便陷入沉默。

此人的真實身分是羅達尼亞派來的特務，目標是暗殺約翰·艾斯菲爾特。特務為了殺死約翰而試著與朵麗接觸時，朵麗開出的唯一條件就是蛇——諾艾爾得同意幫忙。

朵麗在知曉約翰的來歷與威脅後，依然堅信自己全力一搏是絕不會輸，問題在於獲勝將付出慘痛的代價，這樣實在稱不上是大獲全勝。

因此，朵麗覺得需要找人合作。合作對象不單單必須擅長戰鬥且聰明絕頂，還得抱持一心想除掉約翰的堅定意志。就朵麗所知，眼下唯有諾艾爾一人。儘管朵麗很意外諾艾爾竟會拒絕自己的提議，不過事已至此，她決定不再與約翰有所牽扯。

『想想你提供的情報也幫了我不少……雖說我無法協助你殺死約翰，但只要你待在帝都裡，我願意幫忙擔保你的身分。這麼一來，你也比較容易行動吧？』

『感激不盡。』

通訊對象也不再糾結下去，簡短地向朵麗道謝。

『話說回來，難道不能靜觀其變交給蛇去處理嗎？即便蛇戰勝約翰的機會非常渺茫，但還是有可能出現奇蹟吧。』

『我是很想相信奇蹟，可是我不認為組織會允許這麼做。我已收到命令是如果沒能得到妳的協助，就得採取其他手段來執行任務。』

『其他手段？』

朵麗的提問得不到回應。念話通訊被單方面切斷了。現在已感受不到原本一直位於附近的氣息，看來對方已經離開酒吧了。

『真是個急性子……像這種受他人束縛的生活方式真叫人受不了。』

朵麗的原則是不受他人束縛，自由自在地過活。以探索者獲得的力量與名聲，也不過是實踐此原則的手段罷了。只要有足夠的理由，她願意和任何人合作，也有覺悟與任何人為敵。她之所以跟羅達尼亞的特務搭上線，也是覺得對方或許有利用價值。就算她最終是決定收手，也沒有任何損失。而她今後也會一樣，只要是對自己有利的提議，無論對象是誰都願意合作。

「但是……唯獨那個人不行……」

此刻浮現於朵麗腦中的人物，既不是蛇也並非羅達尼亞的特務，而是將特務介紹給朵麗認識的仲介人。

†

「很高興認識妳，賈德納小姐，我的名字叫做蕾仙。」

這位女獸人自稱蕾仙，那頭黑髮上長著一對狐狸耳朵。此人似乎是東洋出身，穿著一套東洋風的連身裙，性感的造型突顯出她的乳溝和美腿，感覺十分擅長蠱惑男性。

事實上拜託自己與蕾仙見面的人，就是個愛好女色的資產家。此人十之八九已拜倒在蕾仙的石榴裙下。面對贊助商的要求總是令人難以推辭，因此朵麗只得邀請蕾仙來到戰團基地的會客室，並由她親自招待。

「那麼，妳來找我是有什麼請求嗎？」

在朵麗的催促下，蕾仙簡潔扼要地道出來意。她的請求是讓朵麗與羅達尼亞的特務合作，設法剷除人魚鎮魂歌的團長約翰。這段談話中還提到約翰的企圖與他的真實身分。

「啊哈哈哈，居然拜託我去暗殺人，妳是認真的嗎？」

「這是自然，我認為妳是此委託的最佳人選。」

「喲～如此謬讚，我還真是承擔不起……話說妳這是在找死嗎？」

自己乃是由皇帝欽賜七星稱號的戰團團長，如今竟要她和他國的特務聯手，簡直就是奇恥大辱。朵麗當下是真心想殺了蕾仙。不過蕾仙面對朵麗的殺氣沒有感到絲毫畏懼，甚至淡淡一笑說：

「妳覺得自己被羞辱了嗎？那還真是非常抱歉。不過妳應該非常清楚，繼續放任約翰壯大，必定會對妳造成威脅。他在日前的研討會上毫不掩飾自身的野心，提議讓所有戰團都服從於他。相信妳也不樂見這樣的結果吧？」

「我不否認，但我也沒蠢到與羅達尼亞的特務合作。就算是為了除掉約翰，此舉的風險還是太大。」

「那妳打算坐視不管嗎？」

對於蕾仙的問題，朵麗搖頭否認。

「我並沒有這樣說。」

假如方才的情報全都屬實，約翰確實是一大威脅，非得盡早剷除不可。朵麗明白和羅達尼亞的特務合作是比較有利，但就算以此為前提，自己仍背負很大的風險，相信應該有更明智的做法才對。

朵麗從沙發上起身，摸了摸花瓶中的鮮花。

「……若是此事全權交由我來處理，我同意至少能保障特務在本國活動的一切支援。」

「意思是只要滿足妳開的條件，就願意親自出馬囉？」

「前提是……得要滿足條件……」

「我明白了，我會將妳的意思轉達出去。」

「話說回來──」

朵麗從花瓶裡取出一朵花，轉身面對蕾仙。

「妳可知道維持美麗最主要的訣竅是什麼嗎？」

「這個嘛，我對美容方面不太感興趣。」

「我也同樣沒興趣，可是我很討厭自己變醜。一個人想維持美麗最主要的訣竅，就是要避免累積壓力。所以當我看誰不順眼，就會立刻殺死對方。畢竟一想到討厭的人在自己不知道的地方逍遙，不覺得很令人火大嗎？」

語畢，朵麗手中的那朵花轉眼間就凋零了。

「我的職能是【治療師(healer)】，可以藉由技能掌控生命。無論是賦予或奪取生命力，都在我的一念之間。自從我升為A階的【大天使(archangel)】，甚至能對魔王的生命力造成影響，只不過——」

朵麗反射性地揚起嘴角，那個笑容恍若一頭張牙舞爪的猛獸。

「為什麼妳還活著呢？」

朵麗沒有任何預備動作地發動技能，蕾仙卻沒有受到絲毫影響。一看便知是技能已被阻絕。若想徹底阻絕A階探索者朵麗的技能，別說是魔王——就連EX階探索者也難以辦到。

如此一來，眼前的女人究竟是何方神聖？

「妳這個人真可怕。那我就先失陪了。」

蕾仙沒有回答朵麗的問題，逕自從沙發上起身，並將一張骷髏外觀的面具戴在臉上。

「真是個沒品味的面具。」

「因為我喜歡人類呀。」

蕾仙輕聲道別後，便笑著離開會客室。

†

在被皎潔明月照亮的森林裡——

「那個該死的蛇!!」

約翰捶向身旁的大樹如此怒吼。人魚鎮魂歌為了討伐新降世的惡魔，遠征來到這座與帝都相隔遙遠的森林裡。

討伐目標是深度十二的惡魔・犄角狩獵王（Cernunnos），雖然是被歸類為魔王的狠角色，約翰等人卻以壓倒勝的形式結束戰鬥。

人魚鎮魂歌裡原本就高手如雲，現在又得到人工惡魔這股助力，就算討伐目標強如魔王，也能夠輕鬆取勝。

明明都成功討伐魔王，約翰的心情卻奇差無比。被他重捶的大樹從根部攔腰折斷，發出一聲巨響傾倒在地。

「竟敢在我的頭上撒野!!」

「混帳東西！」約翰破口大罵的同時不斷跺腳，簡直就像個小朋友在耍脾氣，這副模樣與擁有理智的成人相去甚遠。

待在一旁的傑洛暗自苦笑。畢竟約翰實際上就是這種人，也難怪會克制不住情緒，從他在銀雪花盜賊團當時就一直是這種個性。

「真是的，不必連這部分都如實重現吧……」

傑洛喃喃自語後，約翰突然扭過頭來。

「……你有說什麼嗎？」

「沒事，我什麼都沒說。」

被那雙怒不可遏的眼神一瞪，傑洛輕輕一笑搖頭以對。其他團員目前都在人魚鎮魂歌所持有的飛空艇附近紮營休息。眼下唯一的救贖，就是約翰沒有當著部下的面醜態畢露。

不過約翰每次發飆時，自己都得像這樣陪在一旁，老實說是有點麻煩。我又不是負責安撫小孩的老媽子——傑洛忍不住在心底如此抱怨。

也許是傑洛不慎將心思表現在臉上，約翰的表情變得更加凶狠。

「奉勸你別太囂張喔？我知道你很小看我，但就算你再受到那個人的信賴，終究只是個『瑕疵品』。給我搞清楚自己有多少斤兩，傑洛。」

「這番話我會銘記在心的。」

傑洛恭敬地行禮後，約翰氣得發出咂嘴聲。

「解決掉蛇的事情辦得如何？那傢伙可是想扳倒我們。要是再繼續糾纏下去的話，一切都會如他所願的。」

「相關對策都已在進行，只不過蛇是個超出我們預料的危險存在。如果我們隨意出手，將一如字面所述會反遭蛇吻。」

蛇——諾艾爾不光是妨礙鐵路計畫，把過失全推到人魚鎮魂歌身上，甚至靠著股票賣空大賺一筆，而且還將大半的獲利都拿去投資沃爾岡重工業，如今已被當成推動鐵路計畫的功臣之一。

反觀遭諾艾爾利用的人魚鎮魂歌，平白被計畫的相關人士們追究責任，導致他們在內部的地位大受影響。

為了打破這個僵局，約翰必須自掏腰包投資更多錢，加強自己在內部的發言權。不過因此削弱戰團的財力，難保會被諾艾爾趁虛而入。金錢就是力量，失去力量便只能任人宰割。

「為了確實除掉蛇，我認為現在應該先清除他身邊的阻礙。」

「你這是什麼屁話！他的用意就是想讓我們過度警戒，進而無法對他下手！戰力方面明顯是我們占上風！不過那小子對此也心知肚明！而他之所以還是盯上我們，表示他已掌握日後能讓戰力超越我們的方法！你說清除他身邊的阻礙？這樣反而正中他的下懷！」

面對約翰的斥責，傑洛被堵得百口莫辯。這番話完全沒錯，不難想像隨著時間經過，情況將對諾艾爾更加有利。眼下的最佳對策，就是趁著雙方戰力相差懸殊的現在直接開戰。

可是諾艾爾在沃爾岡重工業投入大筆資金，已獲得鐵路計畫功臣之一這個堅若磐石的地位。在此情況下強行排除諾艾爾，他恐怕會動用政治手段來擊潰人魚鎮魂歌。

既然他沒有這麼做，可想而知是打算展現自身的絕對武力，即便開戰也有把握能輾壓人魚鎮魂歌。

綜觀全局，無論人魚鎮魂歌如何掙扎都勢必得付出慘痛的代價。這麼一來，己方也只能做好相應的覺悟了。

「知道了。一旦返回帝都，我會馬上採取對策。」

在約翰點頭肯定傑洛的話語之際——

兩人猛然驚覺情況有異，連忙用力向後跳開。

但不論是傑洛或約翰，都明白敵人已奪得先機。此時他們的背部皆撞上一面隱形之牆——遭結界截斷退路。

這道結界相當牢固，無法輕易打破。在明白被人困於此處的瞬間，傑洛先一步進入戰鬥狀態，隨即發動技能。

「《死之鐮刀(deathscythe)》！」

暗黑技能《死之鐮刀》是利用大量魔力產生一把鐮刀，能將敵人連同空間全數劈開。在這招技能之前，任何防禦都沒有意義，堪稱是必死一擊。傑洛發動技能，將大量魔力凝聚於右手，可是魔力並未製造出鐮刀，反而當場引爆，把他的右手炸斷了。

「唔唔唔!?」

傑洛痛苦地發出呻吟，單膝跪地用另一隻手壓住不斷冒血的傷口。目睹此景的約翰，錯愕地瞪大雙眼。

「在這個結界裡的魔力都會失控嗎!?」

發動技能通常都需要魔力。縱使存在著無須消耗魔力也能施展技能的職能，無奈傑洛跟約翰都屬於魔力消耗型。既然魔力失控會導致自己受傷，就等同於所有技能都被人封住了。

「你答對了。身為【斷罪者(punisher)】的我所施展的這招《不義法庭(trick room)》，效果是除了我允許的人以外，範圍內所有的人都不許發動技能。」

一名身材高䠷的白髮女性像在愚弄人似地拍著手走出來。她穿著一件緊身皮衣，展現出她姣好身材。宛如冰山美人的她，臉上掛著一抹淺笑。由於說話時帶有些許羅達尼亞的口音，足以證明來者是羅達尼亞人。

「原來如此，妳就是羅達尼亞派來的刺客呀。」

「你又答對了。我的名字是洛薩璃。你就納命來吧。」

「到現在還想取我的性命，羅達尼亞那邊也真夠閒耶。」

「約翰・艾斯菲爾特，你這個人太危險了。為了國家著想，說什麼都不能留你活口。」

「為了國家著想？別笑掉我的大牙了，區區殺手也敢大言不慚。」

對於約翰的挑釁，洛莎莉不禁皺起柳眉。

「我不打算與你爭辯，總之請你死在這裡。」

洛薩璃傲然地宣戰完便彈了個響指，只見一名身穿黑袍之人應聲現身。此人看不出是男是女，而且帽兜內有著很不自然的陰影遮住面容，乍看之下彷彿沒有臉。

面對這位詭異的怪人，約翰聯想到一個人。

「依照你的外貌來看，應該就是傳聞中的『蒼蠅王』吧？」

怪人聽見約翰的詢問後，以浮誇的動作鞠躬行禮。

「很榮幸見到你，人魚鎮魂歌的團長約翰．艾斯菲爾特大人。如你所見，我就是蒼蠅王，此番前來就是為了取你的項上人頭。」

蒼蠅王，此人便是收了錢就願意接下任何髒活的食腐者(scavenger)。

「羅達尼亞還是老樣子，居然不惜聘請食腐者。為了那種國家賣命，妳當真認為值得嗎？」

聽著約翰語帶諷刺地提問，洛薩璃靜靜地搖頭以對。

「我說過不想與你爭辯——動手。」

在洛薩璃的一聲令下，地底冒出無數巨蟲，體型從近似於一名成年男子到足足大上三倍的都有。外觀上分別有蜈蚣、螳螂、蜘蛛與蠍子，它們皆露出獠牙、利爪以及如鐮刀般的前肢準備一戰。

洛薩璃說過自己是【斷罪者】。屬於【斥候】系A階的這個職能，雖然與敵方直接交手時的表現不如其他前鋒職能，卻擁有各種專精於對人戰的特殊能力。

倘若相信他們都所言不假，操控巨蟲的是蒼蠅王。對方採取的戰術是由蒼蠅王來彌補【斷罪者】所欠缺的攻擊力。

困住約翰等人的結界是既牢固又寬敞。根據回音來推估，範圍大約是直徑五百公尺。既然會產生回音，表示結界也能避免聲音外洩。換言之，其他團員察覺這裡出事的可能性非常低。

冷靜分析完狀況的約翰，伸手摸向腰帶上的短劍。這把短劍內藏一項機能，就是一握在手上就會伸長變成長槍。

約翰的職能是【槍兵】系A階的【魔天槍(rune lancer)】，即使技能被封，職能提升的肌力和敏捷還是很高。他決定先清除蟲子，然後再殺死張設結界的洛薩璃，但在下個瞬間——地面突然崩塌了。

「什麼!?」

「約翰!!」

在約翰即將被吞入流沙化的地底時，傑洛趕緊把約翰推開。下一秒，只見傑洛慘遭腰斬。

令傑洛肚破腸流的偷襲者，正是從地底竄出的巨型蟻獅。約翰只能眼睜睜看著傑洛的身體慢慢沉入沙裡。

「一切都結束了，不論是你的野心、憎恨以及傳說——」

洛薩璃語帶同情地說著。

「…………哼哼哼。」

正因為如此，約翰再也忍不住笑意。

「哇哈哈哈哈哈哈哈哈!!」

接著他捧腹大笑，雙肩起伏地調節好呼吸後望向洛薩璃。

「妳說我結束了？看來妳當真什麼都不懂。」

「我對你的力量是一清二楚，但你現在非常虛弱，要不然你早就動用『真正的力量』了。」

「搞啥啊，妳果真對我一無所知。」

約翰露出一臉邪笑。就在洛薩璃皺眉的剎那間，地面突然劇烈搖晃，彷彿有個龐然大物在地底中移動。

「這究竟是……!?」

洛薩璃大驚失色。

「快看，『怪物』要找上門囉。」

約翰語氣輕浮地如此調侃。洛薩璃之所以得知這句話所言不假，是因為幾乎在同一時刻，有一隻粗壯的黑色巨手從土裡竄了出來。那隻擁有利爪的手，正握著將傑洛咬成兩半的蟻獅。蟻獅拚命地掙扎想擺脫巨手，卻被直接一把捏爛。

當蟻獅四散的體液如雨水般從空中灑下之際，只見黑色巨手的本體緩緩從地底中冒出來。在看清楚後——完完全全就是一頭『龍』。

「GUOOOOOOOOOOOOO!!」

一頭長相邪惡的黑龍張開翅膀，對著月亮仰天咆哮。它光是將巨手一揮，現場的巨蟲們全都死無全屍。

「豈、豈有此理……」

面對這幕難以置信的光景，洛薩璃驚呆在原地無法動彈。龍本該是只存在於神話之中的生物，後來則被人們用來形容擁有類似外貌的高階惡魔。既然是惡魔，也就無法現身於深淵以外的地方。

不過眼前的黑龍並非幻象，它真正的身分是什麼——抑或是誰？洛薩璃至此終於想通了。

「傑洛・琳德雷克……難道你是應該已經滅絕的龍人？」

對於洛薩璃的問題，只見黑龍——傑洛揚起嘴角，擠出一個看似笑容的表情。

「龍人——昔日與龍種惡魔雜交誕生的禁忌種族，擁有人形卻具備化為巨龍的力量，但這也只存在於遠古神話的時代裡，站在這裡的傑洛就只是個冒牌貨。身為羅達尼亞特務的妳，應該能理解這句話的含意吧？」

約翰代替無法說話的傑洛回答問題。

「非正規還原體（zero numbers）……」

洛薩璃心驚膽顫地如此低語，臉上浮現厭惡的表情。

「這該如何是好？」

站在洛薩璃身邊的蒼蠅王側頭提出建議。

「同時應付龍人和【魔天槍】，即使封住對方的技能，對我們還是很不利，這下也只能先撤退了。」

「你說……撤退？」

若是能這麼做，洛薩璃就無須勉強開戰了。特務執行任務時就只有兩條路能走；一條是獲得勝利生存下去，另一條則是吞下敗仗賠上性命。可是就算獲勝存活，自己終究沒有未來可言。如果為了取勝使出『殺手鐧』，就必須做好為國捐軀的覺悟。

在洛薩璃陷入猶豫時，忽然有暗雲遮住月光。在瞬間轉黑的世界裡，約翰的嘴邊冒出一小團火焰照亮現場。

「羅達尼亞人，妳錯估了兩件事，首先是──」

聽見這股沒有抑揚頓挫的說話聲，洛薩璃轉瞬間便感到一陣惡寒。

──不對。

雖然是約翰的嗓音，語調卻與先前判若兩人。先前那種聽起來既傲慢又有些神經質的語氣已然消失，取而代之給人一種冰冷且深不見底的感覺。

彷彿意識被其他人取代般，散發出與之前截然不同的氣質。

月光撥開雲朵，再度照亮這個世界。此時約翰叼著一根菸，臉上掛著溫和的笑容，任由香菸燃燒產生的煙霧冉冉飄升，繼續把話說下去。

「我並非無法使出真正的力量，單純是我不想施展。」

「蒼蠅王!!」

「另一點則是──」

「馬上使出那招!!」

洛薩璃焦急地大喊。現在已沒時間猶豫了。

「遵命。」

看不出蒼蠅王是否有露出笑容，只見洛薩璃的身上伸出無數觸手，匯集於她的四肢上，模樣恍若裸露在外的肌肉纖維。

「唔、唔唔喔喔喔………喔喔喔喔!!」

異形化的洛薩璃發出野獸般的低吼聲，並從嘴裡呼出白煙。她的眼白瞬間染黑，虹膜則散發著紅光。

組織為了確實殺死約翰，命令洛薩璃向蒼蠅王尋求協助。蒼蠅王的力量不光是本身的戰力，還包含觸手所產生的強化魔法。

洛薩璃沒有選擇權，既然以組織的——國家的一條狗活下去，就必須服從命令，完全不能違背。

就算自己因此淪為『異形』……

「約翰————!!」

洛薩璃勉強守住最後的理性，對約翰發動突擊。透過觸手強化的雙腳，能以遠超出音速好幾倍的速度移動。洛薩璃在即將接觸約翰的剎那間，將右手化成一把利劍。只要用它貫穿約翰的心臟，就能確實殺死約翰。在逐漸模糊的意識中，洛薩璃堅信自己能獲勝，不過——

「停下。」

約翰短短的一句話，便令洛薩璃的身體無法動彈。

「怎、怎麼會……？」

在洛薩璃大感錯愕之際，約翰突然主動走近。

「妳說過在結界裡任誰都無法使用技能，但這是不對的。畢竟這世上有著無須消耗魔力也能發動的技能，比方說——」

約翰單手拿起香菸，隨之加深臉上的笑意。

「話術技能的《狼之咆哮(stun howl)》。」

「要我去暗殺約翰・艾斯菲爾特？」

「沒錯，洛薩璃小姐。」

羅達尼亞情報防衛局副局長摸著自己的鬍子，點頭回應洛薩璃的問題。儘管此人因長年待在辦公室裡而中年發福，但他年輕時也是個相當優秀的特務活躍過一段時間。傳授諜報技巧給洛薩璃的人就是他。快被贅肉埋住的那雙眼睛，直直地射向洛薩璃。

「這是來自總統府的直接命令，相關人選就交由擔任主任的妳來挑選。」

「請、請等一下。」

洛薩璃對這突如其來的命令大感困惑。

「對手可是那位約翰喔？光靠我們的話，就算如何拚盡全力也毫無勝算。而且約翰目前人在帝國，我們也難以自由行動。」

「妳會如此困惑也是在所難免。多虧當地特務捎來的情報，我們在數年前得知約翰已逃往帝國，不過直到這天以前都無法對他出手，理由則一如妳方才說的。」

「那為何現在就可以呢……？」

「約翰是相當重要的樣本。當年的研究資料已全數燒毀，存活下來的也只有他一人。若是能取得他的屍體，或許就可以重啟計畫……純粹是總統府內有人產生上述想法。」

「這樣啊……」

也不想想那個計畫失敗時釀成多少傷亡。儘管好了傷疤就忘了疼是人之常情，可是洛薩璃仍認為只有瘋子才會做出這種決定。

「其實你們也並非毫無勝算。即便約翰是最強的存在，不過歲月的流逝是站在我們這邊的。如果戰術應用得當，你們仍有機會戰勝那頭怪物。」

作戰資料就放在桌上。洛薩璃看完後，心中的另一個自己只想抱頭苦惱。一想到上層竟然覺得如此拙劣的計畫能夠暗殺約翰，她就不禁感到腦袋發昏。沒想到昔日的恩師也不敵歲月，居然昏庸成這副德行……

「以上便是此次的命令。」

「副局長，關於此次的暗殺行動，可以由我來負責嗎？相信由我出馬，作戰的成功率必能大幅提升。」

對於洛薩璃的毛遂自薦，副局長露出狐疑的表情。

「……妳是有何打算？妳確實是組織內的頂級特務，仍沒必要由妳親自擔任刺客，交給底下的人去辦即可。記得妳麾下也有和妳同等優秀的特務不是嗎？」

「話雖如此，偏偏他們的實戰經驗不足，因此我才是最佳人選。」

「意思是妳打算親率小隊前往任務地點嗎？」

「沒那回事，無須派遣那麼多人。此作戰的成功條件是暗殺約翰並回收屍體對吧？既然這樣，我獨自一人反而更好行動。」

洛薩璃如此斷言，副局長暫時陷入沉思，隨後露出一抹淺笑。

「好吧，我相信妳的判斷。但就算是妳，也很清楚行動失敗時的下場吧？」

對於副局長的威脅，洛薩璃重重地點了個頭。

雖然洛薩璃已誓死效忠國家，但說她不怕死肯定是騙人的。可是對洛薩璃而言，細心培育出來的部下們遠比自身性命重要多了。

無論如何都不能讓他們為了這種拙劣的計畫平白犧牲——

因為《狼之咆哮》暫時止住動作的洛薩璃，在經過數秒後終於恢復自由。當她可以再度行動的瞬間便用力往後一跳，迅速與約翰拉開距離。

「為何你不攻擊我？」

洛薩璃方才明明處於停止狀態（stun），約翰卻並未發動攻擊。面對提出質疑的洛薩璃，約翰將雙肩一聳。

「因為這樣太不公平了？」

「你到底……想說什麼？」

「妳對傑洛和我能使出真正力量都一無所知。儘管說穿了就是事前調查不足，但我沒興趣單方面屠殺無知之人。妳現在應當充分掌握我方的戰力了吧？那麼，接下來才是重頭戲囉。」

約翰恍若勝券在握地輕輕一笑，以手勢要洛薩璃儘管出手，絲毫不覺得自己會輸。不對，戰鬥對他來說是一種享受，很明顯是不希望戰鬥這麼快就結束了。

「單看戰力是我方占上風，但只要在這道結界內就無法發動魔力消耗型的技能。反觀你們可以隨意施展，意思是理當有許多能顛覆戰局的手段。來吧，再露幾手來瞧瞧。如果時間拖得越久，你們就越沒有勝算喔。」

「可……惡……」

正如約翰所言，洛薩璃的肉體再過幾分鐘就會達到極限，從此淪為一頭失去理性的怪物。蒼蠅王這個人完全不可信。若想賭上僅存的勝算與約翰一戰，她現在已經沒時間猶豫了。

儘管腦袋明白這個道理，身體卻不聽使喚。明明停止狀態早就解除，但洛薩璃之所以無法行動，是因為內心已不抱希望。

「妳不出手嗎？妳那副模樣不是賭上性命的證明嗎？繼續這樣跟我乾瞪眼，終究改變不了一死的命運喔？」

約翰淡然地說著，洛薩璃卻遲遲沒有行動。片刻後，約翰重重地發出一聲嘆息，緊接著露出銳利的眼神。

「奉勸妳別太天真喔。我的同伴們可是直到最後一刻都沒有放棄。」

約翰散發出足以凍結心臟的強大殺氣。多虧這股強烈的殺氣，洛薩璃終於做好覺悟。就算捨棄自身的一切也無妨，要是沒能取勝的話，這條命不要也罷——自己就此化成一頭名副其實的怪物。

「蒼蠅王!!我願意獻上自身的一切!!」

「等妳這句話很久了——《巫蠱轉變(evil mutation)》。」

蒼蠅王發動技能，射出一道黑色的魔力激流。原本被傑洛打倒的巨蟲們——那些屍體的魔力也被激流所吸引，掀起一陣如龍捲風般的渦流。位於渦流中心的洛薩璃，其肉體漸漸轉變成更為詭異的模樣——

「原來是混合魔像(chimera)。」

約翰瞇起眼睛如此低語。

在召喚和奴役系的技能之中，有著能讓複數使魔相互融合的最終手段。不過此舉會消耗大量魔力，倘若擔任核心的素材過於脆弱，就會在一瞬間直接崩解，因此這是代價極高的高階技能，沒有A階以上的能耐休想駕馭這招。

而蒼蠅王的實力絕對有達到A階，擔任核心的洛薩璃也同為A階，可說是最佳的施術者和素材都在這裡。最終由蒼蠅王製造出來的混合魔像，體型竟在龍化的傑洛之上。

「KYSHAAAAAAAA!!」

整體外觀近似於螳螂，擁有一對既發達又銳利的前足，剩下的三對巨足則是重重地踏在大地上，支撐其巨大的身軀。不過模樣仍有別於一般螳螂，它渾身上下布滿看似相當堅硬的外殼，頭頂長著一對犄角。若要形容的話，就是一隻穿上白色甲冑的螳螂。

「GUOOOOOOOOOO!!」

傑洛衝向混合魔像，兩頭巨獸撞在一起，隨之產生一股轟然巨響和驚人的震波。即使遭受龍的攻擊，混合魔像也文風不動——雙方在體重上相差懸殊。傑洛自然也對此心知肚明。

傑洛把利爪刺進混合魔像的外殼間隙中，在牢牢抓住對方的身體後，將長滿凌亂利牙的嘴巴用力張開，從中射出超高溫射線——也就是所謂的『龍之吐息（dragon breath）』。

在這道結界內確實是無法使用消耗魔力的技能，不過龍之吐息並非技能，而是龍與生俱來的身體機能。集中成一道的射線足以瞬間熔解城牆，可是——

「龍之吐息居然無效？」

面對眼前的情況，約翰不禁眉頭深鎖。

傑洛的龍之吐息理當直接命中混合魔像，只見它那白色的外殼上有些焦黑，卻沒有一絲破損的痕跡。被外殼反射的餘燼，恍若煙火般綻放出耀眼的光芒稍縱即逝。

「SHAAAAAAA!!」

「GYAAAAAAAAA!!」

混合魔像的背部伸出無數觸手，貫穿傑洛的身體。在傑洛痛得稍微鬆手之際，混合魔像以超音速揮動鐮刀前足。傑洛巨大的身軀被震波吹飛，右手也遭斬斷，噴濺的大量紅色鮮血頓時令地面化成一片泥濘。

「太美妙了，單看戰鬥能力已達到魔王級。」

約翰欣喜地揚起嘴角。被吹飛至他背後的傑洛撐起身軀，發出威嚇的低吼聲。看來是打算跟混合魔像展開第二回合。龍的再生能力相當驚人，只見傷口已經止血，假如將斷肢撿回來即可立刻接上。

不過約翰伸手制止傑洛，往前一站。

「傑洛，已經夠了。就由我來領教她的覺悟。」

約翰一派輕鬆地說完後，化成一陣疾風向前衝去。混合魔像揮動觸手攻擊，卻被約翰逐一閃開，只能擊中他留下的殘像。

混合魔像是受到蒼蠅王的控制。正常來說，打倒施術者就可以使混合魔像停止活動，不過約翰已察覺在場的蒼蠅王也同樣是使魔。

就算殺死使魔，也無法阻止混合魔像。換句話說，約翰想贏就必須打倒混合魔像。有鑑於敵我雙方的戰力差距，《狼之咆哮》十之八九會失效，想打倒混合魔像就只能靠直接攻擊了。

與混合魔像拉近距離的約翰，為了跳到它那巨大的身軀上而高高躍起。不過混合魔像看準位於半空中的約翰無法閃躲，立刻以鐮刀前足發動攻擊。在約翰即將被砍成兩半的轉瞬間，他卯足全力揮動長槍。這記不需仰賴技能的攻擊，竟將那對能夠承受龍之吐息的鐮刀前足當場打碎，並把巨大無比的混合魔像震翻在地。

雖然長槍也化成碎片，約翰仍成功跳到混合魔像的頭上，然後一拳揮向混合魔像的眼窩。

「KYEEEEAAAA!!」

混合魔像因失去眼球的痛楚而暴跳如雷，用觸手將約翰刺成蜂窩。但約翰沒有痛得發出呻吟，只是靜靜地開口說：

「就算魔力失控——也無所謂。」

約翰將龐大的魔力集中於右手上。在《不義法庭》的效果之下是無法發動技能，但失控的魔力不光令約翰失去右手，也把混合魔像的腦袋一併炸爛——

——忽然作了一個美夢。

「歡迎回來，媽媽！」

在洛薩璃推開家門的下一秒，女兒直接撲到她的懷裡。因為女兒仍正值愛撒嬌的年紀，所以每次都用這種方式迎接返家的洛薩璃。

「我回來了，妳有沒有好好聽話呀？」

「嗯！我跟爸爸一起做晚餐喔！」

「是嗎？妳真棒呢。」

女兒被洛薩璃溫柔地摸了摸頭之後，開心地瞇起眼睛。

「對於有乖乖幫忙做家事的小公主，媽媽可要好好獎勵她一下。」

「意思是媽媽有帶禮物回來給我嗎!?」

洛薩璃將手中的紙袋遞給女兒。女兒在看清楚紙袋上的店名後，露出如向日葵般的燦爛笑容。

「是蛋糕耶！是有草莓的那種嗎!?」

「那當然囉，畢竟妳最喜歡吃草莓對吧。等吃完晚飯後，我們再一起吃吧。」

「耶～！好耶～！」

看著捧住紙袋跑開的女兒，洛薩璃忍不住露出苦笑。

「看這樣子，我這個當媽的似乎比不上一個草莓蛋糕。」

「歡迎回來，妳今天回來得真早呢。」

女兒跑掉後，穿著圍裙的丈夫走了過來。他臉上掛著溫和的笑容靠近洛薩璃，貼心地幫她脫下身上的長大衣。

「謝謝，因為今天的工作比較早就處理完了。」

「那真是太好了。我剛做好燉牛肉，趕快一起來吃吧。免得女兒趁機偷吃蛋糕。」

「呵呵呵，說得也是。」

丈夫的職業是小說家，代替經常不在家的洛薩璃負責所有家事。兩人結識當時，洛薩璃還不滿二十歲。契機是她的帽子被吹飛落入河裡時，丈夫不惜弄溼衣服幫她撿回帽子。

丈夫是個溫和穩重的男子。拜此所賜，洛薩璃才有辦法安心專注在事業上。不過基於規定，她無法讓家人知曉自己從事何種工作，於是便對丈夫謊稱是個商人。

「我接下來有個很重要的生意要談，得出差一陣子才會回來。」

「時間大概多久呢？」

「差不多一個月左右。」

「好的，家裡的大小事就放心交給我吧。」

「……嗯，謝謝你總是顧好這個家。」

「取而代之，回來時記得幫女兒帶份禮物。」

「我一定會幫她挑個很棒的禮物。當然老公你也有一份。」

「那還真是令人期待。」丈夫笑著轉身離去。洛薩璃見狀後，情不自禁地從背後一把抱住丈夫。所愛之人的柔情和溫暖，逐漸流遍洛薩璃的全身上下。

「……是工作上有碰到什麼不順心的事嗎？」

「……沒事，不是這樣的。」

洛薩璃不能說實話。一旦說出口，將會導致家人陷於危險之中。

「不過……讓我再抱一下就好——」

丈夫輕輕將手貼在洛薩璃的手背上。體貼的丈夫從來沒有過問洛薩璃的工作。兩人結婚至今已有好幾年，雖然丈夫是個生性悠哉的人，但腦筋十分靈活，對真相恐怕已隱約有所覺察，不過他總是很尊重洛薩璃，只將疑問和不安藏於心底。

相信就算自己不在世上，丈夫與女兒也有辦法活下去。洛薩璃有留下一大筆遺產，能夠保障兩人這輩子衣食無缺。假如可以的話，她很想活著回來，和摯愛的丈夫白頭偕老，一同見證女兒的成長。

洛薩璃卻比誰都清楚，這是絕無可能實現的一種奢望。

從混合魔像抽離出來的洛薩璃清醒後，模模糊糊看見嘴上叼著一根菸的約翰。他那因魔力失控而少掉的右手，轉眼間就已經長回來。約翰的再生能力非常驚人，僅僅數秒就恢復原樣。

這是狂戰士（berserker）技能《自我再生》（regeneration），效果是直到魔力耗盡之前，受到的任何傷害都能痊癒。

「妳有什麼遺言嗎？」

約翰低頭看著洛薩璃，語氣溫和地如此提問。

洛薩璃已經輸了，而且輸得一敗塗地。雖然這些早在預料之中，但她自始至終都不是對手。就算率領部下們聯手作戰，應該也改寫不了結局。

「……能讓我抽根菸嗎？」

洛薩璃自從懷上女兒以後就戒菸了，但在最後一刻稍微放縱抽根菸應該並不過分吧。

「請。」

約翰將自己抽的那根菸拿到洛薩璃的嘴邊。

「……這菸的味道真差，難道帝國人就只有這麼難聞的菸嗎？」

「很遺憾我只知道這個牌子的菸。」

見約翰歉疚地將雙肩一聳，洛薩璃回以苦笑。

「無妨，那我稍微將就一下。」

在皎潔的月光之下，呼出的白煙冉冉飄向夜空。

「……我算是度過了一段……美好的人生。」

洛薩璃笑著低語——身體隨即化為灰燼。隨著強風吹拂，灰燼與白煙一同慢慢消逝。洛薩璃在死前衷心祈求，希望這陣風能把她送回故鄉（羅達尼亞）。

「那麼——」

約翰轉過身去，將視線對準蒼蠅王。

「你有何打算？」

「既然委託人已死，我的工作也到此為止。」

語畢，蒼蠅王的身體便飄上天去。

「不愧是『救世主(Messiah)』，就算羅達尼亞派來再多條狗也毫無勝算。」

「不許你侮辱以命相搏之人。」

約翰露出慍怒的眼神射向蒼蠅王。

「你這個沒膽親自上陣的鼠輩，沒資格出言汙衊他人。」

「哈哈哈！沒想到你會如此天真！憑你這副德行有辦法戰勝蛇嗎？」

蒼蠅王嘲笑約翰的同時，也緩緩飛向天際。

「我就等著看你們如何殘殺彼此。」

在蒼蠅王即將遁去身形之際，突然驚覺情況不對。

「這、這是!?」

好幾條鎖鏈纏住蒼蠅王的身體。原本隱形的鎖鏈慢慢產生形體，將蒼蠅王五花大綁於半空中。

「誰說你可以離開了？」

約翰點了一根菸，臉上浮現冷笑。

「這是斷罪技能《縛魂鎖鏈(slave chain)》，可以束縛目標的靈魂。即使是綁住使魔，也能對本體造成影響。」

「豈有此理!?我之前完全沒感應到這些鎖鏈的存在啊！」

面對慌張大叫的蒼蠅王，約翰先是啐了一聲，然後左右搖了搖食指。

「確實單單發動《縛魂鎖鏈》，你應該會有所察覺。但我同時使用了魔彈技能《銃王之路》(royal road)。屬於【槍手】(gunner)A階職能【魔彈射手】(black shooter)的這個招式，可以無視攻擊距離直接命中目標。換言之，我在發動技能的同時就可以逮住你。」

「居然把技能合併使用!?」

蒼蠅王發出驚呼。約翰聽見後，臉上的笑意變得更深了。

「並用技能是基礎中的基礎吧。還是你以為不同職能的技能無法同時使用嗎？如果真是這樣，那你就徹底猜錯了。」

約翰朝著蒼蠅王抬起右手，從手中製造出一把駭人的黑色魔力長槍。

「這是暗黑技能《誘死投槍》，被這把長槍擊中的人是必死無疑。就算目標是使魔，也可以經由魔力的連結殺死施術者。蒼蠅王，你應該能聽懂我想表達的意思吧？」

「你這個混帳——……」

遭鎖鏈束縛住的蒼蠅王放聲大叫，嗓音裡夾雜著怒火和焦慮的情緒。

「原以為絕對安全的地方儼然化成一座處刑場，對此你是作何感受啊？啊～你不必回答沒關係，反正我也懶得聽。」

約翰對蒼蠅王冷笑一聲，隨即握緊右手。

「永別啦，蒼蠅王。」

必死魔槍隨之發射。

蒼蠅王在即將被魔槍貫穿的剎那間，使盡全力放聲怒吼。

「別看扁我啦啊啊啊啊啊啊啊啊！！」

下一秒，無數隕石劃破雲霄從天而降。這是蒼蠅王讓待命於雲海上的巨蟲們發動的攻擊。如果直接落至地面，別說是約翰與傑洛，連周圍一帶都會夷為平地。待在遠處的其他團員們也同樣無法倖免於難。

約翰馬上發動另一項技能。

「《絕對聖域(ex-invincible)》。」

聖騎士技能《絕對聖域》是可以將任何大範圍的攻擊反射回去一次的招式。約翰張設的防護罩成功把所有隕石反彈回天際。

「……呼～真是有夠驚險。看來他確實有留一手。」

約翰抹去額頭上的冷汗，大大地鬆了一口氣。

「居然被他逃掉了。」

傷勢徹底痊癒且變回人樣的傑洛，憤恨地如此低語。蒼蠅王利用方才的攻擊強行除去自己，藉此成功躲過約翰的《誘死投槍》。四處都感應不到蒼蠅王的存在，看來是已經離去了。

「儘管《誘死投槍》沒能打中他，但還是有被《縛魂鎖鏈》束縛過，使魔遭受的傷害會對施術者本身造成影響。就算他命大沒休克致死，也得躺在病床上好一陣子。」

約翰露出笑容，繼續把話說下去。

「在用鎖鏈綁住蒼蠅王時，我已掌握到他的真正身分了。」

「這是真的嗎？」

「嗯，是真的。不過嘛，想殺他得花上一番功夫。」

「所以他是達官顯要——或是權貴的相關人士？」

「沒錯。」

在約翰點頭肯定時，能聽見一群人呼喚著約翰跟傑洛的名字跑了過來。因為與蒼蠅王的攻防戰，人魚鎮魂歌的團員們都驚覺出事了。

「我將暫時陷入沉睡，剩下的事情就交給你和他了。」

「遵命。」

傑洛點頭回應，但是臉色相當難看。

「有什麼問題嗎？」

「因為我很討厭他。」

約翰聽見傑洛的回答，忍不住放聲大笑。

「哈哈哈，畢竟你和他總是水火不容。」

「直到最後的最後，我還是沒法與他達成共識。難道不能交給其他人嗎？」

「因為他是最合適的人選。你在他身旁這麼久，應當能理解才對。」

約翰扔掉吸到一半的香菸，像是慰勞傑洛似地拍了拍他的肩膀。

「那就先晚安囉。」

「晚安，約翰。」

約翰恍若一尊斷了線的人偶突然倒下，傑洛連忙接住他。

「光是應付蛇就已經分身乏術了，偏偏羅達尼亞和蒼蠅王又跑來攪局……看來想實現夢想並沒有那麼輕鬆。」

正因為不輕鬆才有意思，能讓人感受到自己確實活在世上。約翰彷彿跟傑洛抱持相同的想法，一臉開心地陷入沉睡。

†

「嗚哇啊啊啊啊啊啊啊啊啊啊!!」

『他』從劇痛中清醒。由於約翰的《縛魂鎖鏈》，鎖定了本體和使魔之間的連結，因此使魔受到的傷害也會反應在本體身上。

《誘死投槍》是一旦命中就必死無疑，不過『他』還活著。多虧『他』親手除掉自己的使魔，強行切斷兩者之間的連結才得以苟活。

不過『他』仍受了重創，於是起身檢查自己的身體，發現全身布滿裂痕般的瘀青。這是靈魂受到傷害，導致肉體也變衰弱的證明。

『他』忍受著劇痛，將手貼在自己的胸口上專心恢復。飼養於體內的微小蟲子們開始工作，以細胞為單位開始治療傷口。一段時間後，能感受到痛楚漸漸消退。

「終於……得救了……」

至此終於鬆一口氣的『他』，重重地發出一聲嘆息。由於傷害過重的緣故，沒辦法治療到完好如初，不過至少肉體已經康復，身上的瘀青也全數消除。礙於蟲子無法為靈魂進行治療，這部分就只能交由時間來處理了。

「只能祈禱到時能夠復原了……」

沒有實體的靈魂不同於肉體，仍有許多不明之處。雖然有先例是受損的靈魂順利復原，但最終沒能治癒賠上性命的紀錄也不在少數。

「這就是你擅自行動招來的報應。」

當『他』暗自神傷之際，忽然傳來一股語氣無奈的說話聲。

「罪惡囊……」

在沒有點燈的房間裡，藍白色的月光從窗簾敞開的窗戶透進來，灑落於一名穿著東洋風連身裙的女獸人身上。

「妳怎麼會在這裡？」

「怎麼會在這裡？我還想問你呢，你怎麼會擅自跑去跟約翰戰鬥？」

罪惡囊坐在床邊，稍稍偏過頭繼續說：

「之前應當有說過，我們是最後一刻才直接插手，在此之前就讓他們自相殘殺。想促使那些人互殺是可以，但我們親自加入戰鬥就本末倒置了。」

「話雖如此，約翰的實力是貨真價實。既然有機會殺死他，就該設法除掉他。若是妳跟妳的朋友也在現場——」

「的確是有機會獲勝，但還是有可能落敗。不管是我或我的朋友，目前都是以作弊的方式待在這個世界。就算當時順利打贏約翰，但要是因此失去待在這個世界的力量就得不償失了。」

這番話說得很有道理。『他』無法反駁地斂下眼眸後，罪惡囊將『他』摟進懷裡。『他』把臉埋入柔軟的雙峰裡，就這麼置身在罪惡囊那蠱惑人心的甘甜體香之中。

「真可憐，你應該很害怕吧？畢竟你跟我們不同，很害怕會在有限的時間裡就這麼一事無成地死去吧？」

「我……」

「你什麼都不必說。就算你沒說，我也全都知道喔。」

每當被罪惡囊溫柔地撫摸背部時，讓人摟在懷裡的『他』就漸漸失去思考能力。即便心中產生對於不該遺忘的事物也將遭人連根拔起的恐懼，但『他』很快就連這份恐懼都忘得一乾二淨了。像這樣完全無法思考之後，只令『他』感到無比舒適。

「好孩子，現在先忘了一切痛苦的事情安心睡去吧，貝娜黛妲。」

聽著恍若輕撫靈魂的呼喚聲，貝娜黛妲在罪惡囊的懷裡輕輕點頭。在月光的照映下，白髮少女受困於無法抵抗的沉眠之中。

三章：因吾乃是欲成為霸王之人

這天，我造訪位於鬧區後街的一間東洋料理專賣店。走進這間門可羅雀的餐廳後，我對裡頭的年輕男店員說出暗號。

「我來領取點好的大辣炸雞。」

「好的。」

「油炸時是使用花生油吧？」

「那當然囉。這邊請。」

店員領著我走向餐廳內部，進入廚房後沿著通往地下室的階梯繼續前行，來到一間寬敞的研究室。這裡有著合成窯、萃取機等各種鍊金術專用的器材，牆上則陳列著浸泡於福馬林裡的變異種（monster）屍體，以及惡魔的部分肉體。

「哎呀～！歡迎光臨哦～諾艾爾先生～！」

剛走進研究室，就有一位留了長鬍子的地侏老者上前迎接我。此人身穿東洋衣物，說起話來也帶有特殊口音。

其實這位鍊金術師老先生——理岳是名東洋人。相傳他在故鄉也是個相當活躍的

【鍊金術師】，目前則是住在帝都裡。聽說他融合了東洋與帝國兩方的知識，研發出一套獨門鍊金術，並且一直在這間地下室裡進行研究。

曾是岡畢諾黑幫幫主的亞爾巴特看上了這位老先生，於是命令他製作獨特的興奮劑。儘管該興奮劑有著危險的副作用，但藥劑本身純度極高也是不爭的事實，因此我也決定利用他的技術。

「我委託你的事情還順利嗎？」

「經過我仔細分析後，結果是完全沒問題捏～你送來的素材真是棒呆了哦。有了這些素材，我可以輕易製作出你委託的那種藥捏。」

理岳使了個眼神後，店員將一個黑色保溫箱搬過來。

「我最擅長的就是利用惡魔素材進行鍊成，至今我已接觸過各式各樣的惡魔素材，當然也包括魔王素材，而這可是所有素材之中的上等好貨。真叫人躍躍欲試捏。」

理岳揚起嘴角露出冷笑，不過又補上一句但書。

「就算這東西有著很強烈的副作用，你還是想要嗎？」

「此話怎說？」

我反問後，理岳詳細地解釋一遍。我聽完便點頭同意。確實是很強烈的副作用，不過都在我的預測範圍內。

「沒問題，你趕緊製作吧。」

「呀哈哈哈！就知道你會這麼說哦！雖然亞爾巴特先生也是個瘋子，卻完全無法與你相提並論！你簡直就是把理性完全拋諸腦後！跟我是同一掛的人捏！」

理岳放聲大笑，並把保溫箱打開。白色的寒氣從箱裡宣洩出來，待煙霧散去後，準備交給理岳的東西終於現出原形。

「好美啊……一想到能盡情解剖這東西，我簡直快爽翻了捏。就連我那舉不起來的小老弟都立刻重拾昔日雄風哦。」

這個該死的瘋狂科學家。面對一臉陶醉的理岳，我忍不住在心中如此咒罵。不過能讓他提起幹勁的話，也就沒什麼好抱怨的了。儘管他屬於我生理上無法接受的那種人，但只要還有利用價值，就暫且放他一條生路。

我從理岳的身後看向保溫箱。在冰冷的箱子裡，存放著一顆面容姣好的男性頭顱。該頭顱的金色長髮散發著微弱燐光。

†

當我結束與理岳的對話離開餐廳時，有一隻小鳥——修格的人偶兵飛到我的肩膀上，於是我開啟與修格的《思考共有》。

『諾艾爾，現在方便說話嗎？』

『嗯，沒問題，結果如何？』

『我一直監視著在帝都內每一名人魚鎮魂歌的團員，卻還是沒發現有誰抓住你所說的那位情報販子。意思是該名情報販子當真被人監禁的話，應該是關在戰團基地裡。』

『原來如此。』

『我無法讓人偶兵潛入戰團的基地裡。若是過於接近，便會進入對方的監控範圍內。』

『我知道了，你做得很好，不必再監視了。』

這裡說的情報販子就是洛基。我以暗號捎去信件已有一段時間，直到現在都還沒收到回信，表示他十之八九已被人魚鎮魂歌逮住，或是遭人處理掉了。不管怎麼說，能肯定此次行動是宣告失敗。

前去救人並非良策，相信洛基也沒指望我這麼做。少了優秀的情報販子確實是一大損失，但我們目前正與人魚鎮魂歌開戰中，不能為了洛基一人冒此風險。

『……為求謹慎想跟你確認一下，你沒打算去拯救情報販子吧？』

『沒錯。』

面對修格語氣不安的提問，我斬釘截鐵地給出答案。

『恐怕就如你所料，洛基是被關在人魚鎮魂歌的戰團基地裡。如果真是這樣，憑我們現有的戰力衝進去無疑是去送死。』

『是嗎？那就好。因為按照你的性情，我很擔心你會獨自一人潛進去。能聽見你這麼說，我就放心多了。』

『你是把我想成什麼人了？』

『我是很信賴團長你，但你經常為達目的毫不在乎地削減自身壽命，實在讓人放心不下。』

『你這哪裡算得上是信賴我啊。』

我感到傻眼地回應後，修格開心地笑出聲來。

『我有點累了，先休息一下。』

當我切斷念話的瞬間，停在肩膀上的小鳥便化成一團沙子落下。

儘管失去洛基，但打倒人魚鎮魂歌的各種準備已漸漸就緒。一旦我委託理岳的藥物大功告成，就是展開決戰的時候。

問題就在關於約翰的情報相當不足。依照朵麗提供的情報，約翰身上藏有我所不知的祕密。就算我想知道，能夠依賴的洛基偏偏不在身邊。既然洛基都搞砸的話，其他情報販子肯定辦不到。

那要與朵麗聯手嗎？不行，不能這麼做，畢竟朵麗的地位遠在我之上，跟她聯手只會被當成棋子而已。

重點是為了讓嵐翼之蛇能確實成為七星，就得獨力擊潰人魚鎮魂歌來證明我們的能耐。若是借黑山羊晚餐會之手，打倒人魚鎮魂歌的意義也就不大了。

在我的運籌帷幄之下，我方已取得有利的局面。不過戰團整體的戰力，人魚鎮魂歌仍遠在我方之上。正因為如此，倘若嵐翼之蛇能戰勝人魚鎮魂歌，別說是能從此成為七星，甚至會成為我們登上頂點的一大助力。

因此我絕不向現實妥協，單靠嵐翼之蛇的力量一口吞掉人魚鎮魂歌。

無論約翰是何方神聖，我都有十足的勝算。原因是如同我不清楚約翰的祕密，約翰他們也對我準備獲得的『力量』一無所知。

我一定會贏，完全不覺得自己會輸，無論得為此付出何等代價。

「……諾艾爾？」

當我盤算著今後的事情走在鬧區時，忽然聽見有人喊出我的名字。我扭頭望去，只見一名身穿黑色禮服，打扮華麗的金髮女子正看著我。那套黑色禮服有著深V領口，造型相當暴露，開衩的裙襬讓人能將大腿一覽無遺，把女性姣好的身材毫無保留地展現出來。

「好久不見。」

金髮女子先是略顯猶豫，不過那絕美的臉龐很快就換上一個冰冷的笑容。

因此我也同樣露出笑容。

「好久不見啊——達妮雅。」

曾經一同出生入死的該名女性，就站在我的面前。

「噗哈～！白天喝酒果然最痛快了！」

一口氣乾了麥酒的亞兒瑪，笑臉盈盈地如此說著。

「我舉雙手贊成。這種類似做壞事的感覺簡直是棒透了！」

同席的麗莎單手拿著啤酒杯點頭認同。

「妳很享受是可以，但不許像之前那樣喝得爛醉如泥喔。」

和兩人一起喝酒的另一人是紅衣魔女・維洛妮卡。維洛妮卡露出有些傷腦筋的笑容，將啤酒杯貼在脣瓣上喝了一口。

此處是滿腹貓亭，正值午餐時段的這間人氣餐廳裡，能看見顧客是人手一杯酒。在許多饕客享用著美酒佳餚談笑風生之中，三名女探索者的聚餐也就此展開。

亞兒瑪和麗莎原本就是朋友，維洛妮卡則是直到最近才加入。

麗莎所屬的紫電狼團（lightning bite）、拳王會以及維洛妮卡率領的紅蓮猛華在合併之後，成立名為幻影三頭狼（mirage triad）的戰團。麗莎與維洛妮卡也因此逐漸熟識。

維洛妮卡的個性較為強勢，但不愧是曾經率領過一群人的領袖，為人相當可靠，而且很懂得照顧人。對於亞兒瑪和麗莎這兩個小迷糊蛋來說，她可是值得依賴的好朋友。

「方便問一個比較直白的問題嗎？」

在三人有說有笑之際，維洛妮卡向亞兒瑪提問。

「妳覺得我們幻影三頭狼跟嵐翼之蛇的差距有多大？」

「真的可以老實回答嗎？」

「當然可以。」

「差不多就是從地面到月球的距離吧，而且我相信這差距窮極一生也彌補不了。」

維洛妮卡在聽完亞兒瑪直言不諱的答案後，不由自主地用雙手摀住臉。

「妳未免也老實過頭了吧……」

維洛妮卡宛如欲哭無淚地如此回應，亞兒瑪不禁露出苦笑。

「抱歉，我說得太直白了。但妳別誤會，單看戰力的話，我們雙方並沒有相差多少，大不了就只是從地面到雲端上吧。」

「妳這句話完全安慰不了人喔？」

「這段距離原則上還彌補得了，前提是你們得拚死努力。」

這番話沒有落井下石的意思，而是再確切不過的事實。

「你我戰團之間落差的關鍵就在於諾艾爾。只要有他在，你們就絕無一絲勝算。相信消息靈通的妳已經聽說，諾艾爾用股票賺了三千五百億菲爾，妳說這種事還有誰能辦到？」

單論實力高超的探索者，在這座帝都裡比比皆是。若想從中脫穎而出，就必須懂得權謀算計和政治手腕。

以這點來說，維洛妮卡是相當出色。她這個人除了腦筋靈活，也致力於蒐集情報。儘管幻影三頭狼的團長是沃爾夫，不過撐起戰團的真正功臣卻是身為副團長的維洛妮卡。但即使是維洛妮卡，也比不上諾艾爾的一根腳趾頭。

「雖然我早有自知之明，不過聽人這樣一語道破，還是覺得相當氣餒……」

維洛妮卡鬱悶地斂下眼眸，用手指摸著啤酒杯的杯緣。

「虧我還想說有朝一日能超越他呢～……」

面對心不在焉如此喃喃自語的維洛妮卡，於心不忍的麗莎輕輕撫摸她的肩膀。

「不難過不難過，總之妳先別想太多。比起與諾艾爾較勁，先思考我們眼下能做的事情吧。」

「對於愛上諾艾爾的妳來說，是可以想得那麼輕鬆，但他在我眼中可是非超越不可的勁敵喔。」

「少、少少少、少胡說，我才沒有喜歡誰呢!!麻煩妳別亂點鴛鴦譜好嗎!?」

麗莎紅著臉拚命否認，偏偏表現得過於心虛，任誰看了都知道她已經愛上諾艾爾。和她聊天時也總會提及諾艾爾，其實亞兒瑪早就受夠麗莎她那單方面暢談諾艾爾的壞習慣了。

「妳這個發春精靈，快給我滾回森林去。」

「別突然這樣罵我嘛！況且發春的是亞兒瑪妳吧！妳每次跟諾艾爾在一起時，都會習慣性貼到他的身上！」

「因為我是諾艾爾的姊姊，交情很好是理所當然且合情合理。」

「才怪，你們一點血緣關係都沒有吧！」

「假若麗莎妳如此堅持的話，我也懶得解釋啦。」

「為何說得我好像才是那個腦袋有洞的人呀!?」

看著互相鬥嘴的亞兒瑪和麗莎，被夾在中間的維洛妮卡發出一聲嘆息。

「拜託妳們兩個別再說這種會降低智商的對話好嗎？」

維洛妮卡像是大感頭疼似地用手指抵住自己的太陽穴，露出一個相當疲倦的表情，接著她突然把目光轉向窗外。

「咦？街上那個人不是諾艾爾嗎？」

「咦！哪裡哪裡!?」

亞兒瑪和麗莎激動地從桌上探出身子，被兩人嚇得不輕的維洛妮卡，緩緩地伸手指著諾艾爾的方向。

「妳、妳們看，就在那裡。」

「真的耶，是諾艾爾……嗯？那個女人是誰？」

亞兒瑪一發現諾艾爾就馬上眉開眼笑，但在注意到他身旁那名陌生的金髮女子之後，表情立刻垮了下來。

「……不會吧，那是達妮雅。」

「嗚哇，真的耶……」

面對像是見鬼似的另外兩人，亞兒瑪困惑地歪過頭去。

「妳們說的達妮雅，就是諾艾爾以前的隊友嗎？」

「嗯……記得她在背叛諾艾爾之後，就被賣去當奴隸……為何現在會跟諾艾爾走在一塊？」

「從她那身行頭來看，大概是被有錢人家買去了。既然能自由在外行走，表示她成了別人的小妾而非奴隸囉？兩人之所以會在一起，很可能只是巧遇罷了。就算帝都再大，走在路上不期而遇也不足為奇吧。」

「原來如此～」

維洛妮卡的推理頗有說服力，亞兒瑪點了個頭便從座位起身。

「那我先走一步囉。天曉得那女人想對諾艾爾幹麼，得趁她亂來之前先取了她的小命。」

「唉唷！在大街上殺人會很不妙啦！」

麗莎連忙阻止亞兒瑪。

「想動手也得等到四下無人時再說。」

「意思是妳並沒有想阻止她殺人呀……」

看著目露凶光的麗莎，維洛妮卡大感傻眼。

「畢竟維洛妮卡妳也很清楚達妮雅的本性吧？」

「是沒錯啦……但也不至於做到這種地步吧……」

「既然知道就別阻止我！我們走！亞兒瑪！」

「ＯＫ！」

兩人殺氣騰騰地衝出餐廳。呆若木雞目送兩道背影離去的維洛妮卡，內心是傻眼到不禁大感佩服。

「看來戀愛真能讓一個人變笨耶……」

在她苦笑之餘，突然驚覺到一件事情。

「咦！意思是這頓飯得由我買單嗎!?」

達妮雅・庫朗克是尋常商家之女，儘管家境並不富裕，但也算不上貧窮。她生活於閒適的鄉下小鎮裡，在父母和三位姊妹的相伴之下，度過一段平凡的少女時光。

達妮雅唯一與其她少女不同的地方，就是她憧憬成為一名探索者。立志成為探索者的少年十分常見，無論鄉下或都市都經常能看見少年們假裝自己是探索者在玩遊戲。由於絕大多數的人在成長過程中就會選擇放棄，因此這情形像是水痘發作一樣。

反之，立志成為探索者的少女就非常罕見。即便仍有女性成為探索者，不過適性方面原則上仍遜於男性。可是達妮雅依然想成為探索者。至於契機則跟其他少年一樣，就是因為很憧憬某位探索者。

話雖如此，達妮雅憧憬的對象是很久以前的一名探索者，幾乎算得上是傳說中的人物。外號為『天之巫女』的探索者是【治療師】，與勇者──又被世人稱為救世主的青年一同立下各種豐功偉業。

根據傳說，該名女探索者和勇者共結連理，攜手建立羅達尼亞聖王國──也就是現在的羅達尼亞共和國。因為故事本身久遠到不可考，又是某國的建國傳說，因此內容總會過度誇大，不過達妮雅還是很喜歡這則傳說，小時候不知重看過這本書多少次，甚至能將內容倒背如流。

書中還提到勇者可以使用所有職能的技能，因為這部分實在是太不切實際，即使是小時候的達妮雅看了也不禁苦笑以對。

總之，說達妮雅的人格發展完全受到這則傳說影響是一點都不為過。在她迎接十歲當時，經由鑑定士得知自己的職能與憧憬之人同為【治療師】的那一刻，她簡直是欣喜若狂。更加渴望當個探索者的達妮雅，從小總是跟假扮探索者玩遊戲的少年們相處在一起，一心夢想成為探索者。無論是在其他少女玩著扮家家酒與洋娃娃的幼年期，或是對打扮和戀愛抱持憧憬的青春期——她都對成為探索者一事情有獨鍾。

想當然家人對於達妮雅的夢想始終都沒有擺出好臉色，對此嘮叨到都快讓她的耳朵長繭了。其他少女也批評她是個總愛跟男生玩在一起的放蕩之人。其中最令達妮雅難過的一點，就是原以為與她抱持相同夢想的少年們，漸漸以淫穢的眼神在打量她。

達妮雅從小就擁有不像是鄉下姑娘的美麗容貌，而且身材發育得特別好，看在開始對異性產生好奇的少年們眼中，這樣的刺激實在是太強烈了。

後來不光是色瞇瞇地窺視達妮雅，不自然的肢體接觸也越來越頻繁，甚至差點被多名少年強暴。雖然最終順利逃過一劫，她卻因此再也無法相信任何人。

至此之後，達妮雅獨自一人持續進行著成為探索者的訓練，當她一年滿十五歲，就近乎逃家地移居帝都。

達妮雅在帝都的生活自然是相當辛苦。即便探索者養成學校無需學費，卻得靠自己籌措生活費。所以當她沒課的時候，就只能把時間都花在打工上。

不過達妮雅對於這樣的生活感到十分充實。就算交不到朋友，也沒空浪費時間去玩樂，但是為了實現夢想成為探索者所付出的種種努力，她從來都不覺得苦。重點是拜養成學校所賜，成功挖掘出達妮雅的才華，儘管引來同儕們的嫉妒，不過多虧實力逐漸提升，於是她不再那麼介意別人的眼光。真要說來是她無暇在意那些瑣事。

畢業前夕，達妮雅站在左右自身未來的岔路上。兩條路分別是加入既有的組織，或是靠自己創立新組織。

身為優秀【治療師】的達妮雅，完全有資格加入大型戰團。問題是真正優秀的探索者不會加入既有組織，而是憑藉自身雙手打造出一個全新的組織。

一旦加入的組織過於平庸，往往很容易跟著一起墮落。若想以探索者的身分繼續往上爬——若是相信自身的可能性，答案打從一開始就決定好了。

接下來的問題就是要跟誰攜手創立隊伍。達妮雅沒有結識到能夠信賴的友人，雖說招募成員也不失為一種方法，但礙於昔日的心理創傷，她遲遲無法邁出步伐——也就是害怕與人相處。

在達妮雅一籌莫展之際，她遇見了一名少年。這位打從結識當初就桀驁不馴又標新立異的少年，名字就叫做諾艾爾·修特廉。

諾艾爾為了登上探索者的頂點而募集成員。令達妮雅最意外的一點，就是諾艾爾成功邀請到養成學校前鋒科首席畢業生洛伊德加入隊伍。達妮雅相當看好諾艾爾的發展性，於是主動應徵說想成為同伴。

達妮雅在徵得同意加入後，諾艾爾又透過強硬的手段，讓身為問題學生卻很有實力的瓦爾達也成為同伴。

就此創立名為『蒼之天外（blue beyond）』的隊伍。

成員都相當優秀的蒼之天外雖是初出茅蘆，卻多次完成討伐惡魔的任務。外加上總是挑戰比自身更強大的敵人，於是又被外界稱為『專挑強敵的新人』。

達妮雅每天都過得很開心，能切身感受到自己正在慢慢實現夢想。其中最重要的一點，就是她覺得沉積在心底的那片黑暗已逐漸消散，而這一切都是拜諾艾爾所賜。

諾艾爾始終不會顧慮或奉承他人，而且年紀輕輕就做好不惜獻出人生也要登上探索者頂點的覺悟。雖然性格惡劣卻很單純，從來不會色慾薰心，日復一日進行嚴苛的訓練，與探索者有關的學習也不曾間斷過。

這種徹底追求合理性且嚴以律己的態度，對於無法信賴他人的達妮雅而言是無比舒適——甚至讓她覺得這種生活方式真的好美。

在總是非常孤單的達妮雅眼中，諾艾爾是第一個令她打從心底信賴的同伴。她認為諾艾爾絕對不會背叛自己。出於這份強烈的信賴感，達妮雅終於找回願意相信他人的心。

於是達妮雅自然而然地開始偏袒諾艾爾。由於諾艾爾比她年輕，因此她把諾艾爾當成弟弟般疼愛。從三餐到生活起居都照顧得無微不至，甚至偶爾還會為他縫製衣服。雖然嚴格要求自我的諾艾爾很排斥達妮雅的過度干涉，可是那副模樣就像一隻不愛黏人的貓那般可愛。

達妮雅原以為這種充實的生活會永遠持續下去。

事實上卻並非如此——

「我……喜歡上諾艾爾了……」

此事發生得非常突然。當達妮雅一如往常在睡前回想今天發生的事情時，恍如得到天啟似地驚覺到自己的情感。

信賴轉變成好感——好感發展成愛戀，這對一個人來說是再自然不過的心境變化。正因為是第一個能夠信賴的同伴——正因為把對方當成同志抱有強烈的共鳴，於是就此一口氣點燃她那終於產生自覺的愛意。

倘若達妮雅是個把戀愛當成一生幸福的女人，肯定會開心到彷彿置身於天國。達妮雅發現自己對諾艾爾的愛，比起她至今經歷過的任何情感都還要強烈，近乎令她再也無法思考其他事情。

不幸的是達妮雅對諾艾爾的愛，也連帶喚醒她的心理創傷。就是曾經一同分享立志成為探索者的少年們，突然想強行和達妮雅發展出性關係時所感受到的恐懼。這段心理創傷歷歷在目地重新浮現於腦中。

而且最糟糕的一點，是達妮雅在此事之中的立場類似於那群少年。這份情感對諾艾爾來說，很明顯是一種背叛。達妮雅明白自己必須放棄，況且即使前去告白，諾艾爾也絕對會拒絕。正因為諾艾爾就是這種人，達妮雅才會如此信賴他。

當達妮雅越是自我克制，就越是把諾艾爾視為偶像般深愛不已，陷入自我矛盾的泥濘之中。受這種錯亂情感所支配的達妮雅，對自己感到無比厭惡，甚至嚴重到不知躲進廁所嘔吐過多少次。她當年成功逃過少年們的魔掌，卻絕對逃避不了心底的那份情感。

情緒變得相當不穩定的達妮雅，決定減少對諾艾爾的干涉。面對心中那份有增無減的愛意，達妮雅竟將壓抑的情感轉而發洩在對諾艾爾抱有好感的女性們身上。她會在暗中排除那些女性，雖然大多情況是只要稍作威脅就會迫使對方屈服，但有時還是會碰上態度強硬的女性。就在這時，達妮雅學會用暴力解決事情。即使她身為【治療師】，卻還是擁有攻擊手段。身為優秀【治療師】的達妮雅，幾乎沒有女性是她的對手。只要稍微折磨一下，所有人都會哭著向她求饒。

對此一無所知的男性們，都說總是笑臉迎人且溫柔婉約的達妮雅宛如聖女。不過這可是天大的誤會，她是個徹頭徹尾的壞女人。對於這個事實，達妮雅比誰都再清楚不過。

「達妮雅，妳要不要和我交往？」

某日，洛伊德向達妮雅告白。其實達妮雅從以前就察覺到洛伊德對自己抱有好感。不光是他，瓦爾達也同樣如此。

根據一路走來的經驗，達妮雅對此並沒有感到開心，就連瓦爾達都為了避免打亂隊友之間的關係而十分自制，偏偏身為隊長的洛伊德竟然跑來告白，老實說這令她難以置信，甚至還覺得相當惱怒。

「你是認真的嗎？我們的隊長是你，你應該更為這個隊伍著想才對。」

「呵呵呵，私底下對人施暴的妳，妳又有資格這麼說我嗎？」

達妮雅聞言，臉色瞬間刷白。

「我已掌握妳的祕密，如果被諾艾爾知道的話，妳覺得他會作何感想？首先就是沒辦法繼續待在這個隊伍裡。」

「……你是在威脅我嗎？」

達妮雅現在不單單是感到氣憤，還冒出殺人的念頭。無論對手是誰，她都絕對不會選擇屈服。正因為自己是個壞女人，現在已是無所畏懼。

「妳別誤會，我不是想威脅妳。」

洛伊德搖搖頭，嘆了一口氣繼續說：

「妳是因為愛上諾艾爾，才會做出那種事吧？不過妳肯定非常清楚，諾艾爾是絕對不會回應妳的愛。」

「這種事……我也知道……」

「既然如此，為何妳還執迷不悟？傷害妳的人永遠都是妳自己喔。」

達妮雅斂下眼眸，緊咬著脣瓣沉默不語。

「妳已經太累了，無法做出正常的判斷。我也一樣……稍微有點累了。隨著不斷累積的成功，身上的重擔壓得我好痛苦。」

對於洛伊德的苦水，達妮雅露出近乎嘲諷般的淺笑。

「假如承受不住重擔的話，何不將隊長的寶座讓給諾艾爾？」

達妮雅冷冷地拋出這句話後，洛伊德神情扭曲，將心中的不悅表露無遺。那個表情極其醜陋，與他往常的陽光形象簡直是判若兩人。

「諾艾爾的確是很優秀，可是一旦承認他在我之上，我將被迫永遠當他的影子，這種事我說什麼都承受不了。」

「真是廉價的尊嚴……」

「誰叫妳是個女人，根本無法理解我的心情。」

簡直就是自說自話，洛伊德滿腦子就只想著自己。不過達妮雅的心中，漸漸對洛伊德產生同情。

「換句話說，你想要有個支柱對吧……」

「妳不也一樣嗎？如果我們互相扶持，也能為隊伍帶來好處。我們現在最需要的就是繼續往前走，像這樣老是被多餘的情感所束縛，才是真的有愧於諾艾爾。」

洛伊德說得很有道理。再這樣下去，將會毀了一切。

「……老實說，我並沒有那麼喜歡你。」

「但至少比瓦爾達好多了吧？」

「呵呵呵，好過分的一句話……」

達妮雅發出乾笑後，洛伊德輕輕握住她的手。

「我自養成學校初次見到妳時，就一直很喜歡妳。因此就算剛開始只是裝裝樣子也行，妳能設法喜歡上我嗎？」

洛伊德露出含情脈脈的眼神。達妮雅在經過漫長的猶豫之後，終於輕輕地點了個頭。畢竟人生有時就是必須向現實妥協。

「……我明白了，我會試著努力喜歡你的。」

於是，達妮雅與洛伊德開始交往。儘管這麼做惹來諾艾爾和瓦爾達強烈的不滿，不過只要隊伍能繼續維持下去，這點代價並不算什麼。

但以結果來說，情況並沒有出現好轉。

即便達妮雅成為洛伊德的女友，卻還是無法與他發生肉體關係。既然雙方已結為情侶，性行為自然也是維持關係的一大要素。偏偏就連接吻都令達妮雅感到猶豫，無論如何都會勾起她的心理創傷，令她對洛伊德產生排斥感。重點是每次都會不禁想起諾艾爾，導致她接受不了這些事情。

達妮雅對洛伊德感到相當愧疚，也多次向他道歉。溫柔的洛伊德總是笑著原諒她，不過隨著時間一久，達妮雅看出這件事對洛伊德的自尊造成更多傷害。

在旁人眼中，他們是一對人人稱羨的金童玉女。實際上，洛伊德和達妮雅確實也非常體諒彼此，幾乎與老夫老妻無異。可是在達妮雅的心底，她只對洛伊德抱持同情心及罪惡感而已。

到最後，洛伊德開始沉溺於賭博。達妮雅想阻止他，卻礙於罪惡感無法擺出強硬的態度。因此她決定陪洛伊德去賭場，想說至少能扮演煞車的角色。

結果證明這麼做是大錯特錯。一如弄巧成拙這句成語，達妮雅也跟著沉淪在賭博之中，後來甚至開始盜用隊伍基金——最終窮途末路到必須漏夜逃亡。

洛伊德堅稱一定有辦法逃掉，但達妮雅很清楚這是不可能的。原因是諾艾爾性情剛烈，對叛徒絕不會手下留情。

正如原先的預料，洛伊德和達妮雅三兩下就落網了。可是諾艾爾不講情面的程度，徹底超出達妮雅的想像。他不僅徹底追究兩人的責任，竟然還把他們賣去當奴隸。

已做好覺悟接受處分的達妮雅，至此完全慌了手腳。她拚命提出各種贖罪的方式，偏偏諾艾爾堅決不肯原諒她。

「你們兩個也真夠笨耶。」

在馬車裡，奴隸商人菲諾袞如此出言嘲諷。

「你們明知小艾艾是個瘋子，原本只需乖乖當他的同伴就好，只有腦袋不正常的人才敢背叛他。做人就該要有自知之明。」

達妮雅被罵得無言以對。坐在她身旁的洛伊德，從頭到尾就只是不斷哽咽。雖然達妮雅也一樣很想放聲大哭，不過因為對瓦爾達咒罵過頭的關係，現在已是失魂落魄。

即便是一時衝動，也不該那樣辱罵瓦爾達。明明他一點錯也沒有，全都只能怪自己不好……

淪為奴隸的達妮雅很快就找到買主。對方是個年邁的大富翁，他非常疼愛達妮雅，幾乎把達妮雅當成自己的孫女。

「我從前也夢想成為一位探索者。」

老富翁在買給達妮雅的豪宅裡如此說著。

「不過我沒能實現夢想，畢竟我有著身為下任宗主的責任。我對這個選擇並沒有一絲後悔，但隨著自己年邁老去，我開始對不同的未來產生遐想。倘若我當真成為一名探索者，又會度過一段怎樣的人生。」

老富翁那張滿是皺紋的臉上浮現慈祥的笑容。

「所以呀，我想聽聽妳至今經歷過的各種冒險。」

「可是我從事探索者的時間只有短短一年喔？感覺沒多久就說完了。」

「反正我已來日不多，記憶力和集中力也退化許多，短短一年的故事對我來說是剛剛好。而且能獨占妳這麼一位有著花容月貌的說書人，我真的是太幸福了。」

「遵命，若是主人您不嫌棄的話……」

不管怎麼說，達妮雅都沒有選擇權。在那之後，老富翁偶爾會來到達妮雅的家中，聽她分享從事探索者時的點點滴滴。

老富翁在聆聽時，似乎打從心底感到非常幸福。看見他聽自己說故事時總是露出一雙如少年般的天真眼神，達妮雅就會感到有些自豪。這段期間，老富翁不曾要求與達妮雅發生性關係，最多就只是讓他躺在自己的大腿上清耳朵。他們之間的關係，幾乎與祖孫毫無分別。

不過，慈祥的老富翁沒過多久便心臟病發身亡。他在數年前罹患心臟病，是目前無法醫治的絕症。

達妮雅因此變回自由之身，手邊還有著老富翁送她的豪宅，以及留給她的巨額遺產。老富翁的家人之所以沒有上門索討，是因為給她的這筆錢在老富翁的總資產裡只占了九牛一毛而已。

忽然擺脫一切枷鎖的達妮雅只覺得無所適從。確實她有心的話，想做什麼都可以，但問題就在於她想做什麼？

無論達妮雅喝下多少酒，穿戴何等高檔的首飾與衣物，她都無法獲得滿足，不過在她即將徹底自暴自棄之前順利懸崖勒馬。令她回心轉意的契機是一篇報導，內容詳細記載著諾艾爾成為嵐翼之蛇團長的各項功績。

諾艾爾在短時間內出人頭地，由他擔任團長所率領的戰團還爬升到準備躋身七星之列。彷彿達妮雅、洛伊德以及瓦爾達打從一開始就不存在般，與全新的同伴們攜手共創宏圖霸業。

達妮雅為諾艾爾感到非常高興，卻也對此抱持同等的恨意──

真要說來，此刻站在諾艾爾身邊的人理當是自己才對。當然搞砸一切的罪魁禍首無非就是自己。但即使明白這個道理，面對諾艾爾把達妮雅從他的人生中徹底抹去的現實，依然令她不禁悲從中來。

這全是自作自受，是自己罪有應得。假如能這樣說服自己放下過去往前走，又何嘗不是一種救贖？

偏偏達妮雅就是放不下，充斥在她心中的負面情緒有憎恨、哀傷、憤怒，以及直到現在仍緊緊糾纏著她——名為愛戀的詛咒。

達妮雅渴望再次見到諾艾爾，卻又很清楚兩人重逢也改變不了什麼。就算想暗算諾艾爾，也只會被他輕鬆解決。

可是那樣也行。一旦諾艾爾殺了達妮雅，他的手就會被達妮雅的鮮血玷汙，這輩子都得背負殘殺昔日同伴的罪名。不論諾艾爾是多麼優秀的探索者，終究抹除不了過去。即便只能造成不值一提的傷痕，卻還是能把自身的存在烙印於諾艾爾的人生之中。

倘若自己一無是處，對諾艾爾而言沒有任何存在價值的話，達妮雅情願變成那樣。真要說來，是百般渴望能付諸實行。

就在這時，達妮雅還沒想好對策就已得償所願。

「好久不見啊——達妮雅。」

達妮雅直到現在仍深愛不已的該名男子，就站在她的面前。

†

「……難得有機會再見面，要不要一起去喝杯茶呢？」

面對達妮雅的邀請，諾艾爾看了看手錶確認時間。

「無妨，就去那間咖啡廳如何？」

諾艾爾望向一間位於附近，裝潢還算時髦的露天咖啡廳。店內只有零星幾名顧客，能看見許多空座位。

「沒問題。」

兩人找了張露天座位就座，店員隨即前來幫忙點餐。他們都只點了一杯紅茶，明顯不打算逗留太久。

「看你這麼有精神真是太好了。」

達妮雅露出微笑。

「恭喜你創立戰團，而且你們相當活躍呢。」

「相當活躍？」

諾艾爾彷彿聽見哪來的笑話，不禁笑噴出聲。

「這何止是相當活躍，我們再過不久就會成為七星，並且之後還會登上七星的頂點，因此不需要妳那些虛偽的社交辭令，妳以為這種廉價的客套話值得了幾毛錢嗎？」

聽完諾艾爾充滿攻擊性的話語，達妮雅不禁感到大量血液衝向腦門，就在她即將破口大罵之際，諾艾爾回以一個冷笑伸手制止她。

「假如妳發飆，這場對話就到此為止，我會直接起身走人。」

畢竟是達妮雅提出邀請的，諾艾爾何時想離去都不算理虧。外加上店員剛好把紅茶送上來，眼下也只能先克制住怒火。

達妮雅啜了一口熱紅茶，讓心情冷靜下來。

「你的個性還是老樣子這麼惡劣……」

「我這個人一直以來都很溫柔喔，前提是得看對象。」

諾艾爾毫不諱言地說完後，點了根菸叼在嘴上。

「你變得會抽菸啦……」

「因為我跟妳不同，非常忙碌，就連這種東西都能夠派上用場。」

對於諾艾爾的冷嘲熱諷，達妮雅莫名覺得哪裡不對勁。

「難不成你對我被賣去當奴隸後的事情都一清二楚嗎？」

「這是自然，全都是從菲諾裘那邊聽來的。」

諾艾爾呼出一口煙，接著說：

「妳似乎遇上一位很棒的主人嘛。不過妳跟洛伊德都是高級奴隸，我打從一開始就知道你們會過上好生活。比起因侵占罪被捕判刑，或是與洛伊德一起繼續逃亡，都能活得更為奢華。」

「……意思是我們還應該感謝你嗎？」

「對啊，達妮雅，妳應該感謝我才對。」

諾艾爾的臉上沒有一絲尷尬，斬釘截鐵說：

「拜我所賜，妳才過上這麼好的生活啊。」

「真虧你有臉講出這種話……」

達妮雅氣得全身發抖，諾艾爾卻冷笑一聲。

「無論妳怎麼想，這都是不爭的事實。當初是妳背叛了我，而我則是對妳進行報復，不過妳我現在都有著很好的生活環境。既然如此，也就毫無問題了吧？反正一切都過去了，我對妳已經沒有任何感覺，不論是憤怒或憎恨都沒有。」

「……你說……一切都過去了？」

達妮雅徹底驚呆了。她明白諾艾爾早就忘了自己，已經踏上全新的王者之路。不過她萬萬沒想到，諾艾爾會當面擺出這麼冷漠的態度。

達妮雅並沒有想要諾艾爾向自己道歉，反倒希望他能將遭到背叛的恨意發洩在自己身上，渴望他把針對自己一個人的情感宣洩出來。如此一來，她就可以接受現實了。

偏偏諾艾爾對達妮雅並未抱有任何情感。他射來的那道冷漠眼神，與看著一顆路邊的石子毫無分別。

「妳不想聽聽洛伊德跟瓦爾達的現況嗎？」

諾艾爾向不發一語的達妮雅提問。

「正如我對妳的事情瞭若指掌，洛伊德是被誰買走？瓦爾達在故鄉過著怎樣的生活？我全都一清二楚。我之所以沒有拒絕妳的邀請，是念在妳我昔日的交情，想說跟妳講一下那兩人的現況。」

「那兩人對我來說……一點都不重要……」

達妮雅小聲吐出這句話，將目光直直對準諾艾爾。

「比起這個，告訴我一件事。」

「什麼事？說來聽聽。」

「假如——假如我們沒有拆夥的話，也能取得跟你們現在一樣的成就嗎？」

「當然可以。」

諾艾爾毫不遲疑地給出答案。

「挑選你們成為同伴的人是我，就算多少有些落差，我們依然能獲得這樣的成就。」

「這樣的話，你為何不肯原諒我們⁉」

達妮雅氣得猛然從椅子上起身，提高嗓音說：

「確實我們犯下了無可挽回的過錯！而且決定逃離你！但你既然追來把我們送去當奴隸，為何就是不肯原諒我們——⁉不對，就算不原諒我們也行！我只是想要一個贖罪的機會！若是你不肯讓我贖罪，要我成為你的奴隸也行！我跟洛伊德不一樣！只要是為了你，大可對我使用隸屬契約書啊！」

達妮雅不在意周圍投來的眼神，以淒厲的語調繼續大喊。

「沒錯，隸屬契約書！你當時說過無法相信我，只要使用隸屬契約書的話，你總該可以相信我吧？我願意為了你付出一切，就算要我犧牲性命也在所不惜，所以求求你讓我加入你們。畢竟你都認同我的才能了不是嗎？戰團裡多了一名優秀的【治療師】，相信你們能遠比現在更——」

「我拒絕。」

對於渾然忘我滔滔不絕說著的達妮雅，諾艾爾簡短地斷然否決了。

「這是……為什麼？」

「我的心願是登上所有探索者的頂端，為此需要的同伴只有凶悍無比的狼，而非主動要求讓人掛上一條鎖鏈的狗。」

諾艾爾瞇起眼睛用力一瞪。

「所以我不需要現在這樣的妳。」

在遭人冷漠拒絕後，達妮雅搖搖晃晃地倒退一步。

「我曾聽某個認識的傻精靈說過，妳真正喜歡的人不是洛伊德，而是我才對。看來真被她給說中了。」

語畢，諾艾爾情不自禁地笑了起來。

「就憑妳也想倒追我？奉勸妳先認清自己的斤兩吧。」

下一秒，達妮雅將裙襬一翻，迅速拔出用劍套藏在大腿處的短刀，打算一刀殺了諾艾爾用力揮去，不過——

「……為什麼……你不反擊？」

就算達妮雅揮刀攻擊，諾艾爾仍不為所動，只是面無表情地抬頭望著達妮雅。

「憑你的體術能輕鬆反制我吧!?回答我！」

即便達妮雅再次追問，諾艾爾仍保持沉默。達妮雅的雙眼不停落下淚來，接著她手一鬆，任由短刀落在地上。驚覺異狀的附近客人紛紛鬆了口氣，將這場騷動當成是女方因愛在鬧脾氣。事實上也完全沒猜錯。

「吶，為何你不肯回答我？拜託你說點什麼好嗎……？」

達妮雅苦苦哀求著，諾艾爾則是吐出一口煙。

「忘了我吧，妳有妳自己的人生要過。」

「我怎麼可能忘得了……正因為有你，我才會——」

再也說不下去的達妮雅，將脣瓣貼在諾艾爾的嘴上，把體內熾熱的吐息注入意中人。可是諾艾爾沒有一絲錯愕的反應，冷靜地將達妮雅推開。原本互相交疊的脣瓣之間牽了一條銀絲，但很快就斷掉了。

「別再找我了。」

諾艾爾把吸了一半的香菸捻熄在菸灰缸裡，隨即從座位起身，將兩人份的紅茶錢放於桌上便轉過身去。

「拜啦。」

諾艾爾頭也不回地離開了。達妮雅目送他那遠去的背影，雙手用力握拳到幾乎快滲出血來，然後厲聲大喊說：

「若是我得不到你，這樣也無所謂!!但是你別忘了！我絕對饒不了你!!也一定不會忘了你！任何接近你的女人，我會殺得一個不剩!!我說到做到！現在的我有能力做出這種事!!要是你不想——不想變成這樣的話………」

達妮雅再也支撐不住，渾身癱軟地趴在桌上。

「……要是你不想變成這樣的話，你就要一直維持我所憧憬的樣子，不許像常人那樣露出脆弱的一面……必須保持最強的姿態，令任何人都無法接近你……」

達妮雅哽咽地輕聲說出這段詛咒。諾艾爾聞言後，暫時停下腳步。

「我的事只准由我親自作主，絕不受任何人的束縛。」

諾艾爾背對著達妮雅拋下這句話後，便再度邁開步伐。達妮雅就算沒有抬頭確認，也明白諾艾爾絕不會回頭找她。

「……諾艾爾，我喜歡你…………深愛你到無法自拔。」

正因為諾艾爾就是一個這樣的男子，達妮雅才近乎瘋狂地愛著他。

不過，蛇是無法與人交融的——

†

「嗚哇啊……」

藏身於暗處窺見事情始末的亞兒瑪和麗莎，只覺得目睹的一切過於驚世駭俗，於是臉色發青地不斷顫抖。

「早知道就別基於一時好奇跑來偷看……」

「我也是……」

麗莎略顯恍惚地喃喃自語，亞兒瑪也點頭同意。

其實兩人是放心不下諾艾爾。畢竟因諾艾爾才淪為奴隸的達妮雅，理所當然會對諾艾爾心懷怨恨。即便這件事是達妮雅咎由自取。兩人也不覺得體術優異的諾艾爾會輕易被殺，但遭人偷襲仍難保會發生閃失。她們是打算萬一當真出事的話，就聯手上前解圍。

不過兩位小姑娘最主要的用意，是想知道諾艾爾與達妮雅在聊些什麼。簡言之，就是來看熱鬧的。

與諾艾爾重逢的達妮雅會擺出何種態度？面對把自己送去當奴隸的心上人，達妮雅會以怎樣的方式宣洩自身情感？

被勾起好奇心的兩人很想親眼目睹整個過程，但在看完事情始末之後，心中只留下一言難盡的罪惡感。

這不是基於一時好奇就能跟來偷看，也並非可以在旁偷聽的事情。兩人打從心底感到非常後悔，倘若可以的話，她們真希望時間可以重來。

「我是早就知道達妮雅喜歡著諾艾爾，卻沒想到她用情那麼深……原先還以為只是她的獨占慾特別強罷了……」

直到此時此刻，達妮雅痛徹心扉的吶喊仍迴盪於麗莎的耳邊。那是聲嘶力竭的詛咒，同時也是刻骨銘心的告白。一想到她用情之深，麗莎就不禁全身顫抖。

「我並不喜歡達妮雅這個人，因為她之前對我說過很過分的話，可是我現在挺同情她的。畢竟她如此深愛一個人，卻完全得不到回報……」

別再找我了——諾艾爾毫不留情地將祈求他回頭的達妮雅一腳踢開。

「我明白諾艾爾有自己的考量，不過男生在面對喜歡自己的女生時，能絕情到那種地步嗎？」

麗莎並非在幫人打抱不平，純粹是無法理解而已。達妮雅對諾艾爾來說，並非毫無交情的陌生人。就算達妮雅背叛過諾艾爾，彼此之間仍是曾在一年的時間裡患難與共的同伴，諾艾爾卻對達妮雅完全不講一絲情面，這個事實令麗莎相當錯愕。

「因為他是諾艾爾，並非所有男生都是這樣的。」

「換作是一般男生，不可能會拋下那樣的大美女。」

亞兒瑪雙肩一聳，露出苦笑說：

「是這樣嗎？」

「至少我是這麼認為。諾艾爾與常人不同，他也同樣被詛咒所束縛……就這點而言，他跟達妮雅是挺相似的。」

受到渴望成為最強的詛咒所束縛，諾艾爾把一切與目標無關的事物全數捨棄。這實在算不上是健全的生活方式。

「不同於達妮雅，諾艾爾的詛咒是要讓自己變強。」

「不管怎麼說，這兩種都不是能讓當事人得到幸福的生活方式……」

「關於這點，我是不否認啦。」

儘管對幸福的定義是因人而異，但為了單一目的而把其他事物全數割捨，怎麼說都錯得離譜。

亞兒瑪親手葬送的父親，同樣是因為視野過度狹隘才迷失方向。就算諾艾爾的心智遠比父親堅強，內心深處的本質卻是殊途同歸。

亞兒瑪最近對於自己是否有幫上諾艾爾的忙感到憂慮。戰力方面不及雷翁跟修格，給真祖致命一擊的人又是昊牙。她並不覺得自己的才華不如其他人，但她沒能拿出成果又是事實。

亞兒瑪對此感到不安——並且十分焦慮。可是就算如何焦急，也無法立刻得到成果。反倒是聽令於對任何事都操之過急的諾艾爾，她認為必須讓自己的心情更加游刃有餘，才有辦法成為諾艾爾的支柱。

而且諾艾爾與達妮雅的那段對話，足以證明亞兒瑪的論點。假使變成像達妮雅那樣，是絕對無法替諾艾爾帶來幫助。諾艾爾需要的是亞兒瑪所獨有的強大之處。

「放心吧，諾艾爾的身邊還有我在。」

亞兒瑪挺起胸脯柔柔一笑後，麗莎也隨之展露笑容。

「說得也是，而且還有我在呀。」

「不對，麗莎妳是多餘的。」

「咦咦!?」

亞兒瑪對著大驚失色的麗莎嘆了一口氣。

「更何況麗莎妳是其他戰團的人，別擺出一副同伴的嘴臉啦，噁心死了……」

「雖然我是其他戰團的人！但這樣說我也太過分吧!?」

「即使退一百步假設妳是同伴，相信妳很快就會消失了。」

「……此、此話怎講？」

麗莎因為這句帶有威脅性的話語而繃緊神經後，亞兒瑪哀傷地垂下柳眉。

「像妳這種老是在諾艾爾身邊轉來轉去的發春精靈，對達妮雅而言是必須率先剷除的礙事者……妳一定會被她殺掉的。」

「我、我我我、我才不會死在她的手裡呢！」

雖然麗莎矢口否認，其實她以前曾被達妮雅威脅說「今後不許再接近諾艾爾」。那段記憶化成恐懼重新湧上心頭，令她嚇出一身冷汗。

「就、就算達妮雅來攻擊我，我也不會輸的！」

隨著戰鬥經驗的累積，麗莎成功升階了。現在已是【弓箭手】系B階職能【鷹眼(hawk eye)】的她，根本無須將不再是探索者的達妮雅放入眼裡。

「不過達妮雅很有錢，若是她聘雇優秀的刺客，即使是妳也會沒命的。真可憐……」

「照、照妳這麼說，妳也一樣很危險呀！」

「我不要緊的。」

聽亞兒瑪說得這麼篤定，麗莎不解地歪過頭去。

「為什麼？」

「因為我是諾艾爾的姊姊呀。」

「這是哪門子的歪理⁉」

被麗莎大聲吐槽後，亞兒瑪先是啐了一聲，然後左右搖了搖食指。

「姊姊在定位上堪稱是所向無敵。因為不是愛人，所以就不會被情敵盯上，也不會像達妮雅那樣被諾艾爾拒絕，還可以名正言順地盡情和諾艾爾打情罵俏。換言之，現在是屬於姊姊當道的時代。」

「這是什麼狗屁歪理嘛……」

麗莎聽不懂這段話想表達的意思，不由自主地抱住自己的頭。

但只要不去追求戀愛關係，也許諾艾爾就不會如此抗拒。若要從不敢告白的膽小鬼和點火自爆的蠢蛋之中挑選一個，麗莎肯定會選擇前者。

正因為諾艾爾是個從不討好或迎合他人的男子漢，麗莎才會對他產生好感。偏偏自己就是喜歡上這麼一個難搞的男生，她一想到這裡不禁露出苦笑。

「……順帶一問，姊姊這位子還缺人嗎？」

「不缺，因為諾艾爾的姊姊只有我。」

「這樣啊……」

被人一口回絕的麗莎，暗暗在心中發誓。

倘若自己哪天被達妮雅盯上的話，說什麼都一定要把亞兒瑪拖下水——

隔天，一則報導震驚整個帝都。

『嵐翼之蛇團長諾艾爾・修特廉傳出熱戀!?對象就是昔日的同伴達妮雅・庫朗克！』

與目前當紅戰團團長有關的八卦報導，轉眼間就傳遍整座帝都，甚至成了各大媒體從早到晚爭相報導的話題焦點。而且報導裡還刊登最新投影技術——照片，畫面中能看見互相接吻的諾艾爾與達妮雅。

單看上述部分就只會被當成戀愛八卦，不過該報導還有後續內容。

『身為熱戀對象的昔日同伴達妮雅，就是因為諾艾爾才淪為奴隸!?而且買下達妮雅的大富豪於日前心臟病發身亡！達妮雅得以繼承巨額遺產的一部分！面對如此不自然的關係性與事件！難道兩者之間藏有什麼不可告人的真相嗎!?』

報導內容不光公開諾艾爾把昔日同伴賣去當奴隸的事實，甚至捕風捉影地讓人懷疑諾艾爾是為了錢去謀害達妮雅的主人。

由於這是出自某間小報社的報導，因此除了戀愛八卦，其他部分鮮少有人信以為真，沒有多少笨蛋會輕易相信這篇缺乏可信度的報導。不過本來就對嵐翼之蛇抱持反感的人們，便藉此機會興風作浪散布謠言。導致受影響的人越來越多，勢必會對嵐翼之蛇的名聲造成傷害。

原以為嵐翼之蛇會因為持續謠傳的流言蜚語而形象受損，實際上卻並未如此。自從第一篇的報導之後，就再也沒有任何與諾艾爾——嵐翼之蛇相關的新聞。別說是其他報社，就連刊登該篇八卦報導的報社也徹底保持沉默。

以結果來說，此騷動持續不到一週就落幕了。有句諺語是傳聞會持續七十五天，但在大都市的帝都裡，要是沒有追加新情報繼續炒作的話，再大的消息也持續不到三天，很快就會被其他傳聞給淹沒。沒過多久，就再也無人討論諾艾爾的負面消息了。

這時，有一名男子對此現象感到無比心痛。

「帝都的記者全都是些窩囊廢!!」

在一間偏僻的小酒吧裡，有一位已經喝醉的男子。留著一臉絡腮鬍且打扮邋遢的他，模樣看起來還算年輕，基本上應該不滿三十歲。這位一手拿起威士忌杯，對著空氣發飆的男子名叫喬傑夫，也是撰寫該篇八卦報導的始作俑者。

喬傑夫是個公民記者，來到帝都前是在其他城鎮活動。他因為作風強勢而樹敵眾多，最終沒辦法繼續待在原本的城鎮，但他只求真相不顧旁人眼光的報導，也讓他擁有不少的支持者。

喬傑夫對自己的老巢沒有任何留戀，原本就考慮移居帝都。畢竟帝都是帝國的中心，是個新聞題材垂手可得的場所。一想到自己能在新天地大展身手，甚至令喬傑夫感到躍躍欲試。

當他抵達帝都以後，便立刻盯上諾艾爾與其麾下的嵐翼之蛇。

以一飛沖天之勢闖出名聲的嵐翼之蛇，最令人詫異的是他們創立至今還不到半年，而且團長是個才年滿十六的小鬼頭。就算該戰團人才濟濟，喬傑夫仍然覺得他們疑點重重。重點是他身為記者的直覺，不斷催促著他去調查諾艾爾。

事實證明喬傑夫的直覺非常正確，他越是深入調查，就挖出越多負面消息。喬傑夫欣喜若狂，想把此當成頭條新聞賣給帝都的大型報社，偏偏各大報社都態度堅決地拒絕了。

無奈之下，喬傑夫只能放棄大型報社，轉而向中小報社推銷，最終好不容易才找到一間願意接洽的報社，隨後展現於世人眼前的便是該篇報導。獲得的迴響比想像中好，而且那只是前菜，喬傑夫還握有許多關於諾艾爾的情報。

可是——

「很遺憾本報社不能繼續刊登你的報導……你問我為什麼？當、當然是因為以報導毀謗特定人士有違企業道德……總、總之就是這樣，你以後別再過來了！」

喬傑夫被總編輯掃地出門後，無法繼續撰寫後續報導。想當初報導獲得迴響時，感到最開心的人莫過於這位總編輯……

「違反企業道德？哼，簡直是睜眼說瞎話……」

總編輯很明顯是遭人施壓了。可能是嵐翼之蛇，或是嵐翼之蛇的贊助商。不管怎樣，一定是被威脅說如果繼續報導相關事件，後果就得自行負責。其他報社恐怕也是基於相同的理由，才將喬傑夫拒於門外。

「若是記者選擇屈服，又有誰能追尋真相!!」

回想起此事而怒火中燒的喬傑夫，用力把杯子甩在桌上。由於店裡的顧客就只有喬傑夫一人，因此只引來老闆冰冷的目光。

真空虛。喬傑夫也明白是自己想得太美好了。眼下的情況是所有報社都屈服於諾艾爾的脅迫之下。既然報導無法問世，繼續取材也只是浪費時間。

「是時候該收手了嗎……」

就在喬傑夫雙肩下垂，重重地發出一聲嘆息時——

「瞧你一副愁眉苦臉的樣子。」

突然從旁傳來一道聲音。喬傑夫連忙把視線移去，只見一名身穿黑色長大衣，有著褐色皮膚的黑髮少年站在眼前。此人長得眉清目秀，嘴巴則是被長大衣的領子遮住了。

來者是傑洛・琳德雷克，人魚鎮魂歌的副團長。喬傑夫與傑洛見過幾次面，原因是喬傑夫在收集諾艾爾的情報時，傑洛一直積極提供協助，比方說最新型的小型投影機也是取自傑洛。

當然傑洛伸出援手並非基於善意，而是因為嵐翼之蛇與人魚鎮魂歌正處於敵對關係。傑洛肯定想利用喬傑夫來讓嵐翼之蛇的形象受損。不過就算明知此事，為了實現自己的目的，也沒理由拒絕對方。

「我當然會愁眉苦臉，因為所有報社都受制於嵐翼之蛇，再也不會刊登我的報導了。」

喬傑夫憤恨地說完後，傑洛雙肩一聳。

「原來如此，這的確是很傷腦筋。」

不過他笑著補上一句但書。

「卻並非束手無策。」

「……真的嗎？」

喬傑夫尋求幫助地抬起臉來，傑洛點頭以對。

「這是自然，說穿了就是要有地方刊登報導吧？既然如此，就由我來幫忙安排吧。」

「意思是不經報社之手，以個人名義發表報導嗎？」

「沒錯，資金方面請不必擔心。」

這方法是不錯，但還是有個很大的問題。如果沒有經過報社，以個人名義發布的話，十之八九難以取信於民眾。

人們相信的並非情報本身，而是放出消息的個人——退一步來說便是所屬組織。毫無知名度可言的喬傑夫以個人名義發布報導，究竟又會有多少人買單？無法取信於讀者的報導，與不曾存在過毫無區別。

「……不光是提供資金，也希望能借用你們的名義。若有堂堂七星的人魚鎮魂歌幫忙掛保證，讀者們肯定會相信我的。」

面對喬傑夫的拜託，傑洛面無表情地搖頭拒絕。

「這可不行。一旦公開我們之間的關係，那才真的難以取信於大眾。人魚鎮魂歌與嵐翼之蛇正處於敵對關係，相信你也很清楚吧？」

「這麼說也對……」

讀者也不是笨蛋，假如借用人魚鎮魂歌的名義，馬上就會發現這些報導是為了令嵐翼之蛇形象受損。到時別說是取信於大眾，還很可能被當成無恥之徒在亂造謠。

「既然這樣，我們該怎麼做？」

「很簡單呀，你向蛇提議獨家專訪即可。畢竟你握有蛇的把柄，以此要脅他接受採訪，再寫成報導即可。只要能確保你與受訪者之間的交集，讀者勢必會相信你筆下的報導。」

喬傑夫聽完傑洛的提議後，摸著嘴巴陷入沉思。

「……你覺得這麼做可行嗎？」

「是很困難。正因為如此，將十分考驗你身為記者的手腕。」

對於這段事不關己的話語，喬傑夫反射性地眉頭深鎖。不過這的確值得一試。此番所要面對的人物非常凶險，喬傑夫是再清楚不過了。但要是害怕接近危險的話，就絕對無法揭露真相。

「我懂了，就來試試看吧。」

做好覺悟的喬傑夫，眼神宛如一頭鎖定獵物的野獸般炯炯有神。

「團長表示願意接受採訪。」

喬傑夫來到嵐翼之蛇的戰團基地後，沒有進行多少交涉就取得獨家採訪的同意。

儘管接待的人是祕書而非諾艾爾本人，不過這情況等同於與諾艾爾達成協議了。

喬傑夫大感興奮，同時心底也萌生出一絲恐懼。諾艾爾是個危險人物，自己有很高的可能性會在採訪途中遇害，遭人棄屍於臭水溝裡。因此喬傑夫沒有立刻採訪，而是約好改日見面，並表示會透過貓頭鷹來聯絡，由他指定採訪地點。

如果採訪地點是在喬傑夫熟悉的旅店裡，諾艾爾理當不敢動手才對。倘若諾艾爾當真加害於他，畢竟事發當時是兩人共處一室，就算想賴也賴不掉。即使想綁架監禁他，也難以瞞過旅店的工作人員和顧客們付諸實行。

這是喬傑夫用來自保的最佳對策。他本以為諾艾爾不會輕易答應，不過萬萬沒想到收到的回信是同意這麼做，並且答應隻身前來，不會帶任何一位同伴到場。

由於事情發展得太過順利，喬傑夫反倒不禁提高警覺。畢竟他還沒動用到任何談判籌碼，諾艾爾就完全遵照他的意思去做。這狀況怎麼想都很不自然，要他別緊張才是強人所難。

「這個臭小子究竟在想些什麼……」

喬傑夫對於諾艾爾的意圖是百思不得其解，無論他如何絞盡腦汁也找不出答案，於是他得出以下結論。

「照此情形看來，諾艾爾·修特廉只不過是個尋常小鬼罷了……」

諾艾爾這個人恐怕是思慮短淺，認定喬傑夫在遭到威脅就由他擺布，不曾想像過有哪個大人不會屈服在他的威脅之下。雖然喬傑夫仍感到一絲不安，卻覺得這個結論很有說服力。

到了約定當天，準時於指定地點進行訪談。喬傑夫與諾艾爾隔著一張桌子看著對方。

「喲～撰寫那篇報導的記者就是你呀。」

諾艾爾露出像是正在打量人的眼神，昂首傲視著喬傑夫。

「雖是一篇三流的報導，但照片倒是拍得挺美的。不過這也是理所當然，畢竟優秀的道具無法挑選使用者。」

諾艾爾的視線飄向喬傑夫掛在脖子上的小型投影機。

「那不是你這個三流記者買得起的東西，十之八九是人魚鎮魂歌提供的吧。那幫人跟我們正處於敵對關係，會利用記者來令我們形象受損的也只有他們。」

喬傑夫很訝異諾艾爾立刻就識破自己的靠山是誰，但這仍在他的預料內，畢竟這點程度的推理難不了任何人。

「居然一照面就說我是三流記者啊。」

喬傑夫揚起嘴角，語帶挑釁地繼續說：

「ＯＫ，既然你擺出這種態度，那我也就不再客套，直接打開天窗說亮話吧。」

「我就是這個意思，你有什麼話就趕緊說。」

面對諾艾爾徹底把人瞧扁的態度，喬傑夫有些惱怒地咬緊牙根。明明是個小鬼，竟敢這樣鄙視大人。於是他在心中暗自發誓，絕對要給泰然自若的諾艾爾一點顏色瞧瞧。

「還用得著說嗎？相信你早就心知肚明，我已將你的惡行惡狀調查得一清二楚。我之所以安排這場訪談，純粹是想取信於讀者罷了。就算你什麼都沒說，我也已經達成目的了。」

取信於讀者的必要條件，就只是雙方有進行過訪談的這個事實。無論諾艾爾接下來說什麼，報導的內容早就已經決定好了。

「喲～意思是我完全著了你的道啦。」

看著諾艾爾興味盎然地拋出這句話，喬傑夫啞然失笑。

「死到臨頭還敢嘴硬，奉勸你少在那邊裝模作樣。不管是你與巴爾基尼幫交情深厚，或是監獄爆破事件的幕後黑手，我都已經查出來了。一旦我的報導問世，你就真的完蛋了。」

喬傑夫露出勝券在握的笑容繼續說著。

「我好心提醒你一下，你在這裡對我出手絕非明智之舉。只要我大聲呼救，旅店裡的人就會立刻過來。若是你不怕被加重量刑就儘管放馬過來，要不然就給我老實點。另外我已將情報交給可信之人，即使現在殺了我也無濟於事。我已跟那個人講好，假如我失聯的話，對方就會把真相公諸於世。」

雖然喬傑夫顯得一臉得意，不過這番話只是虛張聲勢，因為他目前尚未結交任何可以相信的朋友。只是這麼說的話，至少能令諾艾爾不敢輕舉妄動。

「我再說一次，你已經完蛋了。」

喬傑夫趾高氣昂地拿起投影機，對準諾艾爾按下快門。伴隨一陣『啪嚓』的聲響，閃光燈隨即發出強光。

諾艾爾因亮光而瞇起雙眼，接著回以苦笑說：

「你是來要錢的吧？自己開個價吧。」

喬傑夫在聽見這句輕佻的話語後，氣得一拳捶向桌面。

「你這個死小鬼!!少在那邊狗眼看人低!!」

他指著諾艾爾破口大罵。

「別以為任何事情都能用錢來解決！我從事記者這份工作並不是為了錢或名聲！而是為了將真相公諸於世！沒錯，我的使命只有一個，就是讓你的惡行惡狀攤在陽光之下!!」

若要說自己不求財富和名聲，那肯定是騙人的。不過他心中仍存在著比那些更重要的事物。無論有多少錢擺在面前，喬傑夫也絕不會改變心意。

「筆比劍強，就算你是個多麼優秀的探索者，終究逃不過真相。」

喬傑夫彷彿做出判決般如此斷言。

「原來如此，你是個抱有信念的男人啊。」

諾艾爾拍手發出清脆的鼓掌聲。

「太出色了，在我遇過的記者裡，你是第一個不受金錢所惑的人。我打從心底對你抱持敬意，很抱歉說你是個三流記者。」

就在這時，諾艾爾露出一個足以令人背脊發涼的邪惡笑容，接著把話說下去。

「那我就稍微學你一下，也用筆來一決勝負吧。」

諾艾爾一如宣言從懷裡拿出紙和筆，當場寫下一段內容。

「請。」

喬傑夫在看見紙上內容的瞬間，感受到彷彿心臟被人一把握住的錯覺。他現在驚恐得全身僵硬，並且冷汗直流。

「看來你似乎很滿意嘛。」

「你、你居然……」

紙上寫了一連串的姓名，而且那些名字全是喬傑夫的親戚或朋友。諸如雙親、祖父母、兄弟姊妹與家人。另外還有他的朋友，就連曾經交往過的女性也名列其中。

「所謂的記者，經常自以為是支配著情報的一方，因此當自己淪為被調查的對象時，就會馬上成了龜孫子。筆比劍強，你當真有仔細思考過這句話的含意嗎？」

諾艾爾當著驚呆的喬傑夫面前露出微笑，緩緩地站起身來，接著走到他的背後，將手搭在他的肩膀上。諾艾爾一反其宛如少女般柔弱的外表，那隻手孔武有力到令喬傑夫馬上明白自己根本無從反抗。

「你似乎把我的惡行惡狀調查得一清二楚吧。」

這道在耳邊細語的聲音，輕輕拂過喬傑夫的耳朵。

「既然如此，你應該很清楚他們會遭遇何種下場吧。就算是老弱婦孺，我都會讓他們變成同一個樣子。」

「住、住手……」

聽見喬傑夫心驚膽顫地擠出這句話，諾艾爾隨即發出愉悅的笑聲。這股笑聲聽起來既天真又殘酷。

「喂喂，你方才的氣勢到哪去了？追求真相是你的使命吧？只不過是親朋好友的性命，就把他們當成代價犧牲掉嘛。」

面對這段嘲諷人的話語，喬傑夫懊惱地咬緊下脣。他確實願意為了工作賭上性命，卻無法看著無辜的人因此犧牲。

「拜、拜託你別這麼做……是我錯了……」

「啥～？你說什麼？我沒聽見耶～」

諾艾爾故意用雙手摀住耳朵，裝出一副沒聽見的樣子。感到既後悔又害怕的喬傑夫此時渾身發抖，只能不斷低聲求饒。

「真的非常對不起，請您高抬貴手放了我吧……」

下一秒，諾艾爾在喬傑夫的耳邊放聲大笑。

「啊哈哈哈哈哈！高抬貴手放過你～？明明之前還那樣大言不慚，未免也把事情想得太美好了吧？一心追求真相的一流記者大人對我這種死小鬼卑躬屈膝，難道都不覺得可恥嗎——？喂！你到底是作何感受啊!?說!!」

面對威脅意味十足的渾厚嗓音，喬傑夫嚇得脣齒發顫。

「你以為擺出這副孬樣，我就會放過你嗎？你這隻蟲子是在瞧不起人嗎？喂，我在問你話呀，你是不是很小看我啊!?信不信我立刻把你妹妹生的小鬼綁來這裡啊？說!?」

喬傑夫驚恐得不停搖頭，眼眶甚至開始泛淚。他至今也歷經過各種危機，但還是第一次明白無論自己怎麼思考對策都難逃此劫。

喬傑夫自以為成功算計對方，自以為一切都手到擒來……事實證明是他太膚淺了。諾艾爾的外號是『蛇』，蛇是絕不會對人心生同情，一旦咬住獵物便會毫不留情地生吞活剝。

他至今是做夢都沒想過，原來天底下還有比死亡更可怕的事情……

「你這個人真沒用，簡直是個窩囊廢。」

諾艾爾大感傻眼地低語後，突然將他攜帶的短刀一把插在桌面上，接著以肉麻的語調說：

「我說喬傑夫小兄弟呀，你知道黑幫都是以何種方式為自己闖下的禍做出了斷嗎？」

喬傑夫感到一頭霧水，不斷發抖地抬頭望向諾艾爾，只見一雙比井底更黑暗的眼睛正注視著自己。

「我這個人非常大度，因此留下五根就饒了你。」

這股彷彿在說笑般的開朗嗓音，引領喬傑夫跌入萬劫不復的深淵裡。

當傑洛在房間裡翻閱資料時，忽然傳來一陣敲門聲。

「副團長，有您的包裹。」

「進來吧。」

身為部下的團員拿著一個包裹走了進來。這位比傑洛年輕的青年生性隨和，經常幫忙處理各種雜務。

「此包裹的收件人是寫著您的名字，卻沒有註明寄件人。」

「已確認過內容物了嗎？」

人魚鎮魂歌裡有具備透視技能的團員。只要拜託他們，就能輕鬆確認可疑包裹裡的物品。

「沒有，畢竟我們不便隨意確認副團長您的包裹。若是您同意的話，我這就馬上叫人來檢查。」

傑洛稍作思考後，搖搖頭說：

「包裹就交給我吧，辛苦你了。」

「難不成是您的什麼人？」

部下露出捉弄人的笑容，同時豎起小拇指。似乎誤以為是來自女友的禮物。傑洛回以苦笑。

「差不多就是這樣。你先回工作崗位吧。」

「遵命，有機會再聽您分享細節囉。」

確認團員放下包裹走出房間後，傑洛小心翼翼地拆開包裝紙，從中掉出一張卡片落於桌上。

『致親愛的朋友，希望這東西能聊表我的敬意。』

字跡工整的這段訊息莫名讓傑洛感受到惡意，而且絕不是他的錯覺。跟卡片裝在一起的白色小盒子，能看見盒子底部被稍稍染紅。

「那麼——」

傑洛打開小盒子，裡面裝著他送給喬傑夫的小型投影機——以及五根斷指。這些斷指十之八九是來自喬傑夫的身上。

「看來這就是蛇的作風，簡直與黑幫毫無分別。」

傑洛冷靜地喃喃自語，接著露出一抹淺笑。

蛇是個為達目標能不擇手段的男子，而且既殘忍又卑劣，不過傑洛無法肯定他的行動理念是屬於哪一種人。是屬於衝動行事？還是三思而後行？或是特立獨行？

因此傑洛把喬傑夫當成棄子，用來確認諾艾爾的人格特質。而他終於得到答案了。

「看來你的真面目，就是受自尊束縛的完美主義者。」

從諾艾爾的立場來看，他想如何處置喬傑夫都可以。比方說暗殺，或是拉攏成反過來打探人魚鎮魂歌的間諜。

不過諾艾爾的選擇是制裁喬傑夫，而且還用來向人魚鎮魂歌宣示自身的殘酷本性——讓人明白他的可怕之處。

堅持以名為恐懼的情感來支配他人，足以證明當事人的自尊心高，無法容許他人的過失。這種個性在黑幫裡十分常見。也能印證艾爾是絕對不會放過昔日背叛他的同伴們。

一旦掌握對方的性情，就能輕易制定對策。原因是人永遠過不了自己這關。不論擁有多麼高超的智慧和判斷力，都必定會按照自身性格取向做出判斷。

傑洛從座位上起身，利用升降梯前往戰團基地的地下四樓。

唯獨團長約翰和副團長傑洛能夠進出地下四樓。必須使用他們持有的專用鑰匙，電梯才會通往地下四樓。換言之，此樓層是就連團員們都不知道的密室。

傑洛的腳步聲迴盪於燈光昏暗的走廊上，接著他在一扇堅固的金屬門前停下腳步，並打開探視孔。隨即從中傳來一股嗆鼻的臭味。能看見一道小小的身影蹲坐在房間中央。

這裡是單人牢房，遭關押者都會被強制戴上妨礙技能發動的項圈。由於牢房相當堅固，因此在用不了技能的情況下，無論如何掙扎都逃不出去。就算當真逃出牢房，地下四樓唯一的出入口就只有那座電梯，所以犯人絕無可能逃離這裡。

「嗨，還活著嗎？」

囚犯在聽見傑洛的聲音後，緩緩地抬起頭來。他那疲憊不堪的臉上寫滿絕望，完全沒有一絲生氣。儘管有提供足夠讓人活命的基本糧食，但長期關押在這樣的牢房裡，精神上絕對是飽受折磨。

「你的身體狀況似乎不太好。雖然我是不忍心如此對待像你這樣的人才，但無奈對於間諜實在是不能放水，還請你見諒。」

感到於心不忍的這句話沒有一絲虛假，不過傑洛也沒打算改善此人的待遇。若是過度關心，難保會對囚犯心生同情。這名囚犯是道具，而道具就該當成道具來看待。

「我已決定好該如何利用你了。」

傑洛輕聲細語地說出囚犯的稱號。

「千變萬化（faceless）。」

四章：於雪花中漫舞

我獨自一人走在森林裡，身邊沒有任何人陪同，就連修格的人偶兵也沒跟來。

目前我們正與人魚鎮魂歌開戰中，若是同伴們知曉此事，必定會嚇得大發雷霆吧。先不提大街上，像這樣走在罕無人煙的郊外森林裡，簡直就是愚蠢透頂。老實說我也覺得自己很蠢，一點都不像平日裡的自己。

此事的起因是戰團基地收到一份署名寄給我的禮物。

我今早造訪戰團基地時，發現事務員們亂成一團。我撥開人群上前確認，發現門口處放了一顆『狐狸的頭顱』。這顆頭顱似乎剛被砍下不久，鮮血將地板染成猩紅色。

「……你們已經通報憲兵了嗎？」

四處不見主要團員們的身影。我向神色不安的祕書確認，只見他搖頭以對。

「還沒有，因為在發現當時，我打算在通報憲兵前先聯絡您請求指示……正好您就過來了。」

「那就好。」

以戰鬥為業的探索者若是輕易求助憲兵，風評將會嚴重受損。尤其目前正值關鍵時期，我是希望能私下解決問題。而且我對送禮之人已有頭緒。

「以報復的手段來說，這算是挺成功的。」

我自言自語地提起狐狸的頭顱。與戰鬥無緣的事務員們紛紛發出驚呼，而我則將此當成耳邊風繼續調查頭顱。

「嗯，只是一般的狐狸。」

我一開始看見時，還以為這是洛基的首級。擁有【模仿士(shape shifter)】這種罕見職能，可以自由改變外貌的洛基，體內流有妖狐的血統。他不同於獸人，是由變異種和人類生下的混血兒。因此我原以為這就是洛基的真正模樣，結果證明是我錯了。

「嗯？嘴巴裡似乎含著什麼。」

我掰開狐狸的嘴巴，取出摺疊放於裡面的紙條。打開紙條後，內容是使用我跟洛基才知道的暗號寫下一段訊息。我看完後立刻撕毀紙條。

「麻煩請人把這裡清理一下。另外此事無須通報憲兵，也別讓其他主要團員知曉，大家一如往常地工作即可。」

我對事務員下達完指示後，便轉過身去。

「團長，請問您要去哪？」

「幹架。」

我笑著回答祕書的詢問。

於是我策馬來到郊區的森林附近。因為森林裡不便騎馬，所以我將馬匹寄放於附近村莊的旅店後，便一路徒步走來這裡。

再過不久，我就會抵達紙條所指定的地點。紙條的內容如下——

『假如想贖回情報販子，你必須單獨前往翡翠湖。倘若你帶同伴赴約，我就殺了情報販子——當然這點威脅，你是不會放在心上的，而且肯定也不介意情報販子的生死。要不然這樣好了。』

這篇文章還有下半段。

『如果你對情報販子見死不救，我就將此事連同情報販子的屍首公諸於世。讓帝都裡的居民知道，嵐翼之蛇的團長是個貪生怕死到情願看著同伴被殺的孬種。』

紙條裡自然沒有註明寄件人的名字，但肯定是出自人魚鎮魂歌的某人之手。不出我所料，洛基果然失手遭人魚鎮魂歌俘虜。

如同紙條所述，我確實沒把洛基的生死放在心上。畢竟洛基也是行家，理當已做好失手時的覺悟。即便死了也只能怪他自己，我完全不必為此負擔一絲責任。

可是我見死不救一事被大做文章會非常不妙。對帝國人而言，探索者就是強者的象徵。必須是既強悍且無所畏懼，不論面對何種難關都勇於挑戰，可說是真正的英雄。先不提自身的本性究竟如何，都必須讓大眾相信自己是這種人。

一旦我對同伴見死不救的消息流傳出去，形象將會遭到重挫。這次與洛伊德和達妮雅被我賣去當奴隸的情況是截然不同。

畢竟洛基只是失手，並沒有背叛我。就算他並非正式團員，純粹是工作上有所交集，但以關係性來看確實算得上是同伴。對同伴棄之於不顧，堪稱是探索者最可恥的行徑。

既然對方放話會將此事公諸於世，表示人魚鎮魂歌已清楚掌握我與洛基的關係。雖然無法確認洛基是屈打成招，或是因自白系的技能洩漏出去，總之人魚鎮魂歌勢必已得到洛基擁有的一切情報。

即便帝都內所有報社都在我的威脅之下，不敢流出對我不利的消息，可是堂堂七星的人魚鎮魂歌，自然有著各種無須經由報社即可散布消息的管道。

我是利用情報戰取得現在的名聲。基於這個原因，若是我任由這件事發展下去，今後將會為此付出無法挽回的代價。為了避免信譽掃地，我只能聽從人魚鎮魂歌的指示，想辦法靠一己之力救出洛基才行。

「當真只是因為這樣嗎？」

我的喃喃自語當然是得不到任何回應，現場只有我一個人。我不能依靠其他同伴，得孤身一人前往死地。不過綜觀全局，此舉終究是愚蠢至極，實在不符合自己的作風。

「我在情報戰上可是獨領風騷。就算放棄落基，我仍有其他方法能挽回損失。偏偏這次比起動腦，反倒是身體先採取行動……」

這裡面沒有什麼大道理。儘管我不想承認，不過我現在確實是被情緒沖昏頭。面對敵人威脅說會將我誣陷成孬種，以及把洛基當成人質這兩件事，我感到火冒三丈。

我因自尊的束縛感情用事。一直以來我都嘲諷說情感是人類最大的弱點，而此刻的我正受它支配卻是不爭的事實。要是這樣都算不上是愚蠢的話，又該如何去定義愚蠢二字？

「可是……」

就算如此調侃自己，內心深處卻認為這麼做是『正確的』。為了拯救被捕的同伴，不顧生死單刀赴會，完全就是英雄故事裡的橋段。

為求勝利，使出再卑劣的手段也在所不惜，就算是同伴也會直接割捨，這就是我的處世原則。也是天生擁有最弱職能【話術士】的我，為了實現與外祖父的約定，成為最強探索者所選擇的道路。

問題是這不能代表一切。

因為我所尋求的最強，是得到世人認同的唯一稱號。倘若我為此做盡壞事，勢必不會有人願意讚頌我。假如我真想這麼做，實際上是有辦法矇騙過所有人。

但終究騙不了自己。

活在競爭激烈的世界裡，權謀算計是可以，手法卑劣也是再自然不過的戰鬥方式，為求勝利理所當然就該不擇手段。

不過就算再如何虛偽或充滿謊言，仍必須當個能為自己感到驕傲的人。

「明明同伴都被當成人質，還遭人辱罵是孬種，卻為了取得最穩固的勝利而當個縮頭烏龜，我是絕不會認同這種做法的。」

若想成為最強，也得追求符合最強的生活方式。假如有人上門找碴，就算得做出再愚蠢的決定，我都絕不能選擇逃避。

「我就相信你會來，蛇。」

當我抵達翡翠色的遼闊湖泊之際，一名褐色皮膚的男子對我露出溫和的笑容。

「我是專程來向你道謝的，謝謝你送我一份這麼棒的禮物。」

我回以微笑後，褐色皮膚的男子——人魚鎮魂歌副團長傑洛・琳德雷克笑得雙肩顫抖。被繩索綁住的洛基就倒在一旁。他此時的外表是我平常看慣的那副痞子模樣，嘴巴被木頭堵住無法開口，卻莫名對我露出責難的眼神。

十之八九是想罵我幹麼來赴約吧。

「我也深有同感。」

我自言自語後，往前跨出一步。

「如你所願，我是獨自一人前來。」

「這我知道，因為周圍沒有其他氣息。不對，就算沒有確認，我也知道你會隻身赴會。畢竟你就是這種人。」

「喲~這麼相信我啊。表示你對我的人格分析非常完美囉？不愧是不惜以人質逼人就範的傢伙。我都快被你這個孬種散發出來的臭氣給熏死了。」

「呵呵呵，要是不這麼做的話，你都不肯來見我。雖然算不上是交換條件，但我同樣是一個人來見你喔。」

「……什麼？」

對於傑洛的自白，我不禁眉頭一皺。傑洛的身邊確實沒看見其他人，也感受不到有任何人埋伏在周圍的氣息。身為【話術士】的我在感應動靜技能方面並沒有任何加成，只能單靠五感來判斷，但可以肯定他沒有撒謊。原因是即使我對感應動靜方面不太有把握，依舊能從傑洛身上的細微反應來判斷他是否在撒謊。

傑洛見我陷入沉默，像是感到相當愉悅地揚起嘴角。

「哎呀，虧我還以為你會很高興呢。還是我帶同伴一塊前來，才符合你的期待嗎？」

「你這傢伙……究竟知道些什麼？」

「你說呢？反正你很擅長動腦吧？就自己想想看吧。」

真是個不能小瞧的男人。我不禁啐了一聲……難道是理岳洩密？他背叛我把殺手鐧的事情全說了？所以傑洛才獨自找我過來？

不對，不是這樣的。傑洛應該對此一無所知，而是假定我擁有某種殺手鐧，才故意沒帶同伴們過來。這個判斷非常正確，如果他帶人過來的話，我就可以一口氣把他們通通殺光。

「這對我來說真是一大損失。」

世上並非所有事情都能如我所料。我順從脅迫單刀赴會，但並非完全束手無策。

其實我已備好一個殺手鐧，就算一人單挑人魚鎮魂歌所有成員，我也頗有勝算。問題是殺手鐧無法使用太多次。換言之，只為了殺死傑洛一人不得不動用殺手鐧。一想到後續狀況就令我腦袋發疼。

傑洛用短刀割斷洛基身上的繩索。

「那麼，是時候該動手了。」

「滾遠點，別在這裡礙事。」

終於重獲自由的洛基從地上起身，然後以眼神向我徵求意見。

「那傢伙說得對，你在這裡幫不上任何忙，快逃吧。而且逃得越遠越好。」

「我、我知道了……」

洛基點頭回應後，如脫兔般迅速離開現場。

「你果然已做好能與我一戰的準備，看來沒辦法輕鬆殺死你。」

傑洛不敢大意地望過來，我聳聳肩說：

「這怎麼可能嘛！我可是【話術士】喔？是個沒有同伴保護就無法戰鬥的廢物。對上身為【暗黑騎士】的你，我就算使出吃奶的力氣也毫無勝算啊。」

「睜眼說瞎話，瞧瞧你那殺氣騰騰的眼神，一看便知想立刻宰了我。我也同樣不想死——所以我決定從一開始就使出全力！」

立刻進入戰鬥狀態的傑洛，一把將外套脫下。

「唔喔喔喔喔喔喔喔!!喝啊啊啊啊啊啊啊啊!!」

隨著宛如野獸的咆哮，傑洛的身體逐漸變形。只見他頭髮倒豎，除了肌肉以外是連同整個身軀都開始膨脹，裂開的背部竄出一對翅膀，全身布滿堅不可摧的鱗片。數秒後完成變身的傑洛，其模樣完完全全就是一頭黑色巨龍。

「啊哈哈哈！哈哈哈哈哈！太驚人了！真是精采的魔術啊！」

我抬頭仰望化成黑龍的傑洛，為他鼓掌並獻上喝采。沒想到傑洛的真面目竟是只存在於神話裡的龍人。即便互相敵對，見到他這副威風凜凜的活傳說姿態，總想替他拍手叫好。

「GURURURU……」

黑龍從嘴裡發出黑炎和駭人的低吼聲。儘管從外表能隱約看出他勉強保住人的理智，但終究更像是一頭生性狂暴的野獸。

「傑洛・琳德雷克，屠龍可是屬於英雄的榮耀，感謝你讓我有機會獲此殊榮。」

我笑著說完後，從長大衣的內袋裡取出金屬製的針筒，接著將針頭刺在脖子上，把裡面的『藥劑』注入血管中。

藥劑的效果非常劇烈。拜【話術士】的職能特性所賜，我不需催動魔力就能夠施展技能。無論是增益或減益，都是利用目標的魔力。將【話術士】的技能形容成是產生效果的誘因也不為過。

雖然在職能特性上不需要魔力，但不代表我的體內沒有魔力。至今不曾催動過的魔力，彷彿激流在我的體內循環著。總覺得身體滾燙到快要噴火，並帶來一陣令人陶醉的全能感和滿足感。

如同傑洛變成黑龍，我的身體也同樣產生變化。並非身體變得有如山脈那般巨大，肌膚表面也沒有布滿堅硬的鱗片，更別說是長出獠牙或利爪，就連能讓人翱翔於天際的翅膀都沒有。

我身上並沒有出現顯眼的改變，不過我的變化比傑洛劇烈多了。傑洛透過本能察覺出我的改變，隨即挪動他的巨大身軀向後退去。

我嗅到一股恐懼的氣味。現在的我對於這個氣味特別敏感。

「就讓你親身體驗看看，一個人能狂暴到何種地步……」

從體內不斷宣洩而出的殺氣和瘋狂，驅使著我發動攻勢。

†

這是第二次在別人的催促之下，可恥地轉身逃離現場。

「可惡！真是混帳透頂……」

洛基邊跑邊落淚。這一切都是他造成的。若是潛入人魚鎮魂歌調查時沒有失手的話，就不會像這樣出盡洋相了。身為堂堂的專業情報販子，這次不僅搞砸任務，甚至還被抓去當人質，這可是無論如何都不該犯下的錯誤。現在的他非常懊惱，懊惱到很想一頭撞死。

最令洛基懊惱的一件事情，莫過於諾艾爾特地前來救他。依照諾艾爾的個性，洛基原以為他不可能會來拯救自己。不過，諾艾爾真的來了。一如傑洛的預測，洛基成了吸引諾艾爾自投羅網的誘餌。犯下如此重大失誤的愧疚感，毫不留情地折磨著洛基的心。

洛基一度停下腳步。即便他的職能【模仿士】被歸類為戰鬥系，實際上幾乎沒有戰鬥能力，就只是能夠改變自身外表而已。無法戰鬥的人在這種時候根本幫不上忙。這件事他是再清楚不過。之所以會停下腳步，只不過是暫時心生迷惘罷了。

停下腳步的洛基回頭看去。下個瞬間，一陣強大的衝擊波將他吹飛，就這麼直接撞上一棵大樹，痛得他忍不住發出呻吟。

「什、什麼情況……？到底發生什麼事？」

洛基忍住痛楚扭頭張望，發現樹木因方才的衝擊全數攔腰折斷。至於產生衝擊的源頭，正是洛基逃來的方向，也就是諾艾爾和傑洛所處的位置。

就在洛基驚呆之際，忽然有大量的水從天而降。他起先以為是下雨了，但仔細觀察便驚覺不對，降下的水帶有些許腥臭味，而且從天空落下的不光是水，還夾雜著魚的屍體。

「難道說……是那片湖泊的湖水嗎？」

眼下並沒有確切的證據，但以情況來看，也只有這個可能性。明明發生如此異常的狀況，森林內卻在剎那間化為一片死寂，就連一絲鳥鳴聲都沒有，寂靜到甚至能聽見耳鳴。

「戰鬥已經……結束了？」

既然戰鬥已經結束，諾艾爾是必死無疑。就算諾艾爾是被不滅惡鬼鍛鍊過的探索者，但碰上傑洛絕對毫無勝算。這場勝負的結果是再明顯不過。因此，洛基朝著逃來的方向往回走。

既然諾艾爾已死，好歹也該確認他的屍首，並通知他的同伴們。上述這股使命感驅動著他的雙腿。

當洛基返回翡翠湖時，眼前的狀況卻與他的預料恰恰相反。

「諾、諾艾爾？」

諾艾爾靜靜佇立在一個乾涸的大坑裡，周圍的地面千瘡百孔，還有大量鮮血匯聚而成的水窪。但那些並非諾艾爾的血，他看起來似乎毫髮未損。

「你回來啦。」

諾艾爾扭頭望向洛基，臉上浮現一抹淺笑。可是兩人對視的瞬間，洛基驚恐得渾身僵硬。諾艾爾的外表沒有變化，與往常無異，不過眼睛卻變得截然不同，那雙發出紅光的眼睛恍若深淵，彷彿能給人帶來萬劫不復的災厄。

諾艾爾瞥了一眼傻在原地的洛基，然後拿起一根針筒刺向自己的脖子。大概是藥效發揮的關係，諾艾爾的眼睛變回原樣。接著他雙腿一軟，直接跪在地上。

「啊、喂！你還好吧!?」

洛基連忙跑過去，在近距離看清諾艾爾的身形後便嚇傻了。理由是諾艾爾的皮膚上，浮現出無數有如裂痕般的瘀青。

「……居然沒能了結他，明明都為了他一個人使出『力量』，偏偏還讓他溜掉……糟透了……得馬上重擬對策……」

諾艾爾像是在說夢話般，氣若游絲地喃喃自語。

「雖、雖然不清楚發生了什麼事，總之你活下來就好，現在先好好——」

洛基還來不及把話說完，只見諾艾爾直接趴倒在地。

「諾艾爾！」

洛基確認著諾艾爾的身體狀況。儘管還有呼吸，換氣卻非常急促，而且體溫異常偏低，置之不理將會非常危險。於是洛基把失去意識的諾艾爾背在身上。

「你等著啊！我馬上送你去醫院！」

「呼～呼～沒想到我居然會被迫夾著尾巴逃走……」

遍體鱗傷的傑洛，背部倚靠在一棵樹上如此自嘲。

「雖說早知道他藏了一張底牌，不過那股力量非比尋常……難道他不怕死嗎？」

傑洛與諾艾爾交手後，就此吞下敗仗，而且是輸得一敗塗地。即便他化成黑龍，也被打得無法招架。諾艾爾握有的殺手鐧確實是強大無比，傑洛光是能保住小命就已近乎奇蹟。

「不過，我已成功查明他的殺手鐧了。」

那股力量確實非比尋常，傑洛還是首次明確感受到自己得做好一死的覺悟。但也因此很有把握，那不是可以一再使用的力量。既然已摸清對方的底細，也就更易於制定對策。

「不枉費我親自來扮演白老鼠。」

假如帶同伴一起前來，勢必會折損大量人手。確實人魚鎮魂歌的團員們都很優秀，但無論找來多少人，傑洛都不覺得有辦法戰勝那種狀態的諾艾爾。唯獨約翰全力以赴才有機會獲勝。

即使傑洛已順利逃出生天，不過光是回想起方才的戰鬥仍心有餘悸。當他反覆深呼吸試圖讓心情平復下來之際，突然收到約翰的念話。

『結果如何？』

『……我打輸了。』

傑洛給出答案後，能感覺到約翰似乎相當錯愕。

『這是怎麼回事？難道蛇有帶同伴赴約嗎？』

『不是的，他是單刀赴會，憑一己之力就打倒我了。』

當傑洛把自己落敗的來龍去脈解釋清楚時，約翰不禁放聲大笑。

『哈哈哈哈哈！蛇真是個了不起的男人耶！』

『這一點都不好笑，我差點就賠上性命了。』

『抱歉。不過這就是蛇——不對，是諾艾爾・修特廉的意志吧。看來不得不修改對他的評價了。』

『他確實是個威脅，不過想應付他倒也非常簡單。』

『我不是這個意思，而是指更根本的問題。我——』

約翰稍微停頓一下，語氣平穩地接著說：

『我認為諾艾爾・修特廉值得擔任我最後的對手。』

『……此話怎說？』

面對傑洛的提問，約翰不發一語，就這麼單方面切斷念話。偏偏傑洛無法重新接通念話。

『真是個我行我素的人……』

傑洛搞不懂約翰在想什麼，但不管約翰做出怎樣的決定，傑洛都會全面服從。至於理由，並非因為他是戰團團長。

而是他對自己來說是唯一的摯友。

面對帝國的七星和魔工文明——羅達尼亞為了擁有足以與之抗衡的武力而執行某項『機密計畫』，傑洛與約翰便是該計畫的產物，也就是利用遠古偉人或神話種族的遺骸，進行還原所打造出來的實驗體。

深度十二被歸類為魔王的不死火鳥王(phoenix)，它那驚人的再生能力不光是只要擁有足夠的魔力就可以透過僅存的肉塊恢復原樣，還能讓吃掉的遺骸重生並變成自己的僕人(鳥之怪物)。

若是將不死火鳥王的心臟製成的生化器具寄生於女性的背脊上，該名女性就會跟不死火鳥王一樣，能懷上自己吃掉的遺骸還原體。不同於不死火鳥王的一點，就是產下的並非僕人，而是能獨立思考的生命體。

由於對母體的負擔過重，生下正常還原體的機率是微乎其微，因此付出大量的犧牲後，羅達尼亞終於獲得多名成功的實驗體。

身為羅達尼亞的建國始祖，傳說中可以使用所有職能力量的勇者，理論上不該存在的逆天生命體(mutant)【救世主】雷克斯・羅達紐斯的還原體總共有十一人。

分別是約翰、錫梅翁、安傑、迪艾戈、佛瑪、雷畢、薛瑪斯、巴特、沙迪亞斯、菲里帕、裘達斯。

這十一人被稱為正規還原體(Messiah numbers)，除了雷克斯以外的還原體則是稱為非正規還原體。之所以被叫做非正規，是因為他們單純被用來取得研究數據，以廢棄為前提的實驗體。

約翰是正規還原體，傑洛則是非正規還原體。

在命中註定的那天，包含約翰在內的十一名孩子們——正規還原體們決定引發暴動，企圖逃出研究設施。縱使他們受隸屬契約書所束縛，仍憑藉【救世主】的血脈之力破解絕無可能擺脫的控制。對研究人員們而言，這情況可說是始料未及。

正規還原體們以壓倒性的力量將設施相關人員屠殺殆盡，就在即將脫逃時，約翰來到關押傑洛的監牢前。

「你也跟我們一起走！」

傑洛是非正規還原體之中，唯一成功保有人形的實驗體。他的兄弟姊妹們別說是擁有理性，根本是一個個就連智慧兩字都談不上的肉塊。傑洛至今就是與他們一同關在漆黑的監牢裡，過著等待遭廢棄的生活。

在傑洛眼中，對他伸出援手的約翰確實就是【救世主】。

十一名正規還原體再加上傑洛，總共十二位的這群孩子們在擺脫追兵的途中，一路襲擊行經的村里鄉鎮，曾幾何時竟變成令世人聞風喪膽的盜賊團。於是孩子們乾脆利用人類的恐懼心理，對外宣稱他們是銀雪花盜賊團。

身為首領的錫梅翁有著既膽小又脫線的個性，卻又讓人討厭不了他，十分受到同伴們的愛戴。

約翰是生性開朗的自戀狂，愛出鋒頭且喜歡成為萬眾矚目的焦點，雖然有時因此身陷險境，但他最終總能獲得勝利，天生具有英雄的特質。

安傑很懂得察言觀色，總是負責統合眾人的意見。要是沒有他的話，銀雪花盜賊團早就分崩離析了。

迪艾戈性情粗魯又愛動粗，儘管他與同伴大打出手是家常便飯，不過身處沙場時是個比誰都奮勇殺敵的勇者。

佛瑪這個人聰明絕頂，在團隊裡扮演參謀的角色，可是因為他生性多疑又神經質，所以一出狀況總會馬上懷疑後來才加入的傑洛。

雷畢特別喜愛錢財，在所有同伴之中對掠奪行動最為積極參與，但他為人並不吝嗇，每當眾人混入市區購物時，經常是他主動掏錢幫同伴買單。

薛瑪斯生性寡言且從不提出自我主張，不過戰鬥能力是眾人裡最出色的。就連老愛跟人打架的迪艾戈，也不敢對薛瑪斯出手。

巴特是個熱愛歌唱和音樂，性情老實又純樸的青年。他基本上不喜歡團體行動，即使待在據點裡也會遠離同伴們，拿著一把吉他獨自彈奏。

沙提亞斯嗜酒成性，無論何時都醉醺醺的，就連戰鬥時也酒不離手。不過他對信仰卻是比誰都虔誠，相當重視向神禱告的行為。

菲里帕是正規還原體裡唯一的女性，性格溫和且慈悲為懷，戰鬥時也盡可能不取敵人的性命。

裘達斯是眾人之中最具有常識又認真負責的人，甚至達到苛刻的程度，可是他從未把這種生活方式強加在同伴身上，純粹僅限於他自己一人。

傑洛比誰都更珍惜同伴，每當戰鬥時就會跟約翰以及迪艾戈一同站上最前線。原因並不是他喜歡戰鬥或愛出鋒頭，而是單純想保護同伴而已。

銀雪花盜賊團發展得相當順利，他們不光每個人的戰鬥能力皆達到A階頂級，甚至還足以媲美EX階，同伴之間的羈絆也堅不可摧。不管是來襲的軍隊或探索者們，全都被他們逐一擊敗。政府擔心損失過大，後來甚至不敢輕易對他們出手。

不過就如同冰雪總有融化的一天，銀雪花盜賊團的末日也悄然而至。

「力量漸漸變得不聽使喚……」

首先出現異狀的人，是同伴之中戰鬥能力最高的薛瑪斯。戰無不勝的他在沙場上負傷之後，即使接受治療也不見好轉，最終就這麼斷氣了。

同伴們對薛瑪斯的逝世傷心欲絕，同時也對逐漸逼近的死神感到恐懼。薛瑪斯既是血親，也是與自身完全相同的存在。奪走他性命的死亡鎖鏈，也同樣牢牢綁在其他人身上。事實上在不久之後，大家的身體也跟著出現異狀。

雖說先後順序是因人而異，狀況都跟薛瑪斯如出一轍。先是能力不聽使喚，然後體能開始下降。縱然症狀沒有正規還原體那般顯著，身為非正規還原體的傑洛也受到同樣的變化所苦。

原因是再明顯不過，這群孩子終究是他人的複製體，在過度使用這股非比尋常的力量之後，代價就是大幅削減自身壽命。

即便無法像從前那樣輕鬆掃蕩敵人，銀雪花盜賊團依舊強悍無比。這是因為這群孩子在歷經無數的戰鬥後也獲得成長。

不過，銀雪花盜賊團終究還是瓦解了。關鍵就在於身為首領的錫梅翁之死，以及備受信賴的裘達斯竟然成了叛徒。

「我已經累了……就讓這一切結束吧。」

面對日復一日的戰鬥，以及複製體僅存的壽命，個性比誰都更加認真的裘達斯，最終再也承受不住這種冷酷無情的宿命。

據點遇襲的銀雪花盜賊團起先是驍勇善戰，但萬萬沒想到有同伴選擇背叛，眾人在大受打擊之下，未能發揮原來實力而吞下敗仗。

最後生還下來的只有約翰和傑洛兩人。為了掩護兩人離去，沙迪亞斯以自爆將叛變的裘達斯與大多敵軍一併拖入地獄。至於戰鬥中喪命的同伴們，屍體也隨之化為灰燼。

約翰跟傑洛確實是倖存下來，但身心已千瘡百孔，徹底失去求生意志，就這麼藏身於市區內靜待死亡的到來。就在這時，一名帝國特務出現在兩人面前。

「若是你們願意的話，我可以助你們逃往帝國。」

「……交換條件是什麼？」

「我的僱主想找一名能夠聽令於皇室的探索者。」

「探索者？」

特務點頭回應約翰的反問。

「帝國的探索者都非常優秀，卻也因為太過優秀，導致他們並不是全面服從皇室。要是立法強制管束的話，別說是探索者們，就連國民也會大為反彈。因此皇室想要一名願意尊重皇室旨意，並且實力蠻橫的探索者。」

「你是要我們成為皇室的走狗嗎!?」

傑洛憤恨地瞪向特務。特務並非對他們伸出援手，只是想替皇室找來聽話的棋子罷了。傑洛就是因為那些追求利益的大人們，強迫被賦予一條以廢棄為前提的生命，所以他對領導階級是恨之入骨。

但約翰給出不同的回應。

「好啊，我願意成為你們的走狗。」

「約翰!?」

面對傑洛那個難以置信的表情，約翰露出身心俱疲的笑容說：

「不管怎樣，我們再這樣下去只是死路一條，倒不如成為帝國的走狗。可是，我不想當一條唯命是從的狗。」

「你的條件是什麼？」

「我——」

約翰換上一雙充滿鬥志的眼神接著說：

「我想成為一名英雄。」

傑洛完全能聽出他此話想表達的真正意思。正因為壽命所剩不多，所以想在這個世上留下自己的足跡。再加上約翰本來就具備英雄的特質，如今正站在痛失同伴們的人生轉捩點上，自然會想順從心中的渴望活下去。

「傑洛，你有何打算？」

被約翰這麼一問，傑洛發出嘆息回以苦笑。

「讓你隻身前往我也放心不下。既然如此，我就勉為其難陪你去吧。」

其他同伴都已喪命，傑洛能稱為朋友的人就只剩下約翰而已。

潛逃至帝國的兩人，立刻遵照皇室的安排開始行動。關於壽命的長度確實頗令人不安，但也不會馬上壽終正寢。

由於傑洛沒有正規還原體那般強大的力量，因此戰鬥時所承受的負擔也比其他同伴來得少，並且相對長壽。反觀約翰為了抑制力量的消耗，利用技能製造出多個人格。這些人格是參考自逝去的同伴們。在他們因應現狀展開活動的期間，約翰的主人格就會陷入沉睡，專心恢復與保存力量。

兩人從內部掌控反骨意識較為強烈的人魚鎮魂歌，在成為七星後便假裝對皇室言聽計從，並且為了掌權而暗中布局。

「英雄絕不會屈服於任何人，也不受任何人支配。」

在約翰想出鐵路計畫之際，拋出了這段豪語。

「我們一定會贏的，約翰。」

傑洛仰望灰濛濛的天空喃喃自語。縱使出現綽號為蛇的礙事者，但在一展鴻圖的過程中總會碰上試煉。在稱霸天下的道路上，不可能無須經歷考驗。人魚鎮魂歌會咬死阻擋在前的蛇，繼續向前邁進。

兩人所做的一切，都是為了留下自己曾活在這個世上的足跡。

入冬後的太陽，宛如從陡坡滾下山般迅速下沉。

在接近傍晚時，有一群人造訪人魚鎮魂歌的戰團基地。率領護衛走進會客室的長髮美男子，冷眼看向約翰說：

「你應該明白我為何而來吧？」

約翰裝蒜地雙肩一聳。

「這是自然，凱烏斯殿下。」

看著神色自若的約翰，凱烏斯二皇子忍不住皺眉。

「哼，瞧你這副令人不爽的態度，想來不是佛瑪、錫梅翁或安傑。約翰，想想已有好幾個月不曾直接見到你，結果你還是老樣子這麼惹人厭。」

凱烏斯同樣很清楚約翰體內有多個人格。一般情況下，約翰會將行動全權交由佛瑪負責，但也會根據交談的對象切換成錫梅翁或安傑的人格。原因是這兩個人格在溝通方面較為圓融。由於佛瑪的思緒最為靈活又很有膽識，可說是約翰最為信賴的人格，但缺點是傲慢且自視甚高，不適合跟愛擺架子的人交談。

「能見到您是我的榮幸，殿下。」

「住口。」

相較於一臉淡然的約翰，凱烏斯的態度十分冷漠……不對，是怒不可遏。

「你這傢伙究竟有何打算？事到如今才表示想退出鐵路計畫？你以為我會同意這種事嗎？」

凱烏斯壓下怒火如此提問，約翰卻笑著點頭肯定。

「是的，正如我在密函裡所寫的那樣，人魚鎮魂歌將退出這項計畫。」

「……說說你的理由。」

「就算殿下您這麼問我，相信無須我明說也非常清楚吧？計畫因為我的疏失而大幅延遲，不僅願意提供協助的貴族們，就連國民也對我失去信心。我必須引咎退出計畫，才能夠為此事負責。」

「如果你這番話是發自內心，我是願意為你流下不甘的淚水。畢竟當初幾乎已是水到渠成，卻因為初出茅廬的蛇吃了個大悶虧而出盡洋相，我也並非無法理解你心中的苦悶，不過──」

凱烏斯眉毛倒豎，將心中怒火表現出來。

「假如你想藉此與我談判，我是絕對不會放過你的。難道你以為拿此事來要脅我，就不必為自己的過失負責嗎？蠢貨，是你自己決定要擲出骰子，休想在擲完後就退出賭局。奉勸你迅速履行自己的職責，倘若你無論如何都執意退出計畫，我就讓人魚鎮魂歌自七星之中除名。不僅如此，還會撤銷你的探索者資格。這才是真正的負責方式。」

凱烏斯的這段話絕非只是在嚇唬人，偏偏約翰仍不改其游刃有餘的態度。

「關於我因為蛇而吃了悶虧一事，我確實是無從辯解。不論是我的地位受挫，或是理當獲得的利益大打折扣，都是我咎由自取。我並非是在無理取鬧才這麼做，而是為了將功折罪。」

「那你想怎麼做？」

「……如果我說想跟他們幹架，您會覺得可笑嗎？」

「你這個傢伙，想說笑也得有個底線喔!!」

耐性已被磨光的凱烏斯，指著約翰繼續破口大罵。

「你是哪壺不開提哪壺啊！居然想跟人幹架？這可不是兒戲喔！也不想想當初是誰救了你一命!?是本皇子救了本該曝屍路邊的你！不僅助你逃來帝國，賦予你戶籍，甚至還一路支持人魚鎮魂歌成為七星！你所提出的鐵路計畫，同樣是多虧本皇子才得以實現！我對你是恩重如山，你卻打算恩將仇報嗎!?」

凱烏斯其實也是基於自身考量才把約翰收來當棋子，與恩情二字扯不上一絲關係。不過沒有凱烏斯的話，約翰確實是會死在路邊。因此即使談不上恩情，卻仍有理應遵守的道義。

「我對殿下您是感激不盡，所以才將生產人工惡魔的生化工廠與研究資料都轉讓給您。有了那些東西，就算沒有我也不成問題。」

約翰根據逃離實驗設施時帶走的研究資料開發出人工惡魔。這是帝國開通鐵路不可或缺的要素。不過這些東西對約翰來說已經無用，畢竟他沒打算繼續拘泥於鐵路計畫。

「你以為單單這點東西，我就會放過你嗎？」

對於凱烏斯的質問，約翰笑著搖頭以對。

「確實是不會，因此我還有一份東西要交給您。」

約翰從抽屜裡取出一份資料，交到凱烏斯的手上。凱烏斯在確認完內容後，臉色瞬間刷白。

「你、你這傢伙……」

「殿下應當很清楚這份資料的價值吧。裡頭是所有帝國特務潛伏於他國的詳細情報。假如落入他國手中，這些人就會通通沒命喔。」

負責蒐集他國情報或從事間諜行動的特務們，為了保障國家安全與繁榮，皆以假身分執行各種危險任務。

倘若讓他國掌握到這些人的真實身分，勢必會遭受拷問並滅口。反之帝國逮住他國的特務時，終究會採取相同的處置方式。

若能以金錢收買，也就無須拷問或滅口，但是精神如此脆弱的人本就不可能會擔任特務，因此說什麼都不能讓本國特務的情報洩漏出去，同時對於他國特務的資料，則是就算得花費大量金錢也非要取得不可。

「你是想威脅我嗎？」

凱烏斯從眼中散發出的已非怒意，而是憎恨。

「你這是明確的背信行為。不光是針對我，而是與整個帝國為敵。意思是你已經做好覺悟了？」

「呵呵，您想殺了我嗎？這樣也行，我很樂意奉陪。不過請您記清楚一點，就是諸多愛國人士的性命將隨我一同消逝。」

即使強如約翰，對上派出全部戰力的帝國依然相當吃虧。但他不會乖乖被殺，絕對會在死前把資料交給他國。這麼一來，帝國將承受莫大的損失。懊惱到咬緊牙根的凱烏斯，臉上已漸漸轉為妥協的神色。

「……你有什麼要求？」

「我說過了，我的願望就是和蛇打上一架。殿下，您只需默許我接下來的行動即可，除此之外我別無所求。」

「意思是你只為了與蛇那個小鬼打架，不惜放棄至今取得的一切嗎？」

凱烏斯見約翰點頭肯定後，不禁抱住自己的頭。

「我看你根本是瘋了……你原本不是想當一名英雄嗎？」

「這個心願至今依然沒變，我是為了在世上留下自己活過的痕跡才想成為英雄。雖說是英雄，卻並非拘泥於民眾眼裡的英雄。我想成為自己心目中的英雄，想以自己為榮，整件事就這麼單純。」

約翰原本認為登上探索者的頂點，打贏冥獄十王，當個受世人肯定的英雄也不賴。像這樣有個能從冒牌【救世主】成為真正【救世主】的機會，說他沒有從中感受到宿命，那肯定是騙人的。

不過約翰是現實主義者，比起尚未出現的強敵（冥獄十王），他情願為了眼前那名足以令他心情亢奮的強敵（嵐翼之蛇）燃燒生命。

「那名少年很有意思，值得我賭上自身的一切去殺死他。」

聽完約翰直截了當的自白，凱烏斯重重地嘆了口氣。

「……我懶得再理會你這種蠢貨，接下來就隨你高興吧。」

凱烏斯轉身走向門口，卻又突然停下腳步。

「你就依照自身的心願活著，並隨著自身的心願走完人生吧，英雄。」

當凱烏斯離開房間後，約翰朝著門口彎腰鞠躬。

「這句話我實在承擔不起，謝謝您，凱烏斯殿下。」

✝

一段時間後，會客室沒有傳出敲門聲就被人一把推開房門。來者是傑洛，他和約翰對視後，臉上浮現一個大感傻眼的笑容。

「我在戰團基地門口見到凱烏斯殿下，發現他顯得相當憤怒。雖說我有股不祥的預感，但我沒想到你居然當真付諸實行了。你還真叫人傷腦筋耶。」

傑洛似乎已經猜出事情始末。約翰對此只能雙肩一聳。

「畢竟挨罵對我來說是家常便飯。」

「習慣這種事有什麼意思？拜託你好歹懂得反省吧。」

「我的原則是比起回首過去，情願積極地活在世上。」

約翰露出一臉不正經的笑容，把香菸叼在嘴上，點好菸便開始吞雲吐霧。

「很抱歉沒跟你商量就擅作主張，不過我已經下定決心了。」

「……團員們該怎麼辦？」

「他們都十分優秀，即使失去這裡也不愁沒地方去。另外我打算從戰團基金中撥出相應的錢發給他們。」

「這麼做太不負責任了，大家可是很仰慕你喔，難道你不覺得有愧於他們嗎？」

「不覺得。因為我就是我，我不打算為他們改變自己的生活方式。」

約翰卻笑著補上一句但書。

「假如他們真心仰慕我，也是可以同意讓他們參加接下來的這場幹架。到時肯定很有意思，能盡情大搞破壞。」

「你也太我行我素了吧，也不想想是誰負責出面說服大家？」

「那當然是備受眾人信賴的副團長大人囉。」

對於約翰的這句發言，傑洛露出張口結舌的表情。

「你會幫我搞定吧？」

「這是我第一次真心想殺了你……總之我會先解雇其他人，然後以傭兵的方式雇用自願者。如此一來，相信他們不會被追究太多責任。」

「知道了，這件事就全權交由你處理。」

見約翰點頭同意後，傑洛露出質疑的眼神。

「你之所以這麼做是基於壽命嗎？因為考量到自己沒辦法活太久才放棄冥獄十王，決定將自身的一切都賭在與蛇的戰鬥上嗎？」

「這倒是未必，我感覺自己應該還能再活上一段時間，不過與冥獄十王一戰時，我肯定比現在更衰弱。基本上我是有想在自己還能全力一戰的期限內，找個夠格跟我交手的敵人打上一架。但理由並非只有這個。」

其實還有一股難以言喻的情感從心底油然而生，約翰就是為了確定此事才做出抉擇。

「你確定要選擇蛇——諾艾爾．修特廉這個人嗎？」

「沒錯，我想要的就是他。」

看著約翰堅定地點頭以對，傑洛換上一個溫和的笑容。

「遵命，那我會陪伴你至最後一刻。」

「一直以來真的很謝謝你。」

「那麼，你已想好作戰計畫了嗎？」

「蛇先前那樣精心招待我們，我們自然得好好回報才行，就用屬於我們的方式來好好款待他吧。」

約翰揚嘴一笑，模樣恍若一頭齜牙咧嘴的猛獸。

「沒錯，就是符合『盜賊』的行事風格，著實令人懷念的做法。」

「還是不行，無論進行幾次治療仍恢復得非常緩慢，短期內應該很難清醒。」

在戰團基地的醫務室裡，專屬醫師臉色凝重地向雷翁據實以告。

「這樣啊，我知道了。」

雷翁點頭回應後，扭頭望向躺在病床上神情痛苦沉睡著的諾艾爾。諾艾爾被送進醫務室已有五天，剛回來時還有意識回答問題，但在之後就陷入深深的睡眠，期間都不曾甦醒。職能為【治療師】的專屬醫師嘗試過各種治療，卻遲遲不見起色。

「也就是說，確實一如修格的推測……」

站在雷翁身旁的修格點了個頭。

「嗯，錯不了的，諾艾爾是『靈魂』本身受到創傷。」

靈魂是生命的本質。正因為有靈魂，具有相似肉體的同族之間才會有著如此豐富的個性，這就是個體的意識，進而產生所謂的精神。換言之，便是肉眼無法辨識的生命原形。

當靈魂受損時，就算肉體毫髮未損也會漸漸衰弱，終將喪命。問題就在於沒有方法能治療受損的靈魂。有的人會自然恢復，有的人卻是衰弱至死。一如字面所述，全都端看當事人的生命力。

「原因有可能是諾艾爾遭受會對靈魂造成傷害的技能所傷，或是他動用會對自己造成傷害的方式應戰……如果相信此人的說詞，可能性比較高的是後者。我沒說錯吧？」

修格將話鋒轉向情報販子洛基。是他把諾艾爾一路運來這裡。來龍去脈也是從他口中得知。諾艾爾在與人魚鎮魂歌的副團長傑洛交手後，儘管獲勝卻也虛弱到動彈不得。

「嗯，我絕無一句虛言，是大老隻身打贏傑洛的。」

「【話術士】打贏精通對人戰的【暗黑騎士】，真叫人難以置信。」

雷翁喃喃自語後，修格聳聳肩說：

「所以才產生這樣的結果。我不清楚諾艾爾是使出何種方法，總之動用任何不屬於自身的力量，往往得付出極大的代價。我是有稍微調查過諾艾爾手中的針筒，很遺憾裡頭完全沒有殘留的藥劑。而且比我們交情更長的另外兩人似乎也毫無頭緒。」

此話所指的兩人正是亞兒瑪和昊牙。

「老子完全沒聽諾艾爾提過，恐怕是故意瞞著我們吧。」

昊牙像是鬧彆扭地解釋後，亞兒瑪也點頭同意。

「我也完全沒聽說過。」

亞兒瑪的反應不同於昊牙，臉上並沒有一絲明顯的不悅。

「諾艾爾不喜歡與人有多餘的交集，因此他認為沒必要透露的事情，即便是同伴也不會說。老實說就算我們知曉此事，什麼忙也幫不上。先撇開他在該依賴旁人時卻總是獨斷獨行一事不提，至少他這次的判斷非常正確……雖說這有點令人火大。」

聽完亞兒瑪釋懷的一席話，雷翁不由得眉頭深鎖。

「亞兒瑪，妳不擔心諾艾爾嗎？難保他從此以後都不會甦醒喔？」

「諾艾爾會醒來的。他就是這種人，有如蛇那樣執念很深，直到實現目標成為最強以前，無論殺他多少次都不會死。」

「妳這種心態就叫做盲信。」

「說我盲信也無妨，只要我能接受的話，也就不會追求所謂的合理性。而且就連自己都相信不了的你，根本沒資格批評我。」

「……妳這句話是什麼意思？」

被雷翁這麼一問，亞兒瑪發出冷笑。

「與其心煩氣躁地待在這裡，你應當有著必須履行的職責不是嗎？我沒說錯吧？副團長。」

雷翁被堵得啞口無言。即便大腦明白這個道理，偏偏情緒卻不聽使喚。不管諾艾爾是基於何種理由，他的行為終究是擅作主張。而且對同伴缺乏信賴，把所有事情都悶在心裡的人也是諾艾爾。既然如此，為何自己非得幫忙收拾殘局不可？

「喂喂，這種時候就別起內訌啦！」

當雷翁與亞兒瑪怒目相視時，昊牙連忙擋在兩人之間。

「大家都是同伴，這樣針鋒相對可是毫無意義喔！」

「太愚蠢了。」

原本默默待在一旁的修格，忽然冷漠地拋出這句話。

「你們兩個人都太依賴諾艾爾了。不只是亞兒瑪，雷翁你的內心深處也同樣盲信著諾艾爾。諾艾爾理當有對你說過，當他無法行動時，你可以自行決定任何事情。」

「我……」

在雷翁不知該如何回答之際，醫務室的門被人猛然推開。

「不好了！特倫淪陷了！」

事務員神色驚慌說出的消息，竟是柯曼德領地內的大都市特倫已遭人占領，雷翁等人聽完都相當震驚。

「當地情況如何!?」

「與之前的兩座都市一樣，突然出現的神祕武裝集團放火燒毀市區，聽說還擄走該處的領主。雖然一般民眾沒有傳出傷亡，不過當地駐軍已經潰敗，市區也受損嚴重。中央政府似乎已決定派軍鎮壓，但是……」

「依然沒有積極進攻，純粹只是形式上的作秀啊……」

這是國內第三座淪陷的都市。明明國內是一片混亂，政府對平亂一事的態度卻莫名消極，甚至不見任何七星領命出征，彷彿默許武裝集團四處作亂。

「答案已再明顯不過。」

修格口吻嚴肅地說著。

「武裝集團的真面目是人魚鎮魂歌。理由是目前遭綁架的每一位領主，都是受諾艾爾挑撥離間而決定背叛約翰的人。我不清楚這裡面是用了何種方法，令政府對他們的暴行漠不關心。不對，或許是直屬皇室的中央政府，打算藉此殺雞儆猴來警告那些背叛的領主也說不定。」

「可是掀起這麼大規模的叛亂，人魚鎮魂歌勢必難辭其咎……難道是打算把他們都當成棄子？」

「並不是打算，而是明擺的事實。」

修格一臉淡然地回答雷翁的發問。

「歸還七星的封號，退出鐵路計畫，現在的人魚鎮魂歌只是一支盜賊團。正因為拋棄了一切，現在的他們是『所向無敵』，化成法律與話語都無法阻止的怪物。」

「他們這麼做究竟有何意義⁉」

「你還不懂嗎？一旦他們退出舞臺，就得由嵐翼之蛇負上全責。當初是諾艾爾強搶人魚鎮魂歌的功勞，世間豈能容許我們毫無作為地袖手旁觀。他們也曾放話說『這次就輪到你們了』。意思是我們有本事就來阻止他們。」

「不會吧……就只因為這樣……」

雷翁錯愕得說不出話來時，昊牙忽然舉手說：

「方便打個岔嗎？人魚鎮魂歌捨棄一切只求跟我們一戰，這反倒是個大好機會吧？你們想想看，他們本該無須理會我們這種新興戰團，現在卻不惜淪為盜賊團也想約戰。此戰的大義是站在我方這邊，假如我們贏了不就更能打響名聲？到時可是會直接成為七星喔。」

「問題是我方與人魚鎮魂歌在戰力上的差距過於懸殊，這情況根本沒有——」

勝算——雷翁沒能說出最後兩個字便陷入沉默。對真正的探索者而言，不該只追求必勝無疑的戰鬥。

正如昊牙所說，眼下的情況也算是個絕佳機會，畢竟他們順利將地位在自己之上的人魚鎮魂歌拖上擂臺。倘若輸了會失去一切，但是贏了就有可能成為七星……不對，是必定會成為七星。

雷翁將目光移向諾艾爾。難不成這些都在他的預料之中？他早就算準約翰・艾斯菲爾特會不惜拋下一切也要擊潰嵐翼之蛇？他真有可能如此料事如神？

「……身為副團長，我會在今天之內給大家一個答覆。請各位稍微等我一下。」

雷翁離開醫務室後，回到自己的房間裡。

†

回到臥室中的雷翁，十分猶豫該如何決定戰團今後的方針。

「……是要逃避？還是要開戰呢？」

所剩時間已寥寥無幾，要是不趕快決定方針並採取行動的話，無論是逃避或開戰都會失去先機。

若是選擇逃避，將徹底斷送邁向七星之路。到時勢必會被政府追究責任，從此背負龐大的債務，可說是所有團員都不樂見的選擇。不過此舉卻能避免迎向九死一生的惡鬥。正所謂留得青山在，不怕沒柴燒，也要有命才能夠繼續追求名聲、地位和財富。

如果選擇開戰，便是置全體團員於死地的風險之中。縱使勇於迎向艱鉅挑戰是探索者的本分，問題在於戰勝人魚鎮魂歌的機率不足百分之一。人魚鎮魂歌所擁有的戰力是A階七人、B階六十五人，以及C階十八人。根據調查班捎來的消息，似乎人魚鎮魂歌所有的團員都選擇追隨約翰一同為非作歹。換言之，約翰就是擁有如此優異的領袖資質，團員們的士氣也居高不下。

嵐翼之蛇是拚盡全力也沒有勝算。俗話說蠻勇非勇，無懼危險並非不經大腦，唯有傻子才會接受必輸無疑的挑戰。

眼下唯獨諾艾爾才有辦法扭轉乾坤。正因為他神機妙算到可以將不可能化為可能，才能夠讓嵐翼之蛇這種剛成立的戰團，在短短時間內擠入七星候補。雷翁確實也有做好賭上性命與人魚鎮魂歌一戰的覺悟，偏偏現在諾艾爾陷入昏迷，嵐翼之蛇將是一點勝算都沒有。

「……還真的被修格說中了。」

無論雷翁如何絞盡腦汁，他得出的結論都是少了諾艾爾就必輸無疑。上述想法很明顯是一種依賴。

諾艾爾曾對雷翁說過，第二把交椅必須具備有別於領袖的思維，組織才能夠產生多樣性，並得以成長避免停滯不前。

但實際情況又是如何？

雷翁的想法確實打從根本就與諾艾爾南轅北轍。他喜歡不了諾艾爾那種骯髒的手段，外加上諾艾爾也是導致天翼騎士團解散的罪魁禍首，因此雷翁打從心底無法原諒他。不過諾艾爾的實力是有目共睹，就算戰鬥能力低落，他的智慧和膽識放眼帝都皆名列前茅，具備大型戰團團長應有的風範與威嚴。

雷翁完全無法與諾艾爾相提並論，就算資歷及戰鬥能力是雷翁占盡上風，不過身為領袖的資質無須比較，絕對是諾艾爾更優秀。

正因為這場仗是必敗無疑，肯定沒有絲毫勝算，雷翁才會不自量力地試著去模仿諾艾爾的思維，結果難度之高令他陷入絕望，從此無法邁出下一步。現在的他便如同亞兒瑪所言，就連他也相信不了自己。

「簡直跟當時一模一樣……」

因為雷翁那時對還是同伴的凱姆沒有信心，才導致天翼騎士團落敗並解散，而且再也不能與這群同伴從事探索者活動。這一切都是雷翁造成的。難道他還想重蹈覆轍？無法相信自己和同伴們的可能性，即使輸得一敗塗地也想苟且偷生，又一次淪為世人的笑柄嗎？

「不對，我非得實現自己當時沒能完成的事情不可。」

自己必須展現出不同於諾艾爾的韌性，引領戰團邁向勝利。而這正是雷翁身為副團長的職責所在。

雷翁從抽屜裡取出一封尚未拆開的信。寄件人是凱姆。雷翁在收到後遲遲沒能打開來看……原因是他十分害怕。不過雷翁非得改變自我，非得向前邁出步伐不可。於是他鼓起勇氣把信拆開，開始閱讀裡面的內容。

雷翁細細閱讀的這封信，開頭內容表達著誠懇的歉意與深深的懊悔。

凱姆很自責導致天翼騎士團解散的原因就是自己，還擅自對雷翁心生嫉妒而罔顧他的意見，甚至罵他是叛徒並拿刀捅人。凱姆提到他覺得十分內疚，竟然犯下這種無可挽回的過錯，認為不該拿自己的懦弱來當成藉口。

「……不對，把凱姆你逼到這種地步的人是我……你一點錯也沒有……」

雷翁用兩指壓住自己的內眼角，忍不住開始哽咽。至於道歉之後的內容，則是關於凱姆的近況。他似乎自此踏上旅途，一路思考著曾經傷害過重要同伴的自己，接下來該何去何從。

信中提及他並非單獨一人上路，而是與奧菲莉亞兩人同行。他們旅居帝國各地，決心尋找自己所欠缺的事物。途中結識了許多人，深刻體認到各自的不足之處。為了增廣見聞，兩人考慮之後也要去國外看看。

「這樣啊……是和奧菲莉亞一起上路……」

雷翁鬆了一口氣地面露微笑。

「太好了……真高興他們都過得很好……」

雷翁真心感到高興地喃喃自語。他抹去眼角的淚水，繼續閱讀信中的文字。凱姆在報告完近況後，提到了他的心願。

——有朝一日在結束旅行後，我會再返回帝都，到時想當面向你道歉。當然我不求能獲得你的原諒，但要是你願意原諒我的話，希望可以再去那間酒吧喝一杯，讓我們推心置腹暢聊一整晚吧。

對我來說最開心的一件事，莫過於聽你分享今後的各種冒險，也打從心底祝福你能成為名留青史的英雄——

雷翁情不自禁地潸然淚下。即便想忍住，卻終究止不住如潰堤般的情緒。他原以為自己已失去一切，才決心為了守住珍貴的回憶而奮鬥至今。理由是只要雷翁能以探索者之姿廣受讚譽，就可以讓天翼騎士團的名字繼續留存於世人的心中。

問題是在雷翁的內心深處，卻認為這麼做只是白費力氣，甚至覺得這是個無人能理解的心願而自怨自艾——如今證明上述想法是錯得離譜，守住天翼騎士團這個名字絕非徒勞，完全值得他這麼做。就算得不到他人的認同，至少雷翁也一定要堅守住這份意志，並為此奮鬥下去。

他這麼做並不是因為無法放下過去，而是為了守住與朋友之間的羈絆。

「感覺凱姆聽見我這麼說，一定會取笑我的。」

凱姆絕對會露出一臉苦笑，數落雷翁太死腦筋，或是提醒他要活得輕鬆點。不過，雷翁認為這樣也無所謂。

因為雷翁・弗雷德里克明白自己就是如此笨拙的男人，對於自己認定的事情總是老實到近乎愚蠢地貫徹始終，讓自己能引以為豪地昭告天下。

人無論如何都逃避不了自己，唯有認同自我之後，才能夠找到人生之路。

「凱姆，我會變強的。」

當雷翁笑著自言自語之際，忽然響起一陣敲門聲。

「副團長，請問您在嗎？」

「嗯，我在，進來吧。」

在聽見雷翁的回應後，事務員推門走了進來。不過當看見雷翁時，他的神色顯得有些驚慌。想想突然看見一位大男人哭紅雙眼，難免會感到相當詫異。雷翁在驚覺此事後，趕緊用袖子擦拭眼角。

「我、我沒事！一點問題都沒有……！找我有什麼事嗎？」

「因這次事件而被盯上的諸位領主和沃爾岡重工業的首長……上門想與團長會面。」

事務員語氣沉重地開口稟報。雷翁聽完便挺直腰桿。

「這些大人物終於找上門了……」

此番來意可想而知，肯定是要求嵐翼之蛇盡快擺平人魚鎮魂歌。既然皇室無意相助，他們唯一能依靠的只有這裡了。人魚鎮魂歌可是能輕鬆擊退軍隊的一支勁旅，再這樣下去別說是威脅到他們的權力，甚至是性命堪憂。

「你們可有將諾艾爾的現狀洩漏出去？」

「沒有，我們遵從指示一概不提，請對方在會客室內稍待片刻。」

若是在這節骨眼老實交代諾艾爾陷入昏迷，不難想像這群人會徹底失控。假如只是失控抗議倒也還好，難保會採取對嵐翼之蛇不利的舉動。至少在此時此刻，絕不能讓那些人得知諾艾爾的狀態。

「很好，接下來交給我吧。」

雷翁從椅子上起身，用力拍了一下自己的臉頰。

「這是我首次面對的挑戰，可得加把勁才行。」

會客室裡有四位穿著燕尾服的男性，一看便知都具有高貴的身分。若是雷翁沒記錯的話，三名略顯神經質的老者都是領主，最後一名身材肥碩的中年紳士則是沃爾岡重工業的首長。

周圍不見任何一名護衛，大概是在外頭等候吧。畢竟他們造訪此處一事必須保密，隨身的護衛自然不多。由於這四人已被人魚鎮魂歌盯上，因此沒膽繼續待在各自的領地裡。換句話說，就是感到恐懼而逃之夭夭，卻又不能讓世人知曉。

「讓大家久等了，我是戰團的副團長雷翁・弗雷德里克。勞煩各位遠道而來，我真是不勝惶恐。」

雷翁畢恭畢敬地行禮後，四人的視線隨即集中過來。

「蛇是怎麼啦？」

「居然是副團長，我們要找的人可是蛇喔。」

「這裡輪不到你出面，立刻把蛇帶過來。」

蛇是諾艾爾眾所周知的外號。三名領主紛紛要求諾艾爾出面。問題是諾艾爾正陷入昏睡，無法前來與人會面。

「團長目前有事外出。」

「外出？他去哪啦？」

「真是非常抱歉，此乃本戰團的機密事項。」

「機密事項!?聽你在放屁！」

老者們歇斯底里地開始抗議。

「如今還有什麼事情得瞞著我們!?」

「也不想想這是誰造成的!?」

「就因為你們沒認清自己的斤兩，亂拔老虎的鬍鬚才變成這樣！」

「也不想想惹怒人魚鎮魂歌之後，迫使多少百姓陷於水深火熱之中!?」

「要是沒有你們的話，大家也就不必受苦了！」

「假如蛇不在這裡，就馬上命人把他叫回來！」

「這全是蛇一手造成的！我們都是受害者！」

「沒錯！我們是受害者！蛇得為此負上全責！」

對於這一連串幼稚又自私的發言，雷翁只感到傻眼透頂。正因為領主全是這副德行，貴族才會如此腐敗。

的確是諾艾爾唆使他們對約翰的鐵路計畫提出抗議，諾艾爾自然得為此負上很大的責任。但就算是他教唆的，做決定的人終究是領主自己，結果現在還擺出一副受害者的嘴臉，完全只能用不知羞恥四個字來形容這群人。也不想想當初是誰抵不過利益的誘惑？

這些爭先恐後逃離領地的小人，竟然還有臉高談闊論說要為民眾著想，簡直就是可笑至極。真正該認清自身斤兩的人，莫過於這群除了尊貴的身分以外一無是處的老王八們。

「喂！你這個大木頭有聽見我們說話嗎!?馬上把蛇找來——咿哇啊!!」

就在老者大吵大鬧之際，雷翁一拳打在他的臉上。儘管有拿捏力道避免取人性命，不過被揍翻的老者還是大噴鼻血昏倒在地。因為情況太過突然，另外兩名老者先是嚇得暫時傻住，但很快就恢復神智，同時氣得面紅耳赤。

「你、你有搞清楚自己做了什麼嗎!?」

「你這個瘋子！竟敢出手毆打貴族，休想此事能夠善了！」

雷翁冷笑一聲，傲然俯視兩名老者。

「你們錯了，此事最終只能善了。」

聽完這句冰冷的宣言，老者們嚇得全身僵硬。

「現在的你們沒資格自稱貴族。對於懼怕人魚鎮魂歌不惜逃離領地的小人，憑什麼宣稱自己是一名貴族。你們這群只懂得徵收領民的血汗錢，沒能履行自身職責的老番顛們，簡直是無恥透頂。」

被戳中痛處的老者們敢怒不敢言，瞪了雷翁一眼便移開目光。既然逃避了身為貴族的義務，也就沒資格搬出貴族的名號。失去貴族身分的這些人，就只是一群手無縛雞之力的老頭子，自然不敵雷翁那以探索者之姿出生入死培養出來的氣勢。

「不過你們大可放心，我們一定會保護各位的。」

「真、真的嗎!?」

雷翁對著尋求救贖的可憐老人微微一笑，點頭說：

「這是自然，但得收取對等的報酬。那就每人一百億菲爾吧。」

「一、一百億菲爾!?誰付得起這種破天荒的金額啊!?」

「對你們來說肯定沒問題，我很清楚你們私藏的財產喔。」

實際上雷翁並不清楚，不過這情況在他們那種滿腦子小聰明又貪婪的惡棍身上是家常便飯。結果真被他說中了，只見老者們像是被人一語道破般，個個顯得相當狼狽。

「當真只要備妥一百億菲爾就能夠得救嗎？」

原本一直保持沉默的沃爾岡重工業首長，靜靜地開口說下去。

「我並未背叛約翰，不過他最終恐怕會將獠牙對準我。我真正害怕的不是死亡，而是鐵路計畫因此受挫。對帝國的未來而言，鐵路是不可或缺的存在，相信此計畫能帶來更多的財富與繁榮，而我也想讓自己的名字出現在帝國的史冊之中。」

雷翁能聽出此人說的皆是肺腑之言。他與諾艾爾十分相似，那雙眼睛因野心而顯得炯炯有神。

「……我答應一定會保護各位。」

「明白了，我願意相信你說的話。在明早之前我會把錢準備好。」

中年男子只說了這句話便走出房間。雷翁將視線移向老者們。

「那麼，你們打算怎麼做？」

「……好吧，我願意付錢。」「我也是……」

「奉勸你們趕緊籌錢，報酬得提前支付，並記得說服昏倒在那邊的笨蛋。三人一共是三百億，先說好我們在收到錢以前是不會行動的。」

看著一臉不甘不願點頭同意的老者們，雷翁輕輕一笑。

「你們馬上回到各自的領地去，展現出領主應有的風範。一如往常那樣擺出高高在上的樣子耍大牌即可。」

「但、但是回到領地很危險吧？人魚鎮魂歌肯定會來攻打我們。」

「各位是為此才來找我們吧。你們應該擔心的部分，是我們打倒人魚鎮魂歌之後的情況。你們沒有履行領主義務的事情一旦曝光，免不了會被沒收領地喔。」

「說、說得也是……」

「我還有一個條件。」

「條件？」

雷翁點了個頭，正色道：

「待事件解決之後，不許你們拿民眾的稅金填補損失的財產，要正確運用稅金以廉政來守護百姓的生活。假如辦不到的話，我就把你們逃出領地一事公諸於世，到時你們將會失去地位、名譽以及財產等所有的一切。」

雷翁義正詞嚴地放完話，老者們紛紛垂頭喪氣地點頭答應。

訪客們從會客室離去後，同伴們緊接著走了進來。看來他們都在門外聽見先前的對話了。

「總計能取得四百億菲爾，不愧是蛇的副手。」

修格開心地拍手鼓掌。

「真虧你能做好覺悟。若是你還畏畏縮縮的話，老子本打算一腳踹爆你的屁股咧。」

昊牙露出無懼的笑容，看起來鬥志高昂。

「以雷翁你來說，表現得還算不錯。」

亞兒瑪走向雷翁，握起粉拳輕輕捶了一下他的胸脯。

三位同伴紛紛出言慰勞雷翁，很明顯是達成共識了。如此一來，雷翁這位副團長該說的話就擺在眼前。

「大家都已聽說了吧？這是我身為副團長所做出的決定。嵐翼之蛇接下來要迎戰人魚鎮魂歌，到時必定會是一場惡戰，不過大義站在我們這邊，說什麼都不能輸。」

雷翁的態度相當平靜，卻展現出堅定的意志開口宣布。

「我會代替團長下達指示——讓我們擊潰所有阻擋在前的敵人吧。」

「「是！」」

位於威爾南特帝國西南方的巴斯克德領地，儘管如今已是帝國的一部分，但從前是由梅迪歐拉王國所統治。自從該國遭冥獄十王之一・銀鱗之悲嘆川毀滅以後，就成了被納入威爾南特帝國的三國之一。

當地是四季如春，即便是冬天的平均最低溫也不曾低於十度。但由於今年氣候異常，竟寒冷到開始降雪。雖然還不足以在市區內形成積雪，不過被當地人視為聖地的巨大臺地（table moutain）已染上一層薄薄的銀白色。

巴斯克德領地與人魚鎮魂歌襲擊的特倫相距不遠，同時這裡也是由背叛過約翰的其中一位領主所統治，所以人魚鎮魂歌的下一個目標，十之八九是巴斯克德領地內最大的都市芳瑪麗亞。

雷翁為了迎戰人魚鎮魂歌，率領同伴們來到芳瑪麗亞附近的市外道路上嚴陣以待。至於背後的芳瑪麗亞，當地的民眾已完成撤離。

「真冷耶。」

站在雷翁身旁，背上插著兩把劍的褐髮帥哥，正是幻影三頭狼的團長沃爾夫。

「是啊。雖然這裡沒帝都那麼冷，可是沒先暖身就應戰會很不利，能請你提醒一下自家團員嗎？」

「我家的副團長已經提醒過了。」

沃爾夫用下巴指了指一旁，只見維洛妮卡正在對麾下團員做出指示。

「即使成為戰團，我還是一樣被當成花瓶。就連紫電狼團的那幫老戰友們也差不多，比起我的命令，大家情願聽從維洛妮卡說的話喔？真叫人情何以堪。」

面對雙肩一聳大表無奈的沃爾夫，雷翁回以苦笑。

「不過幻影三頭狼的團長終究是你，同伴們都會服從你的決斷。儘管這句話已經說過，但我還是要感謝你願意接受這個委託。」

雷翁鞠躬道謝後，沃爾夫害臊地揮了揮手。

「沒啥好道謝的，畢竟你已提前支付報酬，而且金額還不少喔。」

「就是說呀，你完全不必言謝。」

一名栗色頭髮的少女態度凜然地從旁插話。此人正是維洛妮卡。不知何時她已站在雷翁和沃爾夫之間。

「我們對於接取的委託都會全力以赴，更何況還已經收了報酬。不過一如我簽約當時說的，我們終究是傭兵，倘若身為僱主的你陷入無法行動的狀況或戰死的話，我們就會根據自己的判斷立刻撤退。幻影三頭狼和嵐翼之蛇之間，就僅止於金錢與契約的關係。請你務必別忘了這點。」

聽完維洛妮卡冷漠的發言，沃爾夫不禁皺眉。

「喂，維洛妮卡，雷翁對這種事同樣再清楚不過，沒必要在開戰前重新提起吧。」

「正因為開戰前才更要說清楚。你這個不負責任的笨狼似乎還沒搞清楚，上位者有著必須維護部下安全的義務。你想培養臭男人之間的友誼是無妨，隨你們高興就好，但我不許你因此違背初衷。」

「我、我說妳啊～～」

當沃爾夫準備反駁之際，雷翁從旁伸手制止。

「這些我都知道，維洛妮卡，我也不求你們付出無謂的犧牲，一切按照契約內容來辦即可。」

雷翁與幻影三頭狼訂下的契約，便是雇用他們一起對抗人魚鎮魂歌。想彌補雙方在戰力上的懸殊差距，就必須藉助其他戰團的力量。而他看上的就是幻影三頭狼。雖然他們成立戰團至今並沒有很久，卻是高手雲集。無論是紫電狼團、紅蓮猛華或拳王會，在合併前都各自立下許多功績。

儘管雷翁直接交談過的人就只有麗莎，但他知道這些人都是與諾艾爾在同一時期成為探索者，並且彼此算是戰友（競爭對手）。實際上當他們在決定團長人選時，諾艾爾還擔任過見證人。

看準這層關係的雷翁便提出傭兵委託，對方很快就答應了。其實就連態度冷漠的維洛妮卡，在簽訂契約當時也表現得相當積極。原因是報酬高達一百億，而且是提前支付，對於身為新興戰團又想迅速成長的幻影三頭狼來說，這算是一個挺有賺頭的委託。

幻影三頭狼的整體戰力有沃爾夫、維洛妮卡、洛岡、麗莎再加上另外四人，B階一共有八人，C階則有二十人。其中C階裡有一半是實力能媲美B階的佼佼者們，即便一名A階都沒有，依然是一支人才濟濟的戰團。

不過擁有七星封號的人魚鎮魂歌，其麾下戰力是A階七人，B階六十五人，C階十八人。就算得到幻影三頭狼的助力，雙方戰力仍相差懸殊。倘若直接正面交手，只會輸得一敗塗地。雷翁是很想聘雇更多傭兵，無奈能夠信賴的戰團就只有幻影三頭狼。聘雇無法信賴的探索者，有很高的可能性會反被對方收買。再加上聘雇一些無法肯定會全力以赴的打手，就算找再多也無濟於事。

既然現狀無法繼續有效提升戰力，關鍵就在於如何守住己方最強的戰力修格。一旦修格倒下，嵐翼之蛇就必敗無疑。基於此因，便安排昊牙和亞兒瑪負責保護修格。雷翁將目光移向陣地後方，位於該處的三人紛紛點頭，並露出充滿鬥志的眼神。

「人魚鎮魂歌當真會來嗎？」

身材高大的壯漢·洛岡走了過來。其身後能看見麗莎和雷翁昔日的同伴，名為伏拉卡夫的狼獸人。

「一定會來。況且他們真正的目的就是想跟我們做個了斷。只要我們等在這裡，對方即使再不情願也得過來。」

聽完雷翁的回答，洛岡滿意地點頭回應。

「那就好。七星的力量究竟達到何種程度，真令人拭目以待。」

儘管措辭相當傲慢，不過他在面對七星沒有一絲膽怯，當真是非常可靠。洛岡是幻影三頭狼的突擊隊長，職責是無所畏懼地站上最前線，藉此提振同伴們的士氣。

「雷翁，為何不見蛇——諾艾爾的身影呢？」

下個提問者是伏拉卡夫。明明雙方曾是隊友，言詞間卻隱約透露出心理上的隔閡。因為彼此都跳槽加入其他組織，說不尷尬肯定是騙人的，可是像這樣明顯與自己保持距離，雷翁還是覺得有些傷心——話雖如此，同時也感到挺舒坦的。

「團長目前與我們分頭行動，並不在這裡。」

這是假話。即便是沃爾夫等人，雷翁也沒向他們透露諾艾爾缺席的真正理由，就只闡明他並沒有來到現場。

「知道了，那貧僧先回到自己的工作崗位上。」

伏拉卡夫稍微和雷翁對看一眼後，便轉身離去。

「反正他一定會趕來的。」

麗莎斬釘截鐵地說著。

「諾艾爾他從初出茅廬時就很喜歡出鋒頭，不可能會在這麼盛大的舞臺裡完全負責幕後工作。」

沃爾夫、維洛妮卡與洛岡都點頭同意麗莎的話。

「誰叫那小子就愛受人矚目嘛～」

「要是他不來的話，我才不會接受這個委託呢。」

「我願意賭上所有財產，那小子肯定會來。」

雷翁一時之間不知該如何回應。其實諾艾爾陷入昏迷，無論如何都來不了。話雖如此，心底深處又莫名生出一股他絕對會現身的期待。

「或許吧。」

當雷翁笑著回答之際——

「雷翁先生!!」

五感過人的麗莎近乎尖叫地大聲呼喚。雷翁在轉瞬間便明白此反應意味著什麼，連忙大幅向後跳開。

下一秒，只見雷翁的頸部遭無形的刀刃劃出一道口子。多虧他及時跳開才沒有腦袋搬家，但脖子還是噴出鮮紅血液。在他驚覺自己將會沒命的同時便催動技能。

聖騎士技能《療癒之光》的恢復效果在雷翁升階為【聖騎士】時有獲得提升，即刻治好他頸部的傷口。之所以受到致命傷也能催動技能，全都拜『天翼』所賜。由於雷翁的魔力流動天生就比常人更加順暢，因此天翼——令他可以高速發動技能。

傷口理當已經痊癒，但雷翁還是跪倒在地。真要說來是他完全站不起來，能感受到力量迅速從體內流失。

「這、這是……」

中毒。方才的斬擊附帶劇毒。雷翁現在別說是身體不聽使喚，就連呼吸都辦不到，自然無法使用技能。在迅速變狹隘的視野裡，雷翁憑直覺感應到隱形的敵人準備展開追擊。

「貫穿吧！《必中著彈(homing arrow)》!!」「燃燒吧！《烈火之翼(flame wing)》!!」

正當雷翁身陷險境之際，從旁傳來兩道少女的嗓音。身為【弓箭手】系B階職能

【鷹眼(hawk eye)】的麗莎射出無數箭矢，具備【魔法使】系B階職能【魔導士(wizard)】的維洛妮卡則是召喚火鳥，同時攻擊該名看不見的敵人。兩位少女的技能都具有自動追蹤功能。

攻擊直接命中敵人，餘波令地面化成凹坑，同時捲起一陣強風。在飛揚的塵土之中，站著一名身穿黑袍，手中握有一把短劍的男子。

「嘖嘖嘖。」

這位高䠷纖瘦的男子毫髮無傷，像是在取笑雷翁等人般發出砸嘴聲，並左右晃了晃食指。剎那間，沃爾夫跟洛岡已衝向男子。擁有【劍士】系B階職能【劍鬥士(gladiator)】的沃爾夫揮舞雙劍，具有【格鬥士】B階職能【鬥拳士(monk)】的洛岡揮出一拳，直接打在男子身上——才怪。

男子在快被兩人擊中時，以行雲流水般的動作向後退開。攻擊沒能奏效的兩人打算追擊，卻突然身體一僵，當場跪下。是毒，而且症狀和雷翁一樣。男子在閃躲的同時，透過下毒來反制兩人。

現在無暇幫三人治療。即使想服用解毒劑，在不清楚毒藥種類的情況下也毫無意義。當三人絕望地以為只能到此為止之際，有三根細針分別扎在他們身上。

「雷翁！你已經可以動了！」

是亞兒瑪的聲音。

她對三人射出飛針，針上塗有解毒劑。這是暗殺技能【毒藥精煉(blood poison)】，能透過血液製作出毒藥或解藥的招式。亞兒瑪藉由三人共通的症狀識破是哪種毒素。解毒劑的效果絕佳，雷翁等三人馬上就能站起身子。

「喔喔喔喔！【神聖波動】!!」

雷翁在起身的瞬間，揮劍射出一發光球。利用天翼高速發動的這招遠攻技能，不讓男子有機會閃避，直接命中。男子被炸得遍體鱗傷，儘管沒能一招拿下，灰頭土臉的他還是受到重創。沃爾夫跟洛岡打算補上致命一擊而衝了出去，雷翁見狀趕緊制止兩人。

「等等！他還能夠行動！」

兩人連忙止步，只見地面竄出由影子組成的尖刺削過他們的鼻頭。假如雷翁的提醒稍微慢上一拍，兩人現在已成了肉串。

「《影腕操控》……是【暗殺者】……不對，恐怕是更高階的【死徒(death)】。」

【死徒】是【斥候】系A階職能。雷翁說完後，男子像是肯定這個答案般揚嘴一笑。下一秒，他身上的傷口慢慢痊癒。足以證明有人正在幫他施展治療技能。當雷翁警戒著四處不見蹤影的【治療師】時，【死徒】男子背後的那片空間突然出現無數裂痕。

接著該空間打開一個洞，從中走出擺明是強者的一群人。至於這群人的最前面，站著一名身穿紅色立領外套的銀髮男子。

「終於見到你們了，嵐翼之蛇。」

男子恍若前來迎接愛人般展開雙臂，臉上浮現一個陶醉的笑容，他的名字就叫做——

「約翰，艾斯菲爾特……」

被嵐翼之蛇認定為宿敵的人魚鎮魂歌，此時此刻就站在眼前。

人魚鎮魂歌藉由高階【魔法使】才有辦法駕馭的群體傳送技能來到現場。帶頭的約翰．艾斯菲爾特悠然自得地扭頭環視雷翁一行人。

「有好多生面孔，看來是雇了傭兵。這是很聰明的判斷……話說蛇怎麼了？」

雷翁選擇沉默。面對不發一語的雷翁，約翰沮喪地垂下肩膀。

「真可惜，所以還沒康復啊。」

「我不就跟你說了？使出那種力量不可能全身而退。」

站在約翰身旁的褐膚青年——人魚鎮魂歌的副團長傑洛大感傻眼地說著。聽說他被諾艾爾打成重傷，但現在似乎已經痊癒了。

「真被你說中了。因為蛇才是主餐，眼下就先享用前菜吧。」

約翰突然目露凶光——要動手了。

「各位，作戰——」

開始——雷翁還沒把話說完，約翰已衝到他的面前。

雷翁架起盾牌，發動聖騎士技能《聖盾屏障(holy shield)》和《鋼之意志(iron will)》。在設下隱形護盾以及舉盾期間耐力倍增的兩項技能加持之下，令雷翁的防禦能力更上一層樓。

約翰是【槍兵】系A階職能的【魔天槍】，擅長各種中距離攻擊。根據傳聞，他腰上的那把短劍能變成長槍。因此雷翁預測約翰會採取的行動是——在接近的途中拔出長槍，然後施展中距離攻擊技能。

「什麼!?」

約翰卻沒有拔出長槍，而是維持最快速度切入雷翁的懷裡，然後並非使用長槍，反倒揮出一記纏繞金色氣場的右拳。

「《破門城碎》。」

《破門城碎》是【格鬥士】系A階職能【龍拳士（high monk）】的技能。【格鬥士】能將自身魔力轉換成氣卦——是個可以令體能大幅提升的特殊能量。將氣卦提升至極限凝聚於拳頭上的一擊，確實具有足以一拳打破城門，粉碎城堡的威力。這招能突破任何防禦技能，以高出普通攻擊足足五十倍的殺傷力確實命中對手。

「唔唔唔唔唔！」

雷翁的盾牌遭《破門城碎》直接擊中，當場化成一堆碎片。該盾牌明明是用最頂級的白星銀（mithril）打造而成，卻宛如粉碎的糖果般四分五裂地散落一地，就連持盾的左手也呈現粉碎性骨折。

豈有此理!?約翰的職能理當是【魔天槍】吧!?為何他可以施展【龍拳士】的技能!?難道此人不是約翰!?——錯愕與劇痛竄遍全身的下一秒，雷翁立刻把精神集中在戰鬥上。無論他是不是本人，都不能放跑擁有這等戰鬥能力的敵人。雷翁說什麼都不許倒下。

目前仍位於極近距離內的約翰，架好左拳準備再補上一擊。由於雙方過於接近，導致雷翁無法自由揮劍，於是他放棄用劍迎擊，而是將上半身大幅後仰，卯足全力對約翰使出頭槌。

隨著一陣沉悶的撞擊聲，約翰不禁往後退。這場看誰頭殼比較硬的對決是雷翁占上風。雷翁見狀隨即揮出一劍，結果卻撲了個空，沒能成功砍中約翰。理當因頭槌而暫時失去平衡的約翰，在向後一跳躲過斬擊的同時，也順勢對雷翁使出空中後迴旋踢。

雖然這個反擊出乎雷翁的預料，不過空中後迴旋踢的動作太大，雷翁輕輕鬆鬆就閃開了。他彎腰躲過踢擊，再度揮劍攻擊位於半空中無法閃躲的約翰，但這次同樣撲了個空。約翰竟然不是採取單純的閃避動作，而是從雷翁的眼前憑空消失了。

雷翁在發現約翰消失的瞬間，便朝著背後揮出一記反手拳——以天翼高速發動技能治好骨折的雷翁，用痊癒的那隻手使出反手拳，一拳打在瞬移至他背後的約翰臉上。

於半空中被打翻的約翰重摔在地。按照當時的情況，雷翁馬上看出約翰發動【格鬥士】的傳送系技能《縮地絕空》。外加上他感應到後方隱約傳來空間的波動，才預測出約翰現身的位置，於是朝著該處揮出反手拳。

在雷翁準備對倒地的約翰進行追擊之際，側腹部卻突然傳來一陣劇痛，導致他神情痛苦地停下動作。原因是雷翁的反手拳命中約翰的臉部時，約翰的飛踢也打中雷翁的側腹部。

「唔！《療癒之光》！」

雷翁發動技能治療側腹部，但是——

「奇怪!?傷勢沒有痊癒!?」

從痛楚中能感受出來這不光是骨折，甚至還傷及內臟。倘若沒有及時治療，將會攸關生死。偏偏不管雷翁施展多少次治療技能，側腹部的疼痛依然沒有趨緩。

「這是龍拳技能《暗夜行路》。直到發動者死亡以前，此攻擊造成的傷害都無法治癒。」

倒地的約翰完全沒用到雙手，僅憑雙腳的力量就站了起來。明明被雷翁擊中側臉的他，竟然連一滴鼻血都沒有流下。

「你很有一套喔。想想我已有二十年沒被人打中臉龐了。不過你十分缺乏與人戰鬥的經驗，最主要的證據就是你連對人技能《暗夜行路》都不知道。偏頗的戰鬥經驗，偏頗的戰鬥知識，讓我一眼就能看穿你是個怎樣的探索者。無論你具備多麼出色的天資，終究不是我的對手。」

約翰高高在上地誇下海口後，歪過頭笑著說：

「如何?只要你肯哭著道歉，我是可以放你一馬喔？」

雷翁沒有回答，單手往後一伸，隨即有一面盾牌飛了過來。拋來的這面盾牌是修格以傀儡技能《模造製成》複製而成。雷翁接下便擺出戰鬥姿勢。

「少瞧不起人了，這場仗的贏家是我們。」

「哼哼哼，回答得真好。就讓我們好好享受這場賭上性命的殊死鬥。」

雷翁與約翰各自深吸一口氣，對同伴們發號施令。

「「各位，作戰開始！」」

原本在一旁關注這場單挑的兩方人馬，都在第一時間展開行動。

「來吧！《軍團蹂躪》！」

修格在戰鬥開始的同時就使出千軍技能《軍團蹂躪》，製造出一百尊人偶兵。分別是近戰型六十尊、遠攻型二十尊和支援型二十尊。它們分頭追隨其他友軍與人魚鎮魂歌展開激戰。近戰型會依照戰況負責進攻跟防守，遠攻型會從後方攻擊敵人，支援型則會幫友軍進行回復和施加護盾。

其中又以對抗人魚鎮魂歌A階團員們的戰鬥最為激烈。除了約翰與傑洛以外的另外五名A階探索者們，其戰鬥能力是非同凡響。縱使是出其不意，不過單單一位【死徒】就單方面壓制住雷翁、沃爾夫以及洛岡三人的攻勢。若想打倒這群人，修格的人偶兵將是不可或缺的存在。此等戰術是唯獨被評為最強職能的【傀儡師】才能夠實現的，必須靠他引領己方取得勝利。

反過來說，一旦失去修格就絕無勝算。對於這個再顯眼不過的弱點，敵方自然是不會放過。

「修格・柯貝流斯，就由我來取下你的項上人頭。」

一名褐膚青年手持黑色鐮刀站在修格面前。明明他是平靜地說著，卻仍能在爆炸聲跟怒吼聲交錯的戰場裡清楚聽見。

「休想得逞！」

負責保護修格的昊牙衝向褐膚青年——傑洛。不過傑洛面露微笑，輕輕鬆鬆就躲開迅如閃電的斬擊。此時，從傑洛的背後——他的影子裡竄出一頭嬌小的白色猛獸。是亞兒瑪施展的《偷襲(silent killing)》。若是直接擊中，即使是A階的傑洛也會當場斃命。在短刀即將刺入他背部的轉瞬之間，傑洛朝著亞兒瑪使出一記後踢。

「咳呃！」

腹部遭人用力踢中的亞兒瑪飛向後方。與此同時，傑洛將鐮刀對準已在攻擊範圍內的昊牙。昊牙在千鈞一髮之際躲過化成斬擊的鐮刀。不過鐮刀的攻勢並非一擊就結束，傑洛活用離心力使出如龍捲風般的連續斬擊。

傑洛的鐮刀是透過暗黑技能《死之鐮刀》製造出來的武器。利用大量魔力形成的鐮刀，可以連同空間將敵人斬成兩半。換言之，任何防禦手段都沒有意義。要是無法完全閃開的話，將會受到致命傷。

修格有留存關於【暗黑騎士】的情報。由於該資料曾與同伴共享，因此亞兒瑪和昊牙都對鐮刀的威脅再清楚不過了。

昊牙以俐落的身法閃躲連續斬擊，不過技巧與體力都是傑洛擁有壓倒性的優勢。假如就這樣沒能反擊的話，昊牙終將慘遭斬殺。

即使修格想幫忙掩護，近戰型人偶也無法勝任。理由是修格的人偶兵並沒有靈活到能夠對抗傑洛的鐮刀。外加上人偶兵還有其他用途，不能輕易當成肉盾折損。而且諾艾爾不在身邊，假如沒有抑制魔力的耗損，三兩下就會見底的。畢竟【傀儡師】的弱點就在於魔力消耗很快。

也就是說，想掩護就必須依賴遠攻型的攻擊。問題在於敵我雙方展開近距離的攻防戰時，想從遠距離狙擊傑洛一人是極其困難。就算擁有必中技能的遠攻職能，也會擔心誤傷同伴而不敢輕易出手。

不過被譽為天才的修格能辦到這點。

修格看清楚兩人的動作，當昊牙從射擊軌道上退開的瞬間，他便向待命於遠處的人偶兵下令。

「射擊。」

在開戰前，手持狙擊槍的人偶兵就已埋伏於狙擊地點。超越音速的子彈朝著傑洛的眉心飛去。眼看是目標避無可避的絕佳機會。相信在下一刻，子彈就會貫穿傑洛的頭顱——就在修格如此確信之際，傑洛竟將上半身稍稍一偏，就這麼避開子彈。

「該死的怪物！」

修格忍不住咒罵——內心卻沒有一絲焦慮。

「《冰之太刀》！」

傑洛的連續攻擊被打斷後，讓昊牙有餘力施展技能。瞬間出現的冰塊把傑洛困住。與此同時，一道比子彈更快的白色閃光從傑洛的背後高速接近。

「《速度提升》——二十倍！」「《居合一閃》！」

亞兒瑪與昊牙幾乎在同一時間釋放技能。突刺及拔刀術以神速襲向被困在冰塊裡的傑洛。這次必定能了結對手。配合和威力都完美無缺，縱使是A階也必死無疑。倘若這樣還殺不死，就是如假包換的怪物——已經不是人類了。

「太扯了吧⁉」

修格至此才明白是自己的認知太天真了。【暗黑騎士】是精通對人戰的【劍士】系職能，儘管擅長各種對人類特別有效的攻擊技能，不過體能上的加成除了敏捷以外都偏低，而且無法學習增益相關的技能。當然也沒弱到會輸給B階，但在所有A階近戰系職能裡，它的排名是從後面數來會比較快。

因此，原則上是不可能會出現這種結果。

「不堪一擊的束縛。」

原本困住傑洛的冰塊，竟從內部遭到破壞。重獲自由的傑洛揮動鐮刀攻擊昊牙和亞兒瑪。雖然兩人沒當場喪命，卻都被砍中腹部，內臟受損且大量出血。

「治療！」

修格命令支援型人偶兵幫兩人恢復。傷口跟內臟很快就痊癒，可是造成的傷害令兩人跪倒在地。傑洛高高舉起鐮刀，朝著無法動彈的兩人衝去。速度好快，來不及妨礙攻擊。對於必須分神處理其他戰鬥的修格而言，傑洛的攻擊速度已超出他能處理的範圍。單憑修格實在救不了兩人。

正因為早已明白這點——才引導他前來助陣。

「唔喔喔喔喔喔喔！《迅雷狼牙》!!」(vorpal sword)

本來與其他A階敵人交戰的沃爾夫，渾身纏繞著紫電高速衝向傑洛。劍鬥技能《迅雷狼牙》是利用電流強制驅動肌肉，並在前方形成磁場軌道，進而產生超絕加速效果的招式。

團體戰鬥的基本概念就是要將對手分散並各個擊破。修格為了讓身為幻影三頭狼最強戰力的沃爾夫可以自由行動，於是在避免被敵方察覺的情況下，趁亂讓人偶兵集中圍剿一名對手。在沃爾夫與人偶兵的配合下，成功除掉敵方其中一名A階成員。修格再透過人偶兵通知沃爾夫過來支援。

面對沃爾夫前來增援的橫空一擊，傑洛憑逆天的反應採取閃避動作，但也讓原本跪在地上的兩人得以發動攻勢。

「《投擲必中》！」「《櫻花狂咲》！」

無數飛針與斬擊襲向才剛躲過攻擊的傑洛。

「啐！」

傑洛高高跳向天際躲過斬擊，並隨即揮動鐮刀砍落附帶追蹤功能的飛針。儘管他成功化解兩人的攻勢，現在卻雙腳離地，又因為出手攻擊而露出破綻——修格就在等這一刻。

「《魔導破碎》!!」

犧牲一尊遠攻型人偶兵所施展出的超高威力遠距離攻擊，這次終於直接擊中傑洛。縱然傑洛在緊要關頭以鐮刀為盾擋下攻擊，但很明顯有受到傷害，此刻已是遍體鱗傷——這可說是個大好機會。修格毫不猶豫地對三位同伴下達指示。

「此人絕非尋常的A階探索者！就由我們四人確實了結他！」

「「「收到。」」」三人同時給出回應。

對敵人絕不能手下留情。一旦奪得先機，就必須了結對手。外加上傑洛身上有諸多疑點，明明身為【暗黑騎士】居然具有逆天的臂力。縱使有得到同伴提供的增益，若是天生的臂力不足，終究無法發揮出那樣的怪力——總覺得情況有異。

既然想破頭都得不出解答，就只能趁現在確實除掉他。

雷翁對抗約翰的A階之爭，隨著兩人交手次數的增加是越打越激烈。雷翁靠盾牌化解約翰的猛攻，並讓反擊順利奏效。儘管首度交手時犯下盾牌被打爆的失誤，但他現在全都不會用盾牌正面承受攻擊，而是神乎其技地精準調整角度來化解勁道，不失【聖騎士】風範地展現出固若金湯的防禦能力。

當然此方式並非不會受到損傷。每當雷翁化解一次攻擊，就會令持盾的那隻手產生傷害。他一直都有在施展治療技能，但還是無法消除那幾乎快令他昏厥過去的劇痛。外加上他的側腹部有一處無法治好的傷口。換作是其他人早就休克喪命，可是——

「唔喔喔喔喔喔!!」

即使身與心都飽受創傷，唯獨鬥志沒有一絲衰減，甚至揮劍跟舉盾的技巧都愈發俐落。

所謂的覺醒，就是當人處於考驗自身極限的死地時，將會強行激發出沉睡在體內的潛能。而且雷翁將至今培養出來的善良心性全數拋諸腦後，展現出如猛獸般的蠻力和速度應戰，隨著時間經過漸漸壓制住約翰。

「哈哈哈！這就對了！再來！繼續讓我瞧瞧你的能耐！」

反觀約翰也同樣恍若一頭猛獸，縱然遭雷翁壓制，但還是維持游刃有餘的態度。

「《金色夜叉》。」

約翰全身纏繞著黃金色的氣場，這是利用氣卦產生量來提升肉體極限的招式。在此技能的有效期間內，發動者的體能會隨著氣卦量等比上升。根據約翰身上的氣卦量來推斷，至少提升——六十倍。

「你可別輕易倒下喔，雷翁．弗雷德里克。」

顛覆常識的猛擊不斷襲向雷翁。雷翁勉強用盾牌化解攻勢，偏偏對手的攻擊力和速度暴增得非比尋常，就算運用防禦技能仍會受到嚴重傷害。恢復技能也漸漸趕不上受傷速度。

雷翁被打得皮開肉綻，傷筋斷骨，渾身上下都被自己的鮮血染紅，但他還是無比冷靜，只將意識專注在該怎麼做才能夠取勝上。

要使用聖騎士技能《絕對聖域》嗎？不行，不能那麼做。雖說這招可以反射一切攻擊，不過以約翰現在的速度，恐怕就連反彈的攻擊都能夠躲開。意思是目前沒有致勝的方法。況且《絕對聖域》是每隔二十四小時才可以發動一次的壓箱絕活，在沒有把握的情況下不能輕易動用。

那該怎麼辦？手邊有技能可以突破眼前的局面嗎？雷翁在擋下攻擊的同時，即使絞盡腦汁仍找不出答案——正因為找不到答案，他得出了一個結論。

既然沒有，自己造出一個即可。

人在經歷嚴酷的修行後，有時會靈機一動想出新技能。為了戰勝約翰，雷翁需要全新的技能。

但這並非想做就可以辦到的。正如人類希望能飛上天也無法長出翅膀，渴望能自由穿梭於水中也沒有長出鰭和鰓，技能同樣不是單靠人的意志就可以自由獲取。

即使擁有相同的職能，取得的技能也會因為才華跟適性而相去甚遠，所以才開發出名為技能習得書（skill book）的道具。只要擁有適合的職能，怎樣的技能都可以學會，堪稱是集結人類睿智的結晶。

不過現場沒有技能習得書，雷翁只能依靠自身的靈感才有辦法學會新技能——換言之是絕無可能。這種事他也一樣心知肚明。但就算明白這點，身為男人仍會碰上不得不迎向挑戰的時候。

雷翁想到的技能是《暗夜行路》。所謂的《暗夜行路》，恐怕是施展者將氣卦注入對手體內，藉此對恢復造成妨礙的招式。之所以得殺死施展者才會失效，想來就是基於此因。不知【聖騎士】是否也能做出相同的事情？

如同【龍拳士】可將魔力轉換成氣卦，【聖騎士】也能把魔力轉換成聖鬥氣（light aura）。儘管聖鬥氣有別於能夠提升體能的氣卦，其特性是可以產生克制惡魔的屬性能量，原理上倒是如出一轍。

雷翁開始在腦中想像。將聖鬥氣注入目標體內能產生什麼效果？破壞？不對，不是破壞。【聖騎士】是守護同伴，對抗惡魔的職能，就算擁有可以傷人的技能，終究不是自己的長項。因此破壞不符合雷翁的想像，至少他是這麼認為的。若想打造出一個技能，非得吻合自己的天性不可。

雷翁追求的是——

「少給我在那邊心不在焉!!」

約翰的剛拳接連打碎雷翁的盾與劍。此刻已手無寸鐵的雷翁，對約翰的追擊嚴陣以待，可是他腦中明確閃過一個死字。不過身陷絕境的同時，他也感受到自己推開一扇名為全新可能性的大門。

兩手空空的雷翁，揮出一記比約翰更快的右拳，目標是約翰的胸口。而他追求的是——寂靜且無可撼動的了斷。

「《天帝之理（heaven's low）》。」

全新創造出來的技能隨之發動。

「這、這是什麼!?」

約翰首度顯得驚慌失措。此刻的他，四肢被十字架形狀的枷鎖牢牢綁住。發出光芒的枷鎖把他固定在半空中。

「《天帝之理》……這就是我的新技能。」

「新技能!?你以為這點雕蟲小技可以困住我嗎!?」

約翰使出渾身力氣想掙脫束縛，只見十字架枷鎖文風不動，依然把他固定在半空中。

「豈有此理……發動《金色夜叉》的我卯足全力……也掙脫不開?」

「你錯了，這些枷鎖是源自於你的氣卦。《金色夜叉》是令氣卦暴增的技能，意思是你在這個狀態下，枷鎖也會變得更堅不可摧。」

聖騎士《天帝之理》是將聖鬥氣注入目標後，可以自由控制氣卦等目標體內的任何能量，並使其實體化變成枷鎖的技能。

「如果你想擺脫枷鎖，就非得解除所有的氣卦不可。可是你發動《金色夜叉》把大多數的魔力都轉換成氣卦，表示一旦解除就會無法繼續戰鬥。這場單挑已經結束，是我贏了。」

看著淡然點出事實的雷翁，約翰懊惱地咬緊牙根。雷翁扭頭觀察四周，發現其他同伴陸續戰勝敵人。縱使戰力上是人魚鎮魂歌更有優勢，偏偏修格的人偶兵過於強橫。在和幻影三頭狼的配合之下，接連擊敗人魚鎮魂歌的主要戰力。敵方的A階成員只剩傑洛一人還沒倒下。

「認輸吧，約翰．艾斯菲爾特。」

當雷翁對約翰勸降之際——突然感到一陣不對勁。心中出現一股難以言喻的不祥預感，令他忍不住倒退一步。

「喲，直覺挺靈的嘛。難怪迪艾戈會輸給你。」

理應因大勢已去而咬牙切齒的約翰，不知為何換上一個志得意滿的笑容。如果只是這樣，雷翁會覺得約翰只是在虛張聲勢，認定他是死不認輸才裝腔作勢。問題是雷翁已然察覺約翰身上出現令人難以置信的變異。

「你……到底是誰？」

與人魚鎮魂歌的全面戰爭已漸漸邁入尾聲。在修格的人偶兵和幻影三頭狼相互配合之下，人魚鎮魂歌大多數的成員已無力再戰。身為團長的約翰似乎也敗給雷翁。場上的強敵就只剩下身為副團長的傑洛，而他也因為昊牙、亞兒瑪與沃爾夫的合力猛攻而趨於劣勢。

「集中火力！一舉打倒他！」

修格將四散的人偶兵全都召集過來圍攻傑洛。再加上遠攻型人偶兵源源不絕的包圍射擊，打得傑洛更加無力招架。

「笨蛋雙人組，過來配合我！」

「你說誰是笨蛋!?」

昊牙氣得大聲反駁，卻還是幫忙掩護衝向傑洛的亞兒瑪。

「飛舞吧，《祕劍燕返》！」

固定於空間裡的無數斬擊同時襲向傑洛。

「這場戰鬥的主角是你們！一口氣了結他吧！」

沃爾夫也隨即上前掩護亞兒瑪。

「麻痺吧，《霹靂閃電（flash hazard）》！」

他高舉過頭的兩把劍迸射出強大電流。

面對砲擊、斬擊以及電擊的三方攻勢，傑洛勉強逃過一劫，不過亞兒瑪以最快速度朝著他的退路發動突擊。

「結束了，《隼之一擊》！」

在亞兒瑪的短刀即將刺入傑洛體內之際——

「少給我得意忘形！你們這群凡人!!」

傑洛神情激憤，身形突然驟變。

「變成龍了!?」

傑洛在瞠目結舌的修格面前，瞬間變成一頭黑色巨龍。亞兒瑪的短刀被傑洛堅硬的鱗片擋下，就只能造成些許傷害。

「GUOOOOOO!!」

傑洛發出撼動天地的大聲咆哮，同時將大樹般粗壯的手臂橫向一掃。光是這個動作就產生劇烈的衝擊波，把亞兒瑪、昊牙跟沃爾夫都吹飛至遠處。轉眼間便排除三人的傑洛，對著修格張開血盆大口。

「糟了！」

長滿一口銳利亂牙的巨大嘴巴射出超高溫射線——龍之吐息。在足以射穿山脈的龍息面前，支援型人偶兵的護盾形同虛設。修格在明白無法防禦或閃躲這招之後，立即發動傀儡技能《移封流轉》。

「《移封流轉》!!」

多虧這個能夠讓自己與人偶兵互換位置的招式，修格成功逃出龍之吐息的攻擊範圍。至於他原本所站的位置，已被龍息熔出一條溝。

「看來這就是他擁有異常臂力的原因。」

沒想到傑洛的真面目居然是黑龍。但如今大局已定，畢竟修格現在可以把分散於各處的人偶兵集結起來，就算強如黑龍也不足為懼。

「來吧，你的對手是我——」

即使面對黑龍也沒有絲毫懼色的修格，這時卻驚恐到渾身發僵，一時之間說不出話來。至於他的面前，有一名穿著束腰襯衫的女性和無數猛獸。

那些猛獸是——

「你們的敗筆就是只有提防A階成員。」

女性嫣然一笑，將掛於頸部的哨子含在嘴裡。伴隨一陣清脆的哨音，女性周圍的野獸們紛紛釋放出黑色閃電纏繞在身上。

「人工惡魔，切換成戰鬥型態。」

身為【話術士】系B階職能【魔獸使】的該名女性，靜靜地對野獸們下達指令。

「GURURURU……」

人工惡魔們回應主人的命令，身體開始巨大化。

戰鬥能力等同B階的這群人工惡魔，將修格他們團團圍住。

「你問我是誰？這個問題還真奇怪耶。雷翁·弗雷德里克，難道你沒搞清楚自己的對手是誰就決定開戰嗎？」

面對約翰打馬虎眼的回應，雷翁不由得皺眉。

「我再問你一次，你到底是誰？先前的【龍拳士】也並非我所知曉的約翰。說起世人眼中的約翰，理應是性情更加神經質的男子，絕不是恍若鬥爭心的化身。你現在的氣質又有別於上述兩人。你……究竟是什麼東西？」

「呵呵呵，包含我在內，你口中的那兩人也都是約翰·艾斯菲爾特。」

「都是同一人？沒想到……竟然會有這種事……」

雷翁終於想通約翰的真面目後，錯愕到當場傻住了。約翰·艾斯菲爾特是一名顛覆常識的男子。正當雷翁傻在原地時，忽有東西落在他的身邊。等他看清楚後，更是大驚失色。

「亞、亞兒瑪⁉妳發生了什麼事⁉」

雷翁趕緊催動技能幫亞兒瑪療傷。傷口癒合的亞兒瑪，一臉痛苦地睜開眼睛。

「我、我絕對要殺了那個男人……」

「那個男人？是指傑洛嗎？」

亞兒瑪點頭以對，伸手指著自己飛來的方向。該處有一頭黑色巨龍。如此龐然大物是何時闖入戰場的？雷翁冒出上述疑問的下一秒，就馬上理解狀況。

「那頭黑龍……就是傑洛嗎？」

「沒錯，那傢伙居然留了這麼一手。」

「昊牙跟修格呢？」

「修格當時位於攻擊範圍外，應該不要緊才對。至於昊牙……我也不清楚，他和沃爾夫一起被吹飛了。」

也就是說，昊牙此時應該昏倒在戰場某處。

「明白了，那妳找到昊牙與沃爾夫後，再和他們聯手打倒黑龍。即便敵人再強大，只要我們同心協力就——」

必勝無疑——雷翁在把話說完前，突然驚覺不對。

「不會吧……」

無數猛獸映入雷翁的眼中。假如他沒記錯，那些全是人工惡魔。

「人工惡魔不是唯有在深淵內才可以發揮力量嗎!?」

看著神情狼狽的雷翁，約翰開心地笑出聲來。

「你的認知並沒有錯，不過當同伴是【魔獸使】時，它們就算在深淵以外的地方也能切換成戰鬥型態。雖說這對個體的負擔很大，但我已退出鐵路計畫，即使人工惡魔因此全數報廢，對我來說也不成問題。」

約翰笑著給出解答後，雷翁懊惱地咬緊牙根。他萬萬沒料到約翰也將人工惡魔投入這一戰。修格的人偶兵與幻影三頭狼的團員們都正在奮戰，但因為之前已耗損不少體力，導致戰況陷入僵局。意思是黑龍出手的話，局勢將會一面倒。

雷翁的擔憂隨即成真。黑龍振翅飛上天去，身邊還產生無數黑色長槍。那是暗黑技能《誘死投槍》，附帶即死效果的招式。友軍在與人工惡魔纏鬥的情況下，絕對沒有餘力閃躲。黑龍打算藉此殺光雷翁等人。於是雷翁毫不猶豫地將手伸向天際。

「《絕對聖域》!!」

聖騎士技能《絕對聖域》隨之發動，成功把黑龍施展的《誘死投槍》全部反射回去——不過這也是個極為致命的失誤。

「咳呃……」

注意力都放在黑龍身上的雷翁，從嘴裡吐出一口鮮血。他的腹部插著一把短劍，行凶者正是手持該劍的約翰。雷翁不支倒下，亞兒瑪連忙上前抱住他。

「雷翁，振作點！趕快發動恢復技能！」

「唔唔唔唔……療、《療癒之光》……」

雷翁用技能替自己療傷。但由於他太過疲憊，只能完成基本治療，縱使出血是有止住，卻算不上痊癒。

「……你、你是怎麼辦到的？」

「啊～你在問剛剛的枷鎖嗎？因為我現在不是【龍拳士】，自然可以輕鬆擺脫。你那招的確非常強大，但缺點就在效果僅限於魔力轉換型的職能。」

約翰彷彿理所當然地說完後，將單手高舉向天。

「《生命回歸(resurrection)》。」

這是【治療師】系A階職能【大天使】才可以使用的全體恢復技能。在夾帶著耀眼光芒的微風之下，原本已經無力戰鬥的人魚鎮魂歌所有成員都恢復為最佳狀態。

「你、你竟然會使用所有職能的技能？」

雷翁氣若游絲地提問，約翰點頭回應。

「沒錯，這就是我的職能【救世主】的特性。」

「你是說……【救世主】？」

「沒錯，就叫做【救世主】。事實上可以施展全部職能技能的人，就只有我以及另一人現身的時候。與你交戰的迪艾戈只會【龍拳士】的技能。不過你光是可以打贏他，就已經非常出色……殺掉真是太可惜了。」

不過約翰的舉動與臺詞恰恰相反，他手中的長槍蘊含著明確的殺意。雷翁和亞兒瑪都將死在這裡。不對，不光是他們兩人，而是所有同伴都難逃此劫。

「放心吧，我很快就會把蛇也送去找你們。」

露出冷笑的約翰架起長槍。亞兒瑪緊握短刀準備應戰，不知是否因為察覺敵我雙方的實力過於懸殊，她展現出來的鬥志猶如風中殘燭。偏偏雷翁目前已無力再戰，不得不承認是自己輸了。

不過——

「這下已充分展現出我們的能耐了。」

雷翁抬頭望去，只見一道藍色影子自高空襲向黑龍。感應到殺氣的約翰，驚慌地大聲提醒黑龍。

「傑洛！快閃開！」

但黑龍在聽見約翰的提醒以前，翅膀已遭人砍斷。當失去飛行能力的龐然大物墜落之際，藍色影子輕盈地落於地面，化成一道風穿梭於戰場中，同時夾帶著犀利的斬擊。無論是人工惡魔或恢復體力的人魚鎮魂歌成員們，就這麼猝不及防地接連被風打倒在地。那陣橫行霸道又殘虐無比的風，最終將目標鎖定在約翰身上。

面對高速逼近的疾風，約翰輕輕鬆鬆用長槍擋下。

「喔~很有一套嘛~！」

那陣風語氣悠哉地說著，同時停止移動。只見那身深藍色的長大衣隨風飄揚，以及一把裝飾華麗的長劍正對準著約翰。

「太好了，看來我能在這裡找到一些樂子。」

反觀約翰是咬牙切齒地開口說：

「居然是玲瓏神劍（innocent blade），吉克．范斯達因……」

與約翰對峙的人，正是帝都最強戰團霸龍隊的副團長吉克．范斯達因。

昨晚，雷翁前去造訪霸龍隊的戰團基地。真要說來，此行的目的與原本大相逕庭。對方相約見面的地點就在這裡。至於把雷翁找來這裡的人，便是帝都內號稱最強的其中一人，職能達到ＥＸ階的吉克．范斯達因。

為了與人魚鎮魂歌一決死戰，雷翁成功聘雇幻影三頭狼前來助陣。他們是非常強大的生力軍，不過單靠他們依舊難有勝算，得再找來更強悍的打手。話雖如此，除了幻影三頭狼以外沒有其他可信的戰團。

雷翁幾經煩惱之後，決定找來的幫手是一個人而非整個組織。他就是個人戰力足以與整支軍隊匹敵——不對，是凌駕於軍隊之上的強者吉克．范斯達因。

吉克和雷翁並不相識，但此人似乎與團長諾艾爾有著不錯的交情。雷翁認為吉克肯讓諾艾爾借用其名義召開研討會，足以印證他的猜測。按照諾艾爾的性情，兩人與其說是朋友，十之八九是檯面下的合夥人，立場上跟菲諾裘．巴爾基尼是一樣的。

不管怎麼說，諾艾爾在吉克眼裡應當是重要的存在。一旦嵐翼之蛇落敗，諾艾爾

也會失去他的價值。相信這對吉克來說並不樂見。換言之，理應能在對抗人魚鎮魂歌的這場決戰之中取得他的協助。

抱持上述想法的雷翁，決定私下與吉克進行交涉。不過吉克為了給出答覆，竟把雷翁直接找來霸龍隊的戰團基地。

「為了解決自家惹出的麻煩事，居然跑來向其他戰團尋求助力，根本就是瘋了吧。當真是恬不知恥。」

在奢華的會客室裡，身為霸龍隊第三把交椅的夏蓉・華倫坦嗓音冰冷地說出這句話。此時此刻，霸龍隊的最高幹部都聚集在這間會客室裡。也就是夏蓉、吉克以及外號為開闢猛將(beginning one)的戰團團長維克托爾・克勞薩。

一頭金髮全往後梳的維克托爾明明已接近花甲之年，卻還是擁有如岩石般的強健體魄。由於目前並非身處沙場，因此他穿著一套燕尾服，不過相隔一段距離仍能感受出他那身經百戰的強者氣場。藏在眼鏡後面的那雙金色眼眸，也恍若猛禽般犀利無比。

被霸龍隊的大人物們團團包圍的雷翁，簡直是如坐針氈。這種心情就像是一隻誤闖一大群肉食猛獸之中的草食動物。實際上就座的人只有雷翁和維克托爾，吉克與夏蓉則彷彿隨時能殺死雷翁般站在兩側。假如雷翁顯露出一絲敵意，恐怕還來不及回神就已化成一具屍體。

吉克究竟有何打算？為何他不僅把雷翁找來戰團基地，還讓夏蓉與維特托爾都在場？難道他真想取了雷翁的性命？

倘若吉克想除掉雷翁，也沒必要特地把人找來戰團基地。猜不透吉克在想什麼的雷翁，以眼角餘光暗中窺視。只見吉克瞇著雙眼，依舊保持一個彷彿想把人生吞活剝的表情，完全猜不出他的心思。

「你叫做雷翁是吧。」

坐於雷翁正對面的維克托爾緩緩開口。

「我已從吉克口中得知你的來意。人魚鎮魂歌確實是個危險的存在，不能繼續放任他們為所欲為，勢必得加以排除。不過我們沒有任何官職，只是一介探索者。撇開陛下欽賜的諭旨，我實在找不出任何得要出面幫忙的理由。況且這幫人的目標是你們吧？如此一來，我們更沒理由出手幫忙。你們的問題就靠自己去解決吧。」

「大人，關於您這番話——」

正當雷翁準備對維克托爾提出反駁之際，頸部已被吉克用劍抵住。儘管腦袋尚未搬家，滲出的鮮血正沿著脖子往下流。

「誰允許你擅自發言？」

吉克是認真的，如果雷翁有任何進一步的動作，他是真的會動手。因為極度緊張的緣故，雷翁僵硬地嚥下口水。

「我能猜出你想講什麼。」

維克托爾接著說下去。

「你想請求協助的只有吉克一人吧？但吉克身為霸龍隊的第二把交椅，如果他出面的話，勢必會演變成你我戰團是站在同一陣線。事實上戰團之間結盟並不罕見，我們也曾經跟其他戰團共同行動過，偏偏問題就出在你的做法。」

維克托爾平靜的嗓音裡夾雜著慍火。

「我對你們和吉克有私交並無意見，畢竟最終做出決定的人依舊是他自己。可是你在密函中向他開出三百億菲爾的報酬，這我就無法苟同了。縱然以金額而言是頗優渥，問題是一旦讓外界得知我們堂堂七星一等星居然從嵐翼之蛇這種新興戰團收取報酬，將會有損戰團的面子。我相信你是想展現出誠意，偏偏此舉是適得其反。所謂的合作關係，有時反倒是無償幫忙才更能堵住悠悠眾口。理由是如此一來，就能營造出我們是為大義而戰的正當性，而非受區區錢財所誘。」

維克托爾對吉克使了個眼神。下一秒，抵住雷翁頸部的劍便收了回去。

「雷翁先生，若是你有其他意見的話儘管說。」

「那我就恭敬不如從命了。」

雷翁直視著維克托爾繼續說：

「大人，您方才一言很有道理，錢的確不能代表一切。但我認為您這樣的想法過於傲慢，無論您說得多麼大義凜然，想維持這個世界就需要錢，人沒有錢就活不下去，這也是不爭的事實。因此我提出的這筆金額，無非是我發自內心展現誠意的一種證明。假如您執意否定的話也沒關係。不過，您這番說詞也算是登上頂點者會有的傲慢想法。您說區區錢財？我反倒想問您對錢究竟了解多少？再加上您先前也說自己只是一介探索者，那您又何必擺出一副自以為是的嘴臉高談闊論？」

雷翁口若懸河地對維克托爾提出非議。維克托爾的一席話並沒有錯，而且先失禮於人的確實是雷翁。假如只是針對這點遭受指責，雷翁是很願意乖乖道歉。問題是在被人拿劍架住脖子的狀態下聽人說教，再怎麼說也會感到惱怒。

「你太囂張了。」

夏蓉拿槍對準雷翁的太陽穴。可是雷翁沒有感到一絲害怕，心中只有遭人鄙視的憤怒。

「辯不過對方就訴諸暴力，原來這就是帝國最強的應對方式啊？」

「你說什麼？」

「我也不是哪來的傻子。倘若你們說得很有道理，大可不必暴力威脅，我也會摸著鼻子乖乖閉嘴。」

雷翁怒眼瞪向夏蓉。即便置身虎穴，雷翁也沒打算當個縮頭烏龜。畢竟他也有自己的尊嚴。如果只是自己一人也就罷了，要是戰團的第二把交椅給人瞧扁的話，足以證明嵐翼之蛇也不被人放在眼裡。唯獨這點是說什麼都不能容許，畢竟雷翁肩負著身為副團長的責任與義務。

「我是嵐翼之蛇的副團長，受到這般羞辱豈可不動怒？華倫坦小姐，我並沒有囂張，而是在生氣。」

雷翁提防著眼前三人，伸手摸向腰間的佩劍。

「你有想清楚這個動作意味著什麼嗎？」

面對夏蓉的威脅，雷翁冷笑一聲。

「先動手的明明是你們喔？」

當然雷翁並不打算跟人動手，他之所以摸向身邊的武器，是為了展現出不會向暴力屈服的意志。若是這三人執意開戰，自己也會全力撤退，誰要繼續跟這些傢伙糾纏下去——就在雷翁如此心想時……

「啊哈哈哈哈哈！」

吉克突然開懷大笑。

「原以為你是個容易見風轉舵的大木頭，沒想到還挺有骨氣的。這下我終於明白諾艾爾先生要請你擔任副手的原因了。」

吉克擦掉眼角的淚水，轉身面向維克托爾。

「團長，我決定去幫忙嵐翼之蛇。」

「你到底在想什麼呀!?」

夏蓉驚訝得花容失色，近乎尖叫地大聲反問。

「簡直是莫名其妙！你快給我解釋清楚！」

「其實我打從一開始就決定要協助他們。相信團長跟師父都已有所覺察，我跟諾艾爾先生有所聯繫。為了讓他助我完成心願，嵐翼之蛇必須成為七星。」

「……什麼心願？」

「我現在還不便明說，不過這個計畫終究是為戰團著想——團長，能請你同意讓我自由行動嗎？」

吉克歪過頭去笑著提問後，維克托爾重重地發出一聲嘆息。

「你打從一開始的目的就是這個吧？」

「團長英明。既然要幫忙，若是來了一個三兩下就被我們嚇尿的窩囊廢，那就太不像話了。單就這點，雷翁先生表現得非常好。而且團長你也被人戳中痛處不是嗎？」

「哼，聽你在鬼扯……話說協助他們當真對我們有好處嗎？」

「我這個人最討厭撒謊，我保證一定能讓事情變得很有意思。」

「好吧，但你可別忘了自由行動時應盡的責任喔？」

「這些我都銘記在心。真的是感激不盡，團長。」

吉克恭敬地向維克托爾行禮。儘管雷翁只覺得自己被人當猴子耍，但終於明白吉克的用意了。

「妳也能接受嗎？師父。」

吉克像在捉弄人似地說完後，只見夏蓉擺出一副怒氣沖沖的模樣。

「所以我才受不了你們這些男人！老是這樣不講道理！隨你們高興啦!!」

夏蓉轉身離開會客室，並亂發脾氣似地把門甩上。在雷翁默默對她產生些許同情之際，吉克得意一笑說：

「雷翁先生，雖說我同意幫忙，卻並非沒有條件。我這個人就是率性而為，要是戰鬥太無趣的話，我會直接掉頭走人，聽懂了嗎？」

「我明白了。」

雷翁點頭回應。意思是想要得到吉克的幫忙可沒那麼簡單。這種事無須他提醒，雷翁也是這麼想的。最終能否得到【劍聖】的助力，就端看雷翁等人的表現了。不過這樣也好，雷翁默默在心中做好覺悟。

「我還真沒料到霸龍隊的副團長也會跑來這裡。真羨慕你們那麼悠哉，還有閒情逸致跑來介入別人家的鬥毆。」

約翰傷腦筋地露出苦笑後，吉克回以一個猙獰的笑容。

「你似乎沒搞清楚自己的立場吧？你們現在不再是大名鼎鼎的七星，而是一群草莽賊寇。為了守護民眾的和平生活，獵殺你們也是職責所在喔。」

「為了守護民眾的和平生活？瞧你擺出一副惡人樣，根本沒資格說這種話吧。不過這樣也好，跟你打上一架應該挺有意思的。」

約翰將手高舉過頭，發動技能。

「《生命回歸》。」

和先前一樣，人魚鎮魂歌所有團員的傷勢立刻痊癒。不過人工惡魔仍倒在地上。大概是身體構造截然不同，恢復技能無法奏效。

「所有人都在後方待命！直到我發出指示前不准擅動!!」

約翰扯開嗓門，對著起身的同伴們下令。

「……遵命，團長。」

恢復人身的傑洛遵從指示，讓同伴們退至後方。

「這是個明智的判斷。」

吉克露出淺笑說著。

「繼續讓他們待在場上，碰上我的劍是連擋住一下都辦不到。雷翁先生，你們也是半斤八兩。很遺憾我這個人粗手粗腳，無法分神顧慮爬在地上的螻蟻。要是不想死的話就離遠點。」

被評為螻蟻的雷翁惱怒地皺起眉頭，但還是點頭以對。

「我們也退下吧！」

同伴們聽從雷翁的指示，退至與人魚鎮魂歌相反方向的後方。途中恰好遇見扶著受傷的沃爾夫慢慢前行的昊牙。

「喂，雷翁，這是怎麼一回事？」

「吉克也是我聘來的傭兵，接下來的戰鬥就交給他吧。」

雷翁一臉苦澀地說完後，昊牙不發一語地撇過頭去。雷翁明白昊牙想說什麼，畢竟把戰鬥全部交給局外人的話，先前的一戰都會變得毫無意義。跟在後頭的亞兒瑪儘管沒說出口，卻同樣將不滿寫在臉上。話雖如此，假如沒有吉克的話，雷翁他們早就全軍覆沒了。

待雷翁等人離去後，吉克跟約翰朝向彼此邁出一步。

「你似乎能使用多種職能的技能嘛。」

「哼，居然躲在旁邊偷窺，你這癖好還真不錯嘛。」

「說句心底話，我也覺得這麼做是一大敗筆。其實我很想在戰鬥中才得知此事。這感覺就像在看推理小說時，還沒翻閱就提前知道犯案手法與凶手了。」

吉克似乎打從心底感到遺憾，雙肩下垂地搖搖頭。

「不過事到如今，說再多也沒有意義。」

吉克深深地嘆了口氣的下一秒，手中的劍已跟約翰的長槍相互碰撞，隨之激起一陣強風。

「你這個喜歡搞偷襲的傢伙。」

「因為我就是喜歡打勝仗啊。」

兩人都朝對方露出一個猙獰的笑容，並同時向後跳開。

「《魔槍亂舞(javelin rain)》。」「《風影劍舞(air slash)》。」

約翰身後憑空出現無數根長槍，一起朝著吉克飛去。反觀吉克周圍產生夾帶翡翠色劍鬥氣(brave aura)的旋風，從對面直撲而來。

【劍聖】是【劍士】系的ＥＸ階職能。相較於劍士將魔力轉化成攻擊能量的鬥氣(aura)，此職能可以更進一步駕馭帶有風或雷屬性的劍鬥氣。比方說身為該系Ｂ階職能【劍鬥士】的沃爾夫是操控雷屬性，吉克則駕馭風屬性。藉由劍鬥氣所產生的風刃，與約翰製造出來的長槍正面衝突。

「《聖盾屏障》！」「防禦！」

為了保護同伴們免於遭受如風暴般的強大衝擊所波及，雷翁和修格連忙張設防護罩。明明都已在防護罩上注入充足的魔力，光是擋下風壓就令防護罩接連發出碎裂的聲響。

「真可怕的破壞力。」

站在旁邊的修格，臉色蒼白地如此低語。

「沒想到約翰・艾斯菲爾特也是達到神域（EX階）之人……」

——我從小就不擅長討好他人。

聽見難笑的笑話時原本只需陪笑即可，偏偏吉克總會語帶嘲諷地嫌棄說一點都不好笑，因此雙親也無奈地認為他是個不討喜的孩子。由於他的這種個性，別說是完全交不到朋友，甚至還被排擠或遭人拳腳相向。

吉克對此總是秉持著以牙還牙，以眼還眼的原則，在經過一段時間後，他成了當地人見人怕的惡霸，最後就連雙親都對他心生恐懼。因為一直以來都過著這種生活，於是吉克認為天底下沒有任何人比自己厲害。

「奉勸你以此為戒，今後不許再忤逆我。」

吉克渾身赤裸地被吊在樹上長達一週，在他不吃不喝瀕死之際，身為始作俑者的絕美精靈拋出了這句話，並接著說：

「你就加入霸龍隊吧，吉克弟弟。要是你不願意的話，就直接死在這裡。」

這位美若天仙的精靈——夏蓉‧華倫坦在霸龍隊裡的工作之一就是物色人才。她一眼看出年紀尚幼的吉克很有潛力，於是親自來為吉克進行英才教育，想把他培育成未來的幹部。偏偏吉克誤以為自己被雙親賣去當奴隸，於是當場惡言相向，結果將夏蓉激怒成這麼一位冷血地把人吊在樹上的惡婆婆。吉克對此感到相當惱怒，不過半隻腳踏入鬼門關的他沒有選擇權。

吉克如今回想起來，那是他第一次也是最後一次打輸別人。接受各種訓練，於實戰中十分活躍，不斷順利升階的他，從始至終都不曾輸給夏蓉以外的人。現在就連身為師父的夏蓉也不是他的對手。即便夏蓉是A階探索者，吉克有意的話依舊能秒殺她。兩人之間的實力差距，甚至比結識當初相差得更為懸殊。

這令吉克感到十分痛快，卻又讓他備感無聊。無論是人類或惡魔，都無法對吉克構成威脅。縱然懷有一身蠻橫的實力，沒有能全力一戰的對手就毫無意義。飽受空虛感煎熬的他，堅信終有一天會遇上夠格與自己一戰的敵手，孤獨地繼續精益求精。

上蒼最終實現吉克的心願。站在他面前的那個人就是同樣達到ＥＸ階，身為百鬼夜行團長的里奧‧艾汀。不光如此，相傳冥獄十王也即將降世。吉克原本快要死了心，幸虧老天爺並沒有棄他於不顧。

不過，人類就是如此奇妙的生物。

當吉克自以為美夢成真之後，卻驚覺夠格成為對手的那個人似乎是這麼地遙不可及。而吉克也絕不容許有任何可能比他強大的存在。

「這世上的最強之人，有我一位就足夠了。」

【劍聖】吉克・范斯達因，其本性終究是個任性妄為的惡霸。

†

魔天槍技能《魔槍亂舞》和劍聖技能《風影劍舞》的破壞力不相上下。藉由這個結果，吉克認定約翰的實力應與自己一樣已達到EX階。

繼續這樣糾纏下去只會沒完沒了，於是吉克決定改打近身戰，在他雙腿聚力的下一刻，直覺對他提出警告。他順從直覺往後退開，但很可惜為時已晚，約翰造出的長槍已從四面八方把他團團包圍。

「居然可以混用不同職能的技能!?」

約翰使用的是魔彈技能《銃王之路》。這是將攻擊距離直接化零的招式。在吉克驚覺不妙之際，所有長槍已出現在幾乎快接觸肌膚的極近距離。這下子是絕無可能躲開——既然如此，就在命中前劈落即可。

「《旋風烈波（air burst）》。」

吉克一口氣從身上釋放出夾帶劍鬥氣的旋風，風刃瞬間將所有長槍都斬成碎片。

可是他突然感到一陣昏眩，這才發現自己已四肢發麻，身體完全不聽使喚。

「我利用《毒藥精煉》，在長槍的前端塗抹劇毒。你能擋下《銃王之路》的零距離攻擊確實很有一套，但終究做不到毫髮無損——」

約翰最終沒能把話說完。原因是吉克抓準他自認為勝券在握的破綻，一口氣拉近雙方的距離。神速揮出的一記猛劍，當場斬斷約翰的左臂——趁勝追擊的下個目標，就是取下敵人的項上人頭。

「唔！《不義法庭》！」

約翰以無形的結界困住吉克。由於該結界內會強制令魔力失控，因此不能發動技能。明白此效果的吉克便決定不依賴技能，而是卯足全力揮出一劍。

「疾!!」

長劍化成一道閃光的下個瞬間，只見從內部絕無可能破壞的結界，竟被人輕輕鬆鬆劈成兩半。而且隨著揮劍產生的風壓，在約翰的臉頰上留下一道口子。

「喂喂，這是哪門子的笑話啊？」

約翰露出苦笑，用手指抹去臉上的鮮血。

「居然光靠尋常的斬擊就把《不義法庭》破壞掉。不對，比起這個，你理應已經中毒了不是嗎？記得【劍聖】對毒沒有免疫能力吧。」

「都斬掉了。」

「啥……？你說什麼？」

「我是說，都被我斬掉了。」

吉克就像在提點一個駑鈍的孩子般，耐著性子繼續解釋。

「我利用流動於體內的劍鬥氣，把血液中的毒素全化解了。」

「你這句話是認真的嗎？只針對毒素進行攻擊是嗎？」

「我這個人討厭撒謊。況且我還站在這裡跟你說話不是嗎？」

當然想做到這點談何容易。若在體內發動劍鬥氣，一般來說只會把自己搞得遍體鱗傷。別說是把攻擊範圍局限於血管內，居然還精準到以細胞為單位發動攻擊，簡直就是神乎其技。不過吉克經由日積月累的鍛鍊，已能將劍鬥氣操控自如。

「經過剛剛的攻防可以確定，你不只可以使用多種職能的技能，還能夠同時混用。單就這點來看是很有威脅性，但你並非所有職能皆達到ＥＸ階的水準。相較於魔天槍的技能，其他技能都不夠熟練，而且有些職能的技能還無法使用。要是你當真無所不能的話，刻意不使用修格．柯貝流斯的傀儡技能就太奇怪了。意思是特定血脈才會出現的稀有職能，就超出你的能力範圍對吧？」

對於吉克的推理，約翰點頭肯定。

「你答對了。真是的，過於聰明的對手果然很難纏，自己的底細三兩下就被人摸透了。不過嘛，這個道理也能套用在你的身上。吉克．范斯達因，你有一項很嚴重的弱點。」

「喲～我洗耳恭聽。」

「別急，我現在就來告訴你。」

約翰將長槍刺向地面，一腳踹起落在旁邊的斷肢，然後一把接住並重新接好。

「那我開始囉──《百色幻鏡(kaleidoscope)》。」

燃起鬥志的約翰突然一分為四。此乃死徒技能《百色幻鏡》，能夠製造出擁有實體的分身。這些分身不光是具有實體，還可以獨立思考跟發動技能。

四名約翰同時擺出戰鬥姿勢，揮槍襲向吉克。面對一如字面來自四面八方不間斷的猛烈攻勢與《魔槍亂舞》，吉克是好整以暇地接連躲過，甚至透過反擊逐一了結分身──不久後只剩下最後一人，吉克如猛虎撲羊般揮出一劍，將最後的約翰一刀兩斷。

隨後便驚覺不對。

「全是冒牌貨!?」

本尊在哪？吉克警戒著四周。明明看不見約翰的身影，卻能聽見他的笑聲。

「我在製造分身的同時發動死徒技能《認知阻斷(vanish)》，你已經沒有辦法看見我了。」

「雕蟲小技！你以為消去身形就能夠擺脫我嗎!?」

吉克憤怒地發動《旋風烈波》，決定採取無差別攻擊戰術。就算看不見敵人，範圍攻擊還是能夠造成傷害。以強風形成的刀刃破空橫掃周圍──轉瞬間，約翰發動技能。

「《絕對聖域》。」

在能夠反射所有攻擊的無敵防禦之下，吉克發射的風刃全數飛了回來──吉克早就料到約翰想引誘自己施展範圍攻擊。

「《旋風烈波》!!」

吉克又一次施展範圍技來抵銷反彈回來的所有攻擊。這下就耗掉對手的反射技能了。畢竟《絕對聖域》是每二十四小時只能發動一次的招式，而且其他職能並沒有類似效果的技能。

換言之，吉克是將計就計讓約翰發動《絕對聖域》，並誘使約翰使用大量魔力，藉此特定出他的位置。對於經常進出深淵的探索者而言，熟練以後就可以憑感覺偵測出魔素(mana)濃度。即便能消去身形，終究無法掩飾釋放出來的魔素。

「逮到你了!!」

吉克猛然瞪大雙眼，欣喜若狂地放聲大叫。他那殺氣騰騰砍向獵物的模樣，幾乎與發狂的猛獸無異。吉克打定主意要一擊中的，不再讓對手耍花招，於是朝向約翰躲藏的虛空之處舉起佩劍。

但在下一刻，吉克不禁愣住了。

約翰竟主動解除技能現出身形。因為猜不透對方的用意，吉克的思緒瞬間陷入混亂。不過這僅僅零點一秒的猶豫，讓約翰有時間發動下一個技能。

「愚昧的凡人啊，承受吾的憤怒吧，《真默示錄(apocalypse)》，開啟。」

「咦!?」

當吉克的劍即將砍中約翰的前一刻，忽然有一股神秘的力量把吉克從約翰的身邊拖走。其力道之大，令吉克光是維持在原地就已分身乏術，於是他將劍插入地面，扭頭往後一看，竟目睹令人難以置信的一幕。

「那是……什麼!?」

只見一顆黑球飄於半空中。不僅是吉克一人，就連四周萬物都受到該球的引力所影響。無論是樹木、翱翔於天際的小鳥，甚至是土壤都被吸入球體之中失去蹤影。位於遠處的其他人也為了避免被吸進去，紛紛張設防護罩穩住身形。

「《真默示錄》是唯獨【救世主】才能夠使用的終結之力。」

唯一不受球體影響的約翰，嗓音淡然地開口說明。

「唯有同時發動七種不同職能的技能，才有辦法施展《真默示錄》。沒有任何事物可以擺脫《真默示錄》，被吸入的一切皆會遭到分解，傳送至象限的彼端。這就是萬物(星球末日)的終結。吉克・范斯達因，你同樣絕非例外。」

別開玩笑了——吉克吼出的這句話沒能傳入約翰耳裡，而是被就連聲音都逃不過的球體給吸走了。

「你的弱點就是與強者戰鬥的經驗相當不足。」

約翰低頭俯視著緊緊抓住地面的吉克。

「從你的打法即可看出，戰無不克的你單純依靠自身蠻橫的實力，嚴重欠缺顛覆逆境的想像力和獨創性，所以才會三兩下就敗給我。假如你能累積更多經驗，也許是有辦法超越我。可惜啊，吉克・范斯達因，你終究不是我的對手。」

「當真是太可惜了。」約翰再次重複這句話，將雙手往側面一伸。

「野獸啊，逝去吧。海洋啊，毀滅吧。血肉之軀啊，渴求生命吧。褻瀆之人啊，被火吞噬吧。無盡黑暗啊，帶來痛苦吧。遠古之王啊，拘束邪靈惡鬼吧——」

隨著這段莊嚴肅穆的詠唱，球體的力量漸漸增強，並且——

「天地啊，一分為二吧，在此成就終結之日。《真默示錄》，關閉。」

約翰將雙手合掌於胸前後，球體和吉克都從這個世上徹底消失——這場戰鬥至此宣告落幕。成為贏家的約翰，從外套口袋裡取出一根菸並點火，呼出的煙冉冉飄向烏雲密布的天空。

「差不多就這樣了。」

當約翰發出乾笑的時候——胸口突然出現一道斜向的切割傷。

「怎、怎麼回事!?」

約翰用手壓住噴血的傷口，搖搖晃晃地倒退一步。在他呆若木雞時，眼前的空間閃出無數光芒。直到滿身是傷的吉克從碎裂的虛空中走出來，他才明白那是一道道的刀光劍影。

「哼……哼哼哼……自我小時候那次以來，就不再有過這種瀕死體驗了……」

從象限彼端安然歸來的吉克，不只是渾身染滿鮮血，還失去了左手跟右眼。除此之外沒能用肉眼觀察的地方，恐怕也受到嚴重的創傷。他的模樣別說是站著就已經相當吃力，即便馬上一命嗚呼也不足為奇。縱使如此，吉克散發出來的氣勢竟然遠在方才之上。

「謝謝你啊，約翰・艾斯菲爾特。多虧你，我才得以達到更高的境界。活在世上就該試著讓自己被逼入絕境。老實說就連我也未曾想過，原來世界本身也是可以劈開的。」

茫然失措的約翰在回神後，當場噴笑出聲。

「哈哈哈哈哈，我還是第一次見到這麼破天荒的傢伙——好吧，我願意承認你是我的對手，那我可要全力以赴囉。」

約翰治好胸口的傷，握住長槍擺出架勢。吉克也同樣架起長劍。

「我就讓你真心感到後悔，沒有打從一開始就全力應戰。」

「後悔？沒那回事，我只覺得十分開心。」

披著人皮的兩頭猛獸，同時發出充滿殺意的咆哮。

「「接招吧!!」」

神級之間的戰鬥，每一次交手都形同天災。待在一旁觀戰的雷翁等人，除了避免遭受波及死去以外什麼都辦不到。儘管值得慶幸的是到現在還沒有任何犧牲者，但無人能肯定自己何時會因為凶神們的一念之間而送命。

「這已經不是屬於我們的戰鬥了……」

亞兒瑪飽受怒火與懊惱的苛責，憤恨地拋出這句話。

雷翁也深有同感。包含聘雇吉克的他在內，大家萬萬沒想到這場戰鬥最終會演變成己方完全沒辦法介入的情況。原以為自己到時還是能幫上忙——事實證明此想法太自以為是了。現在的雷翁等人，就如同吉克所說的那樣只是一群螻蟻。不論是嵐翼之蛇或幻影三頭狼的團員們都感到相當挫折。畢竟人是無法戰勝神明的。

「各位，把你們捲進來真的很抱——」

當雷翁準備開口道歉之際，修格從旁打斷他。

「別那麼說，你並未做出任何愧對於我們的行為。我們是自願站上這個戰場。雷翁，你已經盡力了，應該感到自豪才對。」

「可是……」

「重點是戰鬥尚未結束，想反省也該等到一切都塵埃落定再說。」

「也對……說得沒錯……」

雷翁像是低下頭去似地點頭同意後，位在一旁的沃爾夫發出嘆息。

「這麼一來，即使諾艾爾趕來也無濟於事……」

「老子不這麼認為。」

昊牙搖頭否定。

「那兩人確實都是怪物，不過……就算這樣……老子依然堅信諾艾爾能超越他們。」

「昊牙……」

這已不是單純的忠誠心，昊牙所展現出來的是堅定無比的友情。他是打從心底相信著諾艾爾。雷翁在想起自己所失去的羈絆後，感到一陣糾結。

「我能理解這種感受。」

麗莎像是有些傷腦筋似地尷尬一笑。即使她因為方才的戰鬥渾身是傷，嗓音仍是那麼地清脆悅耳。

「就算其他人都束手無策，我還是覺得諾艾爾可以戰勝那兩人。當然我這番話是毫無根據啦。」

麗莎羞澀地搔了搔臉頰，不經意地將目光移向高空。

「……不會吧？真被我說中了？」

發現麗莎驚呆後，雷翁歪著頭提問。

「怎麼了嗎？」

「他來了。」

回答的人並非麗莎，而是亞兒瑪。

「我的『蛇』趕來了。」

「難不成……」

雷翁錯愕到無法把話說完，此時突然有人指著天空大喊。

「喂！那不是協會的小型強襲艇嗎!?」

眾人往所指方向望去，只見一艘雙人座的飛空艇飄在該處。它的外觀與其說是船，實際上更像是一匹『機械組成的馬』。至於駕駛者則是負責嵐翼之蛇的監察官，老紳士哈洛德・詹金斯。

飛空艇突然急速下降，在降至距離地表約十公尺左右時，從後座跳下一名背著棺木的黑髮黑衣少年，落於吉克跟約翰之間。

「喲～瞧你們似乎玩得很高興嘛，也讓我參一腳吧。」

來者正是嵐翼之蛇的團長諾艾爾・修特廉。

在戰團基地醫務室裡沉睡著的諾艾爾，完全沒有一絲清醒的跡象。洛基卻漸漸認為這樣也好。原因是諾艾爾當真甦醒的話，現在也沒有他能幫上忙的地方。畢竟人魚鎮魂歌絕非是哪來的小角色，在毫無準備之的情況下根本沒有勝算。再加上諾艾爾天生是最弱的支援職能，多虧他以過人的智慧及策略來彌補戰鬥能力上的不足，才成就他現在的地位。換言之，當他碰上無法憑策略解決的爭鬥時，將完全無能為力。

老實說，洛基也明白自己變得很懦弱。他有做好任務一旦失敗就得賠上性命的覺悟，偏偏都怪他成為人質，現在才導致諾艾爾陷入昏迷。要他別為此自責才是強人所難。

當洛基坐在椅子上重重地發出一聲嘆息時——

「哎呀，你是……」

一名身穿燕尾服的老紳士連門都沒敲，便推開房門走了進來。而他不知為何還背著一具黑色棺木。

洛基反射性地從座位上起身，一開始原以為是殯葬業者，卻發現看起來不太對。

而且他對老紳士的相貌有點印象，記得是負責嵐翼之蛇的監察官哈洛德·詹金斯。

「啊~你不必這樣提防我，我已聽說過你的事情了。相信你也知道我是誰吧？」

洛基略顯猶豫地點頭回應後，哈洛德的臉上浮現一個和藹的笑容。

「那就好。不過說來真叫人意外，根據諾艾爾先生的形容，你應當是個更堅守原則的職業人士，沒想到你反而一直陪在他的身旁。」

「那個，我……」

「請放心，我這句話並沒有任何嫌棄你的意思。另外只要使用這份藥劑，諾艾爾就會甦醒了。」

哈洛德取出一支金屬製的針筒。

「這些情況都在諾艾爾先生的預料之中，而且囑咐我說要是他持續昏迷的話，就在指定的時間替他注射藥劑。說起這個總愛使喚老人家的小鬼頭，還真令人傷腦筋呢。」

哈洛德無奈地甩甩頭。洛基聽完不禁瞪大雙眼。

「你、你說這些都在他的預料之中？這到底是怎麼一回事？」

「準確說來是諾艾爾先生已提前設想過所有情況，並備妥針對每種情況的解決方法。這個人還真是無論何時都做好萬全的準備呢。包含已在巴斯克德領地開打的戰鬥，他也當成是給麾下團員們的一個試煉。」

「原、原來如此……等等，既然這樣的話，早點使用那個藥劑不就好了？畢竟能預測的範圍總是有極限吧？」

「所言甚是……老實說如果可以的話，最好的結果是無須動用藥劑就自然甦醒，但很遺憾沒能如願以償。世上並非所有事情都能發展得順心如意。」

洛基總覺得這句話不太對勁，看著準備拿針筒刺向諾艾爾的哈洛德，他連忙上前制止。

「先等一下，這當真只是讓人甦醒的藥劑嗎？」

「天底下哪有那麼好用的藥劑存在？這是能賦予人空前力量的藥劑，代價是當事者的壽命。」

這一刻，洛基已搞懂事情原由。此藥劑就是讓諾艾爾打倒傑洛的答案，同時也是令他陷入昏迷的劇毒。

「住手！不准你使用這東西！」

洛基拚命抓著哈洛德的手大喊。

「你說這東西會削減壽命吧⁉我豈能讓你這麼做！」

「就算你這般阻止我……此藥劑可是來自於諾艾爾先生喔。拜託我這麼做的也是他。」

「但也沒必要乖乖配合啊！總之快把針筒給我！」

面對嘗試奪取藥劑的洛基，哈洛德一把將他推開，並毫不猶豫地拔槍對準洛基。

「原來如此，你是……」

哈洛德沒有把話說完，而是露出一個別有深意的笑容，隨即把手槍收入槍套裡。

「你說得對，就算諾艾爾先生期望我這麼做，我大可不要聽從指示。不過我啊，還是想實現諾艾爾先生的心願。」

「為什麼？這麼做對你有什麼好處？」

「因為我想親眼看看接下來的發展。」

哈洛德以帶有扭曲偏執的語調說著。

「我原以為人老了之後，就會對任何事物都不再抱持希望。事實證明是我錯了，反倒是慾望無止盡地不斷膨脹……我希望諾艾爾先生能登上昔日好友放棄追求的真正頂點。為此……即使變成世人眼中的惡魔我也在所不惜！」

針頭刺入諾艾爾的脖子，接著——蛇猛然睜開雙眼。

吉克與約翰的激戰，隨著時間是約翰漸漸趨於劣勢。從雙方的傷勢來看，很明顯是吉克比較嚴重，不過他的氣勢竟在對手之上。他接連使出精湛的劍術，就這麼慢慢壓制住約翰。

「使出全力就只有這點程度嗎!?約翰．艾斯菲爾特!!」

「唔！」

約翰被吉克的剛劍打飛出去，忍不住單膝跪地。

「……呼～呼～真是不得了耶，我得承認你確實比我厲害。」

「哼，事到如今才肯認輸嗎？方才的氣焰跑哪去了？」

「你別急。既然我打不贏，只需喚醒有勝算的存在就好。」

約翰站起身來，臉上的笑意變得更深。按照約翰身上那股深不見底的殺氣，吉克明白這句話絕非虛張聲勢。

「換你上場了，起床——」

正當約翰準備喚醒某人之際，一道漆黑的影子落於兩人之間。

「也讓我參一腳吧。」

來者正是蛇，諾艾爾・修特廉本人。對於諾艾爾的橫空出世，場上的兩人都傻住了。不對，不僅是他們，而是場上所有人都屈服在諾艾爾那身非比尋常的『氣度』之下。彷彿神級強者之間的戰鬥不曾發生過一樣，在萬物靜止的這段時間裡，唯獨諾艾爾的臉上掛著一個歡愉的笑容。

「呵呵呵，你們兩個是要在那裡發呆到何時啊？這裡可是戰場上喔？」

面對無所畏懼地挑釁兩人的諾艾爾，吉克將劍尖對準他。

「諾艾爾先生，你想來個團長出巡是可以，但能麻煩你別那麼白目嗎？此處已輪不到你這種貨色強出頭，奉勸你安分守己地跟自家同伴們待在一旁看戲吧。」

「白目的是你才對，吉克。這可是嵐翼之蛇與人魚鎮魂歌之間的戰爭，局外人少在這裡喧賓奪主。暖場已經結束了，快滾吧。」

「你說什麼!?」

看著勃然大怒的吉克，諾艾爾將對準自己的長劍視為無物般走了過去。

「要是你還玩得不過癮的話，我是很樂意擔任你的對手。」

諾艾爾僅僅展現出一丁點的敵意，就只是擺出想打架就奉陪到底的輕鬆態度，吉克居然大幅度地向後跳開。

「諾艾爾先生，你……」

吉克詫異到一陣語塞。他確實很欣賞諾艾爾，但充其量也只是看中他足智多謀的一面。至於諾艾爾在前線的作戰能力，老實說是根本沒放進眼裡。偏偏他此刻是發自本能地對諾艾爾產生恐懼。腦裡不斷傳來警告，假如交手將有性命之憂。

「……有意思。」

話雖如此，這也無法構成停手的理由。接受諾艾爾的挑釁，直接在這裡開戰也不失為是一種樂子，不過吉克還是將劍納入鞘內。

「你果然是個很吸引人的存在。與其在這裡交手，不如等日後找個合適的舞臺再打也不遲……說老實話，我現在有點累了。」

吉克轉過身去，以背對的姿勢說：

「記得一定要實現和我的約定。」

吉克離去後，我跟約翰正面對峙。

「那麼，就讓我們做個了斷吧。」

「真是個囂張的少年，明明遲到還這麼囂張，但我沒理由拒絕。」

「就讓我們堂堂正正來單挑吧。」

「喲～你不需要同伴嗎？」

「他們沒必要參加這場無謂的戰鬥，畢竟只要你我之間分出高下即可——哈洛德。」

此話一出，哈洛德從小型強襲艇跳到我們中間。

「我是協會三號監察官哈洛德．詹金斯，就由我來擔任這場決鬥的見證人。」

看著恭敬行禮的哈洛德，約翰冷哼一聲。

「總有股遭人算計的感覺。罷了，要是你們膽敢勾結的話，就算是協會的監察官，也休怪我不客氣。」

「這些我都非常清楚。」

達成共識後，我扯開嗓門對著同伴們喊說：

「所有人繼續待命！接下來就由雙方團長進行一對一的決鬥來分出勝負！」

約翰繼我之後也大聲宣布。

「就像剛剛聽到的那樣！所有人都待在原地！」

對同伴們下達完指示的約翰，伸手朝著遠方的臺地一指。

「我也有個條件。既然同伴們都不參戰，就把戰場改在那片臺地上吧。如此一來，也能避免你因為顧及同伴而打得綁手綁腳吧？」

「沒問題。」

我點頭回應後，約翰將手伸向半空中，只見該空間裂出一道足以供人通行的洞口。洞口的另一頭則通往白雪紛飛的臺地頂部。

「那我先過去了。」

施展空間轉移技能的約翰，穿過洞口前往臺地。當我跟哈洛德準備跟上時，後頭傳來一道聲音喊住我。扭頭望去，只見雷翁走了過來。

「……諾艾爾，你當真要與約翰決鬥嗎？」

我對一臉倦容的雷翁露出笑容，點點頭說：

「我已掌握所有情況，辛苦你代替我履行應盡的責任，你就跟其他同伴一起好好休息。我身為戰團之長，會負責收拾剩下的殘局。」

「這樣啊……我懂了，既然你說得那麼有把握，我就對你有信心。不過你務必要小心，約翰・艾斯菲爾特會使用多種職能的技能，還具有多重人格。」

「喔～原來如此。」

怪不得會使用空間轉移，而且氣質明顯不太一樣。

「感謝你提供這麼寶貴的情報。」

我將視線從雷翁身上移開，一腳踏進洞口裡。經歷一陣短暫的飄浮感後，我便來到覆蓋著一層積雪的臺地頂部。哈洛德則尾隨在後。

「你從自家副手那裡得到我的情報了吧。音量大到連我都能聽見。」

面露微笑的約翰彈了個響指，飄浮於空間中的洞口應聲關閉。

「這是我第一次直接見到你。佛瑪之前老是跟我抱怨你的事情，所以我很高興能和

你見面。」

「說起自家副手偷掀對方底牌一事，也能套用在你的身上吧？畢竟你對我的現身似乎沒有感到一絲吃驚。」

「嗯，是聽說了，因此我才想和你一戰。」

約翰將手往前一伸。

「你就儘管使出邪法之力吧。」

「既然如此，你可別後悔喔。」

在約翰的催促下，我從長大衣裡取出一支針筒，往自己的脖子上一扎——

†

「這是你委託的藥劑捏。」

理岳打開保溫箱展示內容物。箱裡有六支針筒，有三支裝著紅色液體，另外三支則內含藍色液體。

「紅色是降世用，藍色則是淨化用哦。」

「最多能維持多久？」

「五分鐘捏。」

「意思是使用之後，只要在五分鐘以內淨化就好吧？」

理岳聽完我的反問，笑著搖搖頭解釋。

「你誤會了捏，是全部加起來五分鐘。原因是在藥效發作的期間，每一分鐘就會削減你十年的壽命哦。但這也只是粗略估計。壽命的削減量會隨著使用時的身體狀況不太一樣哦。原則上差不多就是五分鐘捏。因為諾艾爾先生你現年十六歲，我才建議你使用五分鐘哦。」理岳興奮地說明下去。「畢竟以壽命為代價，效果自然是非同凡響。我按照你的吩咐以真祖為素材來提煉，藥生效的期間會讓你獲得與真祖同等的力量。雖說無法暫停時間，不過腕力、速度跟再生能力都能媲美真祖。在充滿魔力的體內模擬出深淵，單單讓真祖之力降世的這項技術已近乎完美。」

「這樣啊。」

我點了點頭，並闔上保溫箱。

「謝謝你，理岳。如此一來，我需要的棋子都湊齊了。」

「該道謝的是我，這工作真是太有意思了哦。如果你用了它還活著的話，我還想再繼續為你效力捏！不管多麼夭壽的工作都儘管交給我哦！」

「很遺憾已經沒有下次了。」

我輕輕一笑，拔出魔槍（silver flame）對準理岳的額頭。

「你沒有利用價值了，就請你死在這裡吧。」

理岳大驚失色地瞪大雙眼，似乎還有話要說，但我早一步扣下扳機。伴隨一陣響亮的槍聲，遭爆頭的理岳應聲倒地。

「我和你無冤無仇，不過你繼續製造出這種東西會很令人頭疼的。」

我靜靜地如此低語後，便轉身離開理岳的地下研究所。

把藥劑注入體內後，真祖之力立刻充斥全身，同時產生出令人陶醉的全能感和滿足感。不僅如此，還有一股想馬上徹底釋放破壞衝動的渴望驅使著我。

但我並沒有失控，成功駕馭住這股力量，而這全拜【話術士】的精神抗性所賜。

不過時限並不會因此有所改變。先前與傑洛交手時是使用了一分鐘，從昏迷狀態甦醒是幾十秒，意思是我剩下的時間為三分鐘左右。假如超過時間的話，我的身體就會撐不住。

「真是不得了耶！你當真完全駕馭住惡魔的力量！」

約翰發出讚嘆，提槍擺出戰鬥架勢。

「就讓我見識一下這股力量有多少能耐——《魔槍亂舞》。」

憑空出現的無數長槍朝我射來。我將背上的黑色箱子當成盾牌，擋下約翰的猛攻。儘管箱子本身立刻碎裂，但從中出現的一柄戰斧仍成功扮演盾牌的角色。

「來吧。」

現在沒空讓我浪費時間。我持斧跳向約翰，儘管多不勝數的長槍持續飛向我，但都被我盡數擊落——進入攻擊範圍了。我用力揮動戰斧，反觀約翰也準備好迎擊用的技能。

不對，他慢了一拍——簡直是慢過頭了。

「咬碎他，鬼神樂。」

戰斧——鬼神樂回應我的殺意，散發出駭人的光芒。

模仿外祖父生前愛用的戰斧打造而成的鬼神樂，是以惡魔為素材製成的武器。確切說來是把深度十二的魔王・阿修羅王當成素材，直接將它那龐大的身軀溶解後，利用特殊工法壓縮鑄造出這把鬼神樂。市面上存在各種透過惡魔素材鍛造出來的武器跟防具，不過直接溶解整個魔王鍛造而成的武器，放眼天下就只有這把鬼神樂而已。

另外，鬼神樂具有某種特殊能力。它不只具備頑強的再生能力，還能夠自由改變本身的重量。無論是令它變得輕如鴻毛或重如巨石，使用者可以隨心所欲調整。比方說揮動時使其變輕，擊中目標之際再變重，就可以兼具如迅雷般的速度和非同凡響的破壞力。

所以我認為鬼神樂是單兵作戰最強的武器。此刻被我以真祖那般腕力揮動的鬼神樂，重達已超過一萬公噸，足以媲美隕石墜落的破壞力，就這麼令臺地當場消失。

面對諾艾爾的驚天一擊，哈洛德險些遭受池魚之殃。廣闊的臺地被炸毀後，哈洛德落入位於底下的地下洞窟。這座洞窟有著清澈流水的地下水脈。因為接連產生的攻擊餘波，從天空灑落的陽光利用四濺的水花築起一座七彩拱橋。

諾艾爾和約翰的戰鬥尚未結束。約翰利用《靈化迴避》的效果，成功避免被重量提升至極限的鬼神樂直接擊中。雖說躲得相當驚險，但約翰發動技能的時機確實是快上一拍。如同雷翁所言，約翰能施展多種職能的技能。除了空間轉移跟《靈化迴避》，他還依照戰況發動理當只有【魔天槍】才會使用的技能，藉此擋下諾艾爾的猛攻——沒錯，是被動地擋下攻勢。

「戰況完全是一面倒……」

哈洛德心驚膽顫地喃喃自語。約翰真正的力量十分驚人，絕對足以媲美EX階。明明光是會使用多種職能的技能就已強如鬼神，他甚至還非常擅長混用技能的戰鬥技巧。按照約翰的身手，確實有能力把鼎鼎大名的【劍聖】打成重傷。

話雖如此，約翰卻是單方面遭到壓制，被諾艾爾打得無力反擊。理由很簡單——因為諾艾爾的力量完全凌駕在約翰之上。

拜藥效所賜，諾艾爾現在擁有與真祖同等的體能，也就是具備驚人的腕力跟速度，但他無法使用真祖的壓箱絕活・時間暫停能力。話說這裡提到的體能，其實是以人類型態的真祖為主。儘管很強大，但充其量也不過比A階近戰系職能再厲害一些罷了。先撇開技能不提，單論戰鬥能力的話，哈洛德認為是約翰比較有優勢。

結果卻是諾艾爾完全占上風。

「布蘭頓，你就在那裡對吧……」

哈洛德用手緊緊抓住自己的胸口。在他的眼中，諾艾爾的英姿與昔日好友的身影重疊在一起。他那既狂野又優雅的戰鬥技巧，與不滅惡鬼是如出一轍。事實上，布蘭頓已將畢生所學全都傳授給自己最疼愛的外孫。

對於身為後衛的諾艾爾來說，自然不需要布蘭頓的戰鬥技巧。把學習戰鬥技巧的心力付出在其他方面也許會更有效率，但是諾艾爾與布蘭頓都不願選擇輕鬆的道路。正因為如此，他才擁有這般壓倒性的實力。

諾艾爾輾壓約翰的真正理由，正是外孫師承自己的外祖父，堪稱是無敵的對人戰鬥技巧。

「沒錯……我想看的就是這個！」

不論對手想使用何種技能都無所謂，我能輕鬆從發動前的預備動作料出對方接下來想如何行動。只要先行打亂其步調，就可以單方面蹂躪對手。在武術裡，這就叫做先發制人。

「《誘死投槍》！」

附帶即死效果的黑色魔槍將我團團包圍——已在我的預料之中。在被魔槍擊中之前，我用徹底輕量化的鬼神樂把它們盡數掃掉。在防守的同時，我將亞兒瑪製作的鐵針射向約翰。腿部被射穿的約翰失去平衡而倒下——乘勝追擊。

「唔！《潛影移動(shadow dive)》！」

在即將被鬼神樂劈中腦袋之際，約翰消失在影子裡，看來是想藉由躲進影子內轉守為攻。由於《潛影移動》會耗費大量魔力，因此比起擔心魔力耗光，他情願趕緊分出勝負——這是明智的選擇，畢竟我可不是他保留實力就能戰勝的對手。即便他達到EX階，仍需拚上一死才有勝算。不過，就算他這麼做也毫無意義。

「太嫩了。」

當約翰躲入影子的那一刻，我已將閃光彈拋至半空中。強光消除現場所有的影子，約翰被迫現出原形。在他完全沒有任何防備的這個瞬間，我卯足全力揮動鬼神樂。

「唔喔喔喔喔喔喔！」

約翰提槍擋住鬼神樂，無奈根本招架不住，他整個人被打飛至岩壁上。這一下打得非常紮實。就算他在戰鬥中多次使用技能療傷，方才那一下仍打得他無法發動技能。

戰鬥時間約莫一分鐘。原以為會纏鬥更久，結果三兩下就落幕了。我為了補上致命一擊走向約翰，高高舉起鬼神樂。

在揮下的轉瞬之間，約翰揚起嘴角低語說：

「清醒吧——薛瑪斯。」

無數道亮光閃過我面前，等我驚覺這些光都是斬擊時，鬼神樂已被砍成碎片。

「咦⁉」

當我大驚失色之際，約翰已從我的面前消失。他以迅雷不及掩耳的速度移動至我的背後——在我連忙轉身的剎那間，一切都太遲了。

「永別了，強悍的少年。」

不同於約翰先前的嗓音，聽起來在平靜中帶有一絲憂愁。

「可……惡……」

我的身體被人斬成兩半，就這麼無力地緩緩倒下──

雷翁等人目瞪口呆地望著已經消失的巨大臺地。

「那是……諾艾爾做的？」

洛岡瞠目結舌地低語。縱使相隔遙遠，在場眾人都親眼目睹是諾艾爾把巨大臺地轟得一乾二淨。

「真是太可怕了……不過那股力量……」

維洛妮卡摸著自己的右眼自言自語。她的右眼是義眼。因為魔導技能《人身供奉》(sacrifice)的效果，獲得強大力量的代價就是得把右眼獻給仙精。

諾艾爾的力量恐怕也是基於相同的道理。按照眼前的情況來研判，雷翁估計這股力量的代價是相當可觀的壽命。

真有人會做到這種地步嗎？不對，諾艾爾．修特廉就是會做到這種地步。

雷翁明白諾艾爾的覺悟有多麼堅定，因此他一句話也說不出口。同樣已察覺到這點的眾人之間，瀰漫著一股沉重的氣氛。尤其是昊牙，神情彷彿正承受著劇烈痛楚。

「蠢斃了！」

亞兒瑪的一句咒罵打破沉默。

「要我眼睜睜待在這裡看戲，我說什麼都辦不到。」

發現亞兒瑪準備往前走去，雷翁連忙拉住她的手。

「等等，亞兒瑪，就算想前去幫忙，光憑我們——唔!?」

突如其來的劇痛和苦楚，令雷翁不禁跪倒在地。原因是他被亞兒瑪一腳踹中胯下。對於來自胯下的劇烈疼痛，雷翁暫時無法行動。

「你傻了嗎？我只是追求屬於自己的戰鬥。」

亞兒瑪冷笑一聲，對著人魚鎮魂歌陣營扯開嗓門叫囂。

「黑龍男！給我滾出來！我要宰了你!!」

亞兒瑪對傑洛出言挑釁。雷翁聽見後，從額頭流下不同於胯下之痛的冷汗。

「妳、妳是瘋了嗎!?他可是完勝妳的對手喔!?」

「所以我才想在這裡跟他做出了斷。」

亞兒瑪態度堅定地說完後，又往前邁出一步。傑洛也隨即從人魚鎮魂歌之中獨自走出來。

「有意思，我就接受妳的挑戰。」

傑洛似乎決定和亞兒瑪一戰。

「昊牙，修格，我們也去幫助亞兒瑪！」

雷翁趕緊起身準備追上亞兒瑪，卻被昊牙伸手制止了。

「讓她一個人去吧。」

「你說什麼!?」

雷翁聞言大驚失色，一旁的修格也點頭認同。

「沒錯，也許讓亞兒瑪獨自應戰會更有利。」

「此、此話怎講？」

面對尋求解釋的雷翁，昊牙將目光移向亞兒瑪。

「老子跟那女人切磋過幾次，感覺她獨自一人時反而比較強。真要說來，她大概從小就是被人這麼鍛鍊的。若有同伴在身旁，她會變得無法發揮原本的實力。」

聽完昊牙的說明，雷翁困惑得發出沉吟。就算昊牙所言屬實，亞兒瑪獨力戰勝傑洛的可能性仍微乎其微。就在雷翁煩惱之際，修格將手搭在他的肩膀上。

「她一定會贏的。」

「……照此情況看來，同樣只能對她有信心了。」

在雷翁等人的關注之下，亞兒瑪與傑洛正面對峙。亞兒瑪用短刀割向自己的手，然後吸了一口鮮血。那是《毒藥精煉》，其劇毒肯定也能對A階的傑洛產生效果。反觀傑洛已變身成黑龍，打算從一開始就全力以赴。

雙方散發出來的氣勢，讓人莫名有種戰鬥會在瞬間分出勝負的預感。兩人都想透過不耍小手段的正面對決，藉此證明自身的強大。

傑洛身邊飄著無數黑色長槍。那是《誘死投槍》，必定取人性命的暗黑技能。那一把把透過龐大魔力產生的駭人魔槍，全都對準了亞兒瑪。

「糟糕……即使亞兒瑪身手再快，也躲不過那樣的數量。話說亞兒瑪還能使用《靈化迴避》嗎？」

修格點頭回應雷翁的疑問。

「嗯，還能使用。雖然《靈化迴避》是每隔二十四小時才可以發動一次的技能，亞兒瑪是尚未施展過……問題在於《靈化迴避》無法躲過《誘死投槍》，理由是該攻擊也對靈體有效。」

「對耶……可惡，真是個棘手的技能。」

暗黑技能《誘死投槍》是只要稍微碰到一下都會觸發即死效果。更別提亞兒瑪還是比傑洛更弱的B階，絕無可能透過阻絕來化解效果。

「《潛影移動》也無法躲過那招。即便躲進影子裡，那些魔槍仍舊可以直接攻擊本人。換言之，亞兒瑪想要戰勝傑洛，只能設法躲過所有的魔槍並發動攻擊。」

「……這種事真有可能辦到嗎？」

「不可能。」昊牙態度平靜地如此斷言。「真要說來，傑洛的速度比亞兒瑪快。就算亞兒瑪成功躲過所有的魔槍，只要挨上對方的一記反擊就死定了。而且傑洛的防禦力也很高，單憑亞兒瑪的攻擊力根本打不穿。」

「喂！那不就是毫無勝算嗎!?」

雷翁急得大叫，昊牙卻搖搖頭。

「沒那回事，這場勝負的贏家是亞兒瑪。同樣負責突擊的老子非常清楚，只要她不擇手段進攻，仍有機會打倒傑洛。如果我們去幫忙，反倒會礙手礙腳。」

「我們反倒會礙手礙腳？這句話是什麼——」

意思？在雷翁即將說完這兩個字時，修格突然大聲提醒。

「開始了！」

率先採取行動的是亞兒瑪。

「《速度提升》——二十倍。」

一開始就使出最快速度。在技能效果的作用下，亞兒瑪將速度提升至極限，對傑洛發動突擊。反觀迎擊的傑洛顯得泰然自若，理由是他把亞兒瑪的動作看得一清二楚。

不過，雷翁和傑洛都誤判一件事——就是亞兒瑪的左腳忽然產生爆炸。儘管左腳因此燒得焦黑且受損嚴重，卻一如字面讓她獲得爆炸性的加速度。

雷翁瞬間就想通了。那陣爆炸非常眼熟——是靈髓彈(garm bullet)。內藏的魔力傳導物質會吸收目標的魔力，進而產生爆炸的魔彈。

亞兒瑪大概是將靈髓彈藏於左腳的靴子裡，接著以自身的魔力來引爆靈髓彈。在那陣爆炸的作用之下，亞兒瑪獲得更快的速度。

這是捨身攻擊，自殘是在所難免。不過傑洛沒有絲毫動搖，將飄於空中的所有魔槍射向亞兒瑪。速度不及魔槍的亞兒瑪，在數量的暴力下很明顯是完全躲不開。

可是，亞兒瑪同樣沒有露出一絲動搖。

現在的亞兒瑪已無暇分神，單是看清楚眼前的光景就吃不消。跌破眾人眼鏡的一點是，亞兒瑪沒有閃躲飛來的魔槍。

她用短刀與《影腕操控》令對準要害的攻擊偏離軌道，其他則是抱持直接承受的覺悟勇往直前，於是速度完全沒受影響。

亞兒瑪並沒有死，因為距離《誘死投槍》發動效果還有一小段緩衝期。她真正的戰術就是將速度提升至極限，趕在即死效果發揮以前讓傑洛失去戰鬥能力。

事實上在即死效果產生前先打斷傑洛的魔力，亞兒瑪就不會喪命。即使沒有殺死傑洛，只要能讓他無法戰鬥就可以令技能失效。縱然如此，也無法相信這世上有誰敢執行這種戰術。

正如昊牙所言，雷翁他們對亞兒瑪來說都只是累贅。理由是這樣的戰術，有同伴在身邊就不可能付諸實行。

「——受死吧。」

以速度來說是不可能聽見說話聲，但這句話以幻聽的形式傳入雷翁耳裡。遍體鱗傷且渾身是血的亞兒瑪，依舊維持著冷如冰霜的眼神，成功讓傑洛進入自己的攻擊範圍內。傑洛擺好動作準備迎擊，但亞兒瑪還是快上一拍。

亞兒瑪維持最快速度，對準龍的弱點——大量堅硬鱗片之中唯一的『逆鱗』，舉起手中短刀用力刺去——

在真祖的再生能力運作之下，遭人腰斬的身體很快就重新接好。在我明白自己即將被人斬殺的剎那間，我將意識全部集中在自我再生能力上。要是判斷稍有延誤，我應該就沒救了。

我在痊癒的同時發動奇襲。由於鬼神樂已經報銷，因此我拔出短刀揮去。不過約翰沒有一絲大意，輕輕鬆鬆就躲過攻擊。

「原來你還具備惡魔的再生能力呀。」

約翰瞇起雙眼，提槍重新擺好架勢。

「既然這樣，就砍到你無法再生。」

「有本事的話就試試看啊。」

我以手勢邀請約翰放馬過來。約翰不悅地皺起眉頭，立刻朝我衝了過來。速度果然很快——但只要別被他趁虛而入，都還是有辦法應付。

不斷交錯碰撞的刀光劍影，迸射出劇烈的火花，隨之產生的衝擊撼動整座洞窟。我該做的事情還是一樣，看穿對手想發動的技能，倚賴戰鬥技巧進行壓制——不過我想得太天真了，此時約翰的戰鬥技巧竟在我之上。

「這、這傢伙！」

約翰不再亂放技能露出破綻，而是僅憑近身戰就逐漸壓制我——好強，他的動作與先前截然不同。我現在無法躲過攻擊，每次受到致命傷就只能集中精神療傷。不過隨之產生的破綻，又讓身上留下新的口子。

眼下情況已由不得我拉開距離。如果沒失去鬼神樂是還能反擊，偏偏手邊只剩下耐用的短刀，害我被打得無力招架，完全是單方面承受攻擊。

「咳、呃……」

在短刀被打碎之際，我的再生能力也同時達到極限。我口吐鮮血，單膝跪地。

「一切都結束了。」

約翰高舉長槍，打算對我補上致命一擊——終於等到他露出破綻的這一刻，我迅速從腰間的槍套中拔出魔槍。

約翰的眼神中透著笑意。因為魔槍的威力再強大，憑約翰的速度大可在中彈前閃開。但我早就料準他沒把這招放在眼中。

所以我才決定拔槍。

我拿魔槍出來並非為了射擊，而是直接扔向約翰。約翰一驚，連忙躲開魔槍。即使命中對手也造成不了多少傷害的東西，為何要這樣扔過來？難不成是敗局已定便自暴自棄？——我從約翰臉上的細微變化讀出他現在是大感困惑。於是我趁他心生猶疑之際，按下暗藏在長大衣裡的小型引爆裝置。

「什麼⁉」

約翰的背後發生爆炸。爆裂物正是那把魔槍。考量到它不慎遭人奪去的風險，我有在內部安裝一枚能遠距離操控的炸彈。爆炸威力不足以對約翰造成傷害，但突如其來的風壓成功令他失去平衡。

我隨即一躍而起，在空中旋轉一圈。看著尚未站穩的約翰，我順著旋轉所產生的離心力，向他的心窩處踢出一腳。

約翰識破我的動作，架好長槍準備迎擊。我配合迴旋揮動手臂，只見約翰的手腕被當場斬斷，隨著長槍飛到半空中。其實我趁著戰鬥期間，已經纏好暗藏於手錶內的超細鋼絲。

這麼一來，約翰就沒有防禦攻擊的手段了。於是我對準約翰的胸口，使出由不滅惡鬼獨創的對人戰鬥技巧之中，無須仰賴技能的最強奧義。

其名為──

「轟雷!!」

當迴旋踢擊中約翰的瞬間，一如其名會發出彷彿落雷般的驚天巨響。以真祖那等腿力使出的踢擊，確確實實把約翰的心臟徹底破壞。

「唔！咳呃！」

這次換成約翰口吐鮮血，單膝跪地。我不敢大意地對準他的腦袋揮出致命一拳──竟然在這轉瞬間發生異狀。

「太慢了！」

理當心臟受損的約翰迅速抓住我的右臂，並順勢抬起雙腳夾住──這招用來斷人臂膀的關節技叫做手部十字固定。我想掙脫時已經太遲，約翰一個使勁，我的右臂便如同枯枝般被直接扭斷。

「唔！」

為了掙脫束縛，我用左手抓住約翰的右腳踝，卯足全力將它一把握碎。遭挫骨斷筋的約翰痛得發出哀號，我便趁隙擺脫他的擒拿。

「呼～呼～呼～……唔～……」

我不斷大口喘息。雖說還能勉強起身，但隨時都有倒下的可能。約翰的狀況與我是半斤八兩，差不多也到極限了。

「在心臟即將被震碎的前一刻，我學你集中精神去恢復心臟，這才勉強活了下來。」

單腳站立的約翰，笑著繼續說下去。

「沒想到你竟然能戰勝薛瑪斯，他是我參考朋友製造出來的最強人格，所以在落敗的瞬間就消失了。照此情形看來，最後還是得由我來跟你做出了斷。」

白費脣舌，大概是想藉機恢復體力吧。不過我可沒時間休息。話說在那之後過了多少時間——？不行，大腦無法正常運作，完全不能思考事情。在我意識矇矓之際，被人一拳擊中鼻梁。我撐住身體沒有倒下，也向著約翰的臉揮出一拳。挨揍的約翰大幅度地後仰身體。

雙方都已瀕臨極限，卻依然得設法分出高下不可。我對約翰展開追擊，約翰則朝我進行反擊，兩人的拳頭就這麼打在彼此的臉上。

「「喔喔——！去死吧啊啊啊——！」」

這是為了突破極限的咆哮。我和約翰紛紛發出怒吼的同時，全神貫注地展開肉搏。在無法正常施展技能及戰鬥技巧的情況下，這是分出勝負的唯一手段。每當身體承受攻擊，鮮血與體液隨之飛濺，並且奪走思考能力。

能看出趨於劣勢的人是我。我與約翰在極限上的本質並不一樣。可以感受到自己的壽命正在大幅衰減。縱使打贏這一戰，我還有命活著嗎？我到底是為何而戰？

當我即將死心放棄時，突然聽見一股聲音。那既是我的根源，也是我的存在意義(raison d'être)。

──我答應你，外公，我會成為最強的探索者。

「唔喔喔喔喔喔!!」

我進一步消耗殘存的壽命令右手復原。與此同時，以右手拇指戳瞎約翰的左眼。

由於約翰原以為我的右手已經報銷，因此來不及躲過我的攻擊。趁他因失去左眼的衝擊與痛楚暫時陷入混亂之際，我用指頭扣住眼窩，抓住他的頭往後拉，使出渾身解數把他的後腦杓砸向地面。

祖父將這招投擲技命名為──

「──苛龍!!」

遭龍爪蹂躪的約翰躺倒在地，而他剩下的那顆眼睛已失去生命光輝。他的頭蓋骨連同大腦一起被砸碎，再也無法恢復了。

「呼~呼~呼~……是我……贏了。」

現在沒空讓我沉浸在勝利的餘韻之中，我從長大衣內取出淨化用的針筒，卻因為手止不住發抖而無法握住針筒。

「諾艾爾先生！請務必讓意識保持清醒！」

見證這場戰鬥的哈洛德，臉色大變地飛奔過來，在扶住我後，馬上替我取出針筒並扎入頸部進行注射。

「戰鬥時間是四分三十秒！還沒超過時限！」

可以感受到體內的仿造深淵正逐漸淨化，不過——

「唔啊啊啊啊！還、還是不行……！」

還是沒能淨化徹底。一股彷彿全身被撕裂的劇痛襲向我。遍布於肌膚上的裂痕開始擴散。因為超出極限的緣故，我的身體開始崩壞。哈洛德拚命呼喚我的名字，無奈我再也維持不住意識，就這麼漸漸落入無盡深淵之中——

「《生命回歸》。」

一陣溫暖的微風包圍住瀕死的我。劇痛立刻緩和下來，意識也跟著變清晰，肌膚上的裂痕隨之消退。

「是、是你……」

是約翰救了我一命。他站在我的身旁，對我施展治療技能。

「……為何你要這麼做？」

「這場戰鬥的贏家是你，而我在不久之後就會死去。」

約翰先是重重地發出一聲嘆息，然後換上一張苦笑。

「單純是覺得沒必要兩個人一起死。」

在我回神前，約翰一屁股坐於地上，取出一根菸叼在嘴邊。

「治療是結束了。雖然你的壽命大概不長，但應該還有力氣作怪才對。」

接著他像是想趕走我般，伸手往上一指。

「我已經看膩你這張臉了。至少在人生的最後一刻，讓我靜靜地離開吧。」

我不知該如何接受眼前所發生的事情。這名男子是我必須打倒的宿敵，我也拚上一命獲得勝利，偏偏最終救我一命的人也是他。

「諾艾爾先生，請扶著我的肩膀，我們走吧。」

在哈洛德的攙扶下，我慢慢地起身。

「約翰，我——」

我直盯著約翰的臉，並將這句話接續下去。

「我會成為最強的探索者。」

約翰聞言先是睜大雙眼，然後忍不住噴笑出聲，他呼出的煙伴隨這股愉快的笑聲冉冉飄向天際。

「你可要努力精進喔——英雄。」

諾艾爾和哈洛德離去後，只剩約翰一人待在洞窟裡。此處景色優美，有著涓涓流動的清澈河水，以及生長於部分壁面上，散發著微光營造出夢幻氛圍的發光苔蘚。

約翰的內心是一片平靜。明明已瀕臨死亡，他卻感受不到一絲痛楚，只有令人心曠神怡的倦怠感。能以這樣的心境迎接死亡，老實說也沒有遺憾了。

約翰繼續吞雲吐霧，仰望著射下和煦陽光的天花板。

就在這時，陽光之中出現一道黑影。能看出那是一頭巨龍。巨龍振翅降落在約翰的身邊。

「傑洛，你也一樣打輸啦？」

黑龍——傑洛很明顯已相當虛弱，他的咽喉處有一塊小小的穿刺傷。黑龍點頭回應，以鼻頭輕輕磨蹭約翰。

「沒想到我們兩人都吞下敗仗……但感覺還不賴。畢竟我已全力以赴，完全沒有感到一絲後悔，而且我還卯足力氣對著蛇的臉賞了一拳喔。」

看著開心歡笑的約翰，軀體龐大的傑洛緩緩趴下。

「摯友啊，謝謝你在這一路上的支持。」

約翰溫柔地摸了摸傑洛的鼻頭。看似感到相當舒服的傑洛闔上眼睛，再也沒有任何反應。

「那麼——」

約翰起身注視某處，只見一隻蒼蠅在那邊飛舞。

「抱歉啊，任何人都休想得到我們的遺體——《真默示錄》，開啟。」

救世主技能《真默示錄》發動後，只見約翰和傑洛都被吸入黑球內，隨即消失無蹤，沒在現場留下任何痕跡。

唯獨從上方洞口緩緩落下的雪花，漫舞於柔和的陽光之中。

在貧民窟某處的廢墟裡有一面飄浮於半空中的鏡子，鏡裡倒映著相隔遙遠的洞窟內部，但因為約翰的自殺攻擊，畫面變成一片漆黑。原因是擔任『視角』的『蟲子』已然消失，鏡子再也沒有顯現出任何畫面。

「哈哈哈哈哈哈，太精采了！當真是太精采了！」

透過鏡子目睹事情始末的罪惡囊（Malebolge），彷彿快要樂歪似地開懷大笑。

「沒想到約翰竟把勝利讓給蛇！真叫人跌破眼鏡呢！」

罪惡囊持續發出愉悅的笑聲。位於其背後穿著白色外套的青年——至高天（Empireo）狀似十分不悅地冷哼一聲。

「真是一場無聊的鬧劇。當初聽說他擁有該名男子的血統，虧我還抱持一絲期待，偏偏他耗損大半壽命竟落得這般下場，簡直是太不像話了。」

至高天不吐不快似地說完感想後，罪惡囊扭頭望向他。

「這對我們來說確實是一場鬧劇，不過人類真正的價值並非端看一己之力，而是團結起來所展現的力量。當一個集團是由這種不怕犧牲自我的人率領時，他們所帶來的威脅著實不可小覷。重點是戰勝人魚鎮魂歌的嵐翼之蛇，將會變強到不可同日而語。奉勸你最好別小看他們。」

「可笑，不怕死只是最低門檻。不過是跨越一、兩次的死線，我實在不覺得成長到夠格擔任我們的對手。蛇之所以能戰勝約翰並非靠實力，而是約翰太懦弱了。他在頓悟自己來日不多後，比起貫徹自我的理念，情願將未來託付給後進，真可謂懦弱至極，實在稱不上是『勇士』的死法。」

怒火中燒的至高天轉過身去，隨即離開房間。

「真是個直性子的孩子，為何就是無法理解蛇被約翰當成繼承人的重要性跟可怕之處？我說貝貝呀，妳覺得呢？」

暱稱為貝貝的黑衣怪人搖頭以對。

「……先不論約翰的決斷，蛇以優異表現戰勝人魚鎮魂歌是不爭的事實。但就算嵐翼之蛇因此變強，終究不會成為比人魚鎮魂歌更難應付的敵手，結果完全如妳所料……而且妳料事如神到令人害怕。」

蛇確實很強悍，不僅湊齊能與約翰展開單挑的條件，而且只差臨門一腳就可以戰勝約翰。不過事實證明，最後一刻尚有餘力的人是約翰。也就是說，約翰打從一開始就沒有全力以赴。

不對，也許是有全力以赴，至少約翰不像是以落敗為前提在戰鬥。而是他認為打輸也無所謂，才將勝利拱手讓人。這算得上是約翰自己所秉持的信念，旁人自然無從知曉。

沒錯，旁人是絕無可能知曉一絲一毫。

「罪惡囊，這個結果真有出乎妳的意料嗎？」

面對黑衣怪人語氣平淡的提問，罪惡囊回以一抹淺笑。

「我剛剛說過結果很令人意外吧？畢竟我又不是全知全能的神明呀。」

罪惡囊行經黑衣怪人的身旁，朝著房間出口走去。

「我不是神，而是創造神的存在。」

她留下一縷幽香，就此離開房間。

「令人意外……嗎……」

黑衣怪人語氣沉重地自言自語。

「我就暫且相信妳吧……就只是暫且而已。」

沃爾岡重工業位於帝都內的工廠裡，工人們正努力組裝一輛巨大的機關車。這輛搭載著最新型魔導機關的機關車，最高時速達到兩百五十公里，並且能牽引重達七百公噸的車廂。

有好幾輛機關車已即將完工，一旦連接各車站的鐵軌建造完畢，隨時都可以正式上路。

當然保護機關車跟鐵路的人工惡魔也正如火如荼地加速生產，預計下個月就有足夠的數量能夠部屬至所有車站。

與人魚鎮魂歌的戰爭結束至今已有一個月，我因為戰鬥造成的副作用，幾乎有半個月都昏死在床上。

等我清醒時，人魚鎮魂歌已經解散，麾下團員也各分東西。有人被挖角至其他戰團，有人則受雇於中央政府。

不管怎麼說，人魚鎮魂歌都不可能東山再起。

畢竟不光是約翰，就連傑洛也死在這一戰裡，沒有任何值得他們效忠的對象了。

包含資產、戰團基地和飛空艇在內，人魚鎮魂歌旗下所有的財產全被政府沒收。聽說這些錢都被拿去重建蒙受其害的各處城鎮。

很遺憾這件事沒有我能插手的餘地。要是隨意介入而惹得政府向我們究責的話，下場將會非常悽慘。

實際上政府對此是非常震怒，我們之所以能避免被追究責任，全都歸功於時勢是站在我方這邊，要不然這件事絕不會如此輕易落幕。

戰爭已宣告結束，我們是獲勝的一方。

同伴們也坦然接受這場勝利，做好邁向『下一步』的覺悟。打贏傑洛的亞兒瑪雖然身負重傷，但幸好她擁有非比尋常的生命力，身體已完好如初。而她贏下那場死鬥的結果，就是順利完成升階。她的新職能就是斥候系A階職能・【死徒】。

而我也——

「諾艾爾先生。」

我扭頭望去，發現哈洛德就站在那裡。

「多虧你的祕書，這才讓我找到你。」

哈洛德走過來，並向我遞出一封信。

「這是皇室跟探索者協會給你的通知——【話術士】諾艾爾．修特廉，你所率領的戰團嵐翼之蛇即刻起正式受封為七星三等星。」

「儘管這個結果也在預料之中，不過得到七星的封號還是很令人興奮呢。」

我笑著把信收下。在排除人魚鎮魂歌以後，我們成為七星可說是必然的結果。與人魚鎮魂歌一同惹出風波的我們之所以沒被究責，純粹是因為皇室和協會不願再掀事端令帝國蒙羞。

「關於受封典禮的日期則是會再行通知。」

哈洛德爽朗一笑，接著說：

「你果真非常優秀，戰團才創立不到半年就擠進七星之列。」

「畢竟手段也相當胡來。」

我點了根菸含在嘴上，燃起的煙霧冉冉上升。

「根據醫院仔細檢查的結果，我的壽命大概剩下十年。當然這還是指乖乖靜養的情況下，如果繼續從事探索者的工作將會更短。」

「……那你打算怎麼做？」

「那還用問？」

這個答案打從一開始就已經確定了，根本沒什麼好猶豫的。

「我的霸業裡沒有撤退二字。」

「呵，這回答真符合你的風格。」

哈洛德笑出聲來，也點了一根菸開始吞雲吐霧。

「相信約翰也能安息升天的。」

「都怪這傢伙那麼死纏爛打，害我折損大半壽命，豈能讓他如此輕鬆就上天堂，我希望他在地獄裡受盡折磨。」

哈洛德聽我一臉苦笑地如此吐槽後，忍不住放聲大笑。

「相信約翰也抱持同樣的想法。他當時救了你絕非基於好意，而是把自己背負的責任強加在你身上，並且明白你的個性是絕不會推辭。」

「我會繼承他的遺志活下去。而這也是吞噬他人的代價。」

我與約翰互為仇敵，可是當戰鬥結束後，就沒有仇視彼此的理由了。至少我是這麼認為，相信約翰也抱持相同的價值觀。儘管付出的代價很大，我卻覺得這樣也不賴，類似於變相的宣洩方式。

「對了，你知道人工惡魔的製造方法嗎？」

我話鋒一轉，哈洛德正色點頭。

「嗯，就是利用人類的屍體。」

如同我利用惡魔之力戰鬥，約翰則是藉由人的屍體製造人工惡魔。工廠本身是由中央政府控管，此時此刻也正在加緊趕工。至於被當成素材的屍體，十之八九全是無依無靠的遊民。意思是沒有內部人士告發的話，就絕對不會走漏風聲。

「人工惡魔是無法被道德倫理接受的一項技術，偏偏又是帝國蓬勃發展不可或缺的存在，因此政府才會持續製造。照此情形看來，恐怕也已做好情報洩漏時的準備了。」

「就是聖導十字架教會……對吧？」

我呼出一口煙，以點頭代替回答。聖導十字架教會是大多數帝國人民所信仰的宗教團體。即使民眾無法接受把人的屍體當成製造素材，不過一旦聖導十字架教會宣布認同此事，也就沒人敢提出異議了。原因是與聖導十字架教會作對，就等於是否定自己死後能得到救贖，甚至還會殃及家人和列祖列宗。

「人說穿了終究是一種物品，縱然以倫理道德駁斥這個說法是很簡單，可是無人會因此得到幸福。這道理也能套用在一個人的生活方式上，就算正正當當地活在世上，能否實現夢想仍得另當別論。既然如此，我並不後悔自己為了夢想削減壽命。真要說來，是這世上存在著必須以壽命為代價才能夠踏入的領域。」

我將自己的右手背展示在哈洛德的面前，該處有一個狀似書本的圖紋，而這也是可以升階的證明。

「拜惡魔之力所賜，我得以超越人類的極限，成功推開一扇嶄新的大門，現在的我可以繼續向前邁進了。」

我豈會感到一絲後悔。因為我所追求的事物，如今已來到伸手可及的地方。

「哈洛德，還記得第一次碰面當時，我對你說過的那句話嗎？」

「……嗯，我當然記得。」

我對著彷彿目睹耀眼事物般瞇起眼睛的哈洛德，態度堅定地再說一次。

「我會成為最強的探索者。」

國家圖書館出版品預行編目資料

最狂輔助職業【話術士】世界最強戰團聽我號令 / jaki 作；御門幻流譯. -- 1 版. -- [臺北市]：城邦文化事業股份有限公司尖端出版：英屬蓋曼群島商家庭傳媒股份有限公司城邦分公司發行, 2022.04-
冊；　公分
譯自：最凶の支援職【話術士】である俺は世界最強クランを従える
ISBN 978-626-316-709-4（第 3 冊：平裝）

861.57　　110018897

浮文字

最狂輔助職業【話術士】世界最強戰團聽我號令3

（原名：最凶の支援職【話術士】である俺は世界最強クランを従える3）

著　者／jaki
繪　者／fame
譯　者／御門幻流
執 行 長／陳君平
美術總監／沙雲佩
國際版權／黃令歡、梁名儀
榮譽發行人／黃鎮隆
美術編輯／陳聖義
文字校對／施亞蒨
協　理／洪琇菁
執行編輯／曾鈺淳
內文排版／謝青秀
總 編 輯／呂尚燁
企劃宣傳／楊玉如、施語宸、洪國瑋

出　版／城邦文化事業股份有限公司 尖端出版
台北市中山區民生東路二段一四一號十樓
電話：（〇二）二五〇〇—七六〇〇
傳真：（〇二）二五〇〇—二六八三
E-mail: 7novels@mail2.spp.com.tw

發　行／英屬蓋曼群島商家庭傳媒股份有限公司城邦分公司 尖端出版
台北市中山區民生東路二段一四一號十樓
電話：（〇二）二五〇〇—七六〇〇（代表號）
傳真：（〇二）二五〇〇—一九七九

中彰投以北經銷／楨彥有限公司（含宜花東）
電話：（〇二）八九一九—三三六九
傳真：（〇二）八九一四—五五二四

雲嘉以南／智豐圖書有限公司
（嘉義公司）電話：（〇五）二三三—三八五二
傳真：（〇五）二三三—三八六三
（高雄公司）電話：（〇七）三七三—〇〇七九
傳真：（〇七）三七三—〇〇八七

香港經銷／一代匯集
香港九龍旺角塘尾道六十四號龍駒企業大廈十樓 B&D 室
電話：（八五二）二七八三—八一〇二
傳真：（八五二）二七八二—一五二九

新馬經銷／城邦（馬新）出版集團 Cite（M）Sdn. Bhd.
E-mail: cite@cite.com.my

法律顧問／王子文律師 元禾法律事務所
台北市羅斯福路三段三十七號十五樓

二〇二二年四月一版一刷

■中文版■

郵購注意事項：
1.填妥劃撥單資料：帳號：50003021戶名：英屬蓋曼群島商家庭傳媒(股)公司城邦分公司。2.通信欄內註明訂購書名與冊數。3.劃撥金額低於500元，請加附掛號郵資50元。如劃撥日起 10～14日，仍未收到書時，請洽劃撥組。劃撥專線TEL：(03)312-4212 ・ FAX：(03)322-4621。E-mail：marketing@spp.com.tw